불멸의 산책

불멸의 산책

내 마음 같지 않은 산티아고 순례

장 크리스토프 뤼팽 | 신성림 옮김

mujintree
뮤진트리

▸ 산티아고 가는 길

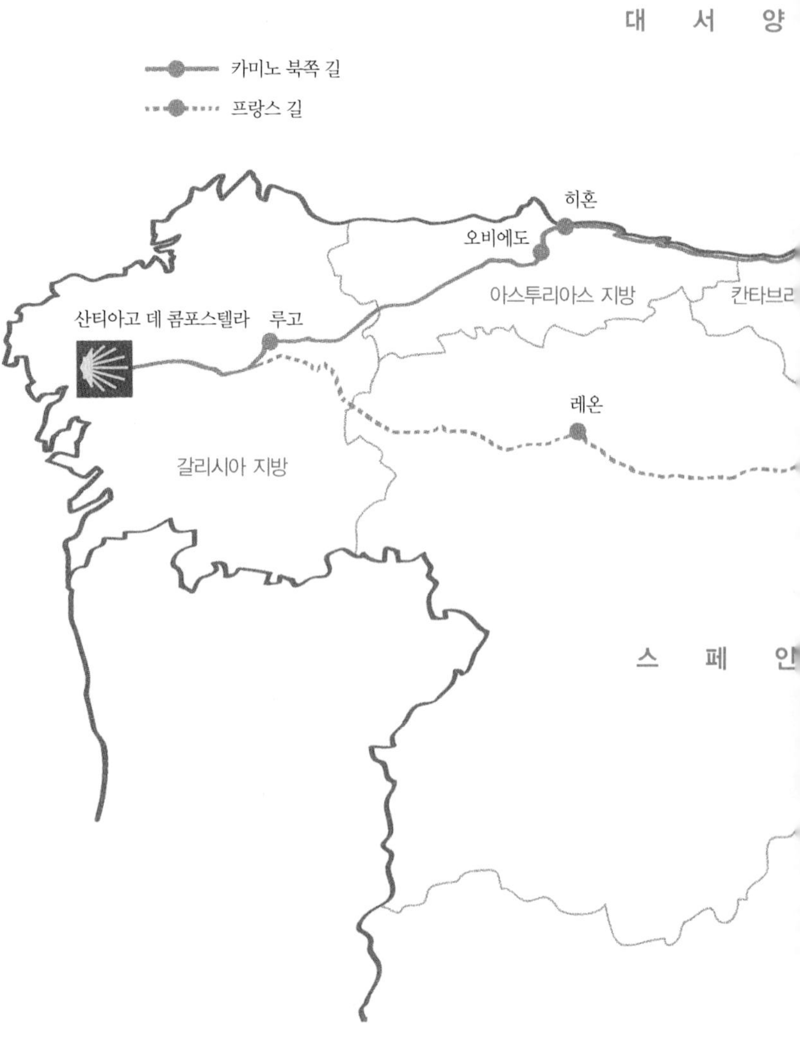
대 서 양
카미노 북쪽 길
프랑스 길
히혼
오비에도
아스투리아스 지방
칸타브리
산티아고 데 콤포스텔라
루고
레온
갈리시아 지방
스 페 인

프 랑 스
산세바스티안
앙다예
빌바오
바스크 지방
팜플로나
로그로뇨
부르고스
지 중 해

차례

▪ 일러두기

1. 이 책은 아래의 원서를 한국어로 완역한 것이다.
   Jean-Christophe Rufin, *Immortelle randonnée—Compostelle malgré moi*(Editions Guérin-Chamonix, 2013)
2. 원주는 •로, 옮긴이주는 *로 표시했다.

길 뒤에 숨은 조직

떠나기 전 산티아고 데 콤포스텔라에 대해 아무것도 모르는 사람은 내가 그랬듯 우거진 풀숲 사이로 이어지는 오래된 길과 그 위로 발자국을 남기며 걷는 고독한 순례자들을 상상한다. 하지만 이 엄청난 착각은 순례자들이 알베르게에 묵는 데 꼭 필요한 서류인 그 유명한 '크레덴시알'을 찾으러 가는 순간 바로 깨어진다.

그리고 카미노가 그 길을 걸었던 많은 이들이 숭배까지는 아니더라도 적어도 열광하는 대상임을 깨닫는다. 그 오래된 길 뒤에는 여러 협회, 출판물, 안내인, 상설 사무실들로 이루어진 하나의 조직이 숨어 있다. 길 자체가 하나의 조직망이요 조합이요 인터내셔널인 것이다. 아무도 가입을 강요하진 않지만, 이 조직은 당신에게 크레덴시알을 발급하면서 처음부터 그 존재를 드러낸다. 순례자의 여권인 크레덴시알은 허울뿐인 종잇조각 이상의 의미를 갖는다. 곧 구시대의 순례자가 될 거라고 정식으로 등록하면 학자들의 회보나 걷기 모임 초대장을 받게 되는 것은 물론이고, 규모가 좀 있는 도시에 살 경우 최근에 순례를 마치고 돌아온 여행자들이 모여 경험담을 나누는 모임에도 초대받게 될 것이기 때문이다. 술 한잔 나누며 갖는 이런 우호적인 만남은 '순례자의 포도주 모임'이라 불린다.

내가 이 세계를 발견한 것은 어느 비오는 날 오후 파리 생 쉴피스 지구 카네트 가에 있는 작은 사무소, 바로 산티아고 협회 사무소에 들어서면서였다. 인기 있는 술집들과 옷가게들 한복판에서 유독 조화를 이루지 못하는 곳이었다. 실내에서는 좋은 냄새가 풍겼지만, 먼지투성이에 뒤죽박죽 복잡한 사무실 풍경이 '협회'라 불리는 장소에 걸맞은 독특한 분위기를 만들어주고 있었다. 나를 맞아준 당직 근무자는 꽤 나이든, 요즘 같으면 '황혼기'라 부를 남자였지만, 그런 표현은 산티아고 어휘집에 실려 있지 않다. 사무실에 다른 사람은 없었다. 그가 바쁜 것처럼 보이기 위해 그토록 애쓰지 않았더라면 내가 그의 잠을 깨웠다고 생각했을 것이다. 정보처리기술이 아직 그곳까지 전해지지 않았는지, 여전히 누르스름한 종이카드와 등사해서 접어놓은 안내지들, 윤곽이 선명하지 않은 스탬프와 철제 스탬프패드를 사용하고 있었다. 나는 카미노를 향해 떠나려고 한다는 뜻을 밝히는 것이 좀 멋쩍었다. 아직 확실히 결정한 건 아니라는 생각도 있었다. 그곳의 분위기가 고해소 같기도 했고, 그가 내게 '왜'라는 질문을 하지 않으리라는 사실을 아직 몰라서였다. 나는 선수를 치기 위해 변명을 시도했으나 당연히 거짓말처럼 보였을 터였다. 남자는 미소를 짓더니 이름과 성, 생년월일 따위의 실질적인 것들에 대해 물었다.

그는 조금씩 중요한 문제로 나를 이끌었다. 중요한 문제란 내가 회보 구독을 포함해서 협회에 등록할 것인지—그건 더 비쌌다—아니면 회보를 제외할 것인지, 즉 최소한의 금액만 지불할 것인지 선택하는 문제였다. 그는 각 경우에 지불해야 할 비용을 알려주었다. 그에게는 그 몇 유로 차이가 두 가지 가입 형태에 대해 정확히 아주 오래 설명해야 할 정도로 무척 중요한 문제인 것 같았다. 당시에는 그것이 연대의식 때문이라고, 가장 가난한 사람도 카미노를 걸을 수 있게 하려는 갸륵한 욕망 때문이라고 생각했다. 그것이 전혀 다른 문제 때문임을 알게 된 것은 길을 떠나고 나서였다. 순례자들은 돈을 덜 쓰는 데 시간을 쏟아붓는다. 그것은 대개는 어쩔 수 없어서라기보다 일종의 스포츠, 클럽 소속 표식 같은 것이다. 나는 다른 곳에서는 부유한 도보 순례자들이 (네 명이 나눠먹을) 샌드위치 하나를 바에서 주문해서 먹을지 아니면 3킬로미터쯤 더 걸어가면 있을지도 모를 빵집에서 사 먹을지를 놓고 끝없이 계산하는 모습을 보았다. 사람들이 '자케Jacquet'라고 부르는 산티아고 순례자가 실제로 그렇게 가난한 것은 아니다. 천만에 말씀이다.

그런데도 그는 가난한 사람처럼 행동한다. 그런 행동은 세 가지 서원 중 하나인 청빈 서원과 관련된다. 청빈 서원은 중세시대 때부터 정결 서원, 순명 서원과 함께 수도자의 삶을 시작한다는 표식으로 여겨졌다. 물론 그냥 더 간단하게는 인색함이라고도 부를 수 있다.

어쨌든 크레덴시알을 취득하는 순간 당신은 그 관행을 존중하고 따르도록 권유받는 셈이다. 순례자가 신을 향해 나아가든 아니든 (그건 그 사람의 문제다), 순례 내내 궁핍하게 지내야 하는 것이다.

물론 이 호텔에서 저 호텔로 옮겨다니고 값비싼 장거리버스와 친절한 택시를 타고 다니는 안락한 순례를 선택한 사람들도 적잖이 만나게 될 것이다. 그럴 때 자케들 사이에서는 "각자 자기 방식대로 길을 간다"고 너그럽게 말하는 것이 관례다. 그럼에도 불구하고 그런 관용의 표명 배후에 '가짜' 순례자에 대한 '진짜' 순례자의 확고한 멸시가 숨어 있다는 사실을 알아차리는 데는 그리 오랜 시간이 걸리지 않는다. 진짜 순례자는 그가 가능한 한 돈을 적게 쓴다는 사실로 구별이 가능하다. 물론 '진짜 순례자'에게도 몸이 아프거나 알베르게가 만원인데다 다른 대안이 없기 때문에 – 가능하다면 수수한 – 호텔로 내려가 호사스러운 여행자들과 함께 지내는 일이 생기기도 한다. 그러나 그럴 때도 진짜 순례자라면 호텔 접수대 접시에 있는 사탕을 몽땅 먹어치우는 식의 행동으로 자신의 특별함을 보여줄 거라고 기대해도 좋다.

하지만 아직 그런 관례를 몰랐던 나는 최초의 실수를 범하고 말았다. 사치스럽게도 회보가 포함된 등록을 선택한데다, 한술 더 떠서 3유로 더 내는 것이 별 문제 아니라는 암시를 넌지시 보인 것이다.

당직 근무자는 협회를 대표해 내게 감사를 표했지만, 그의 미묘한 미소는 나를 약간 측은하게 여긴다는 사실을 보여주기에 충분했다. "주여, 그를 용서하소서, 그는 (아직) 자기가 무슨 짓을 했는지 모르나이다."

산티아고 순례자 협회가 발행하는 크레덴시알은 아코디언처럼 접어놓은 누르스름한 종잇조각이다. 솔직히 너무 볼품없어 보여서 순례자가 되기로 한 남자는 집으로 돌아가면서 비웃기까지 했다. 적어도 세 번은 재활용한 것 같은 종이로 제작한 이 문서에는 각 숙박지에 도착할 때마다 스탬프를 찍을 수 있도록 커다란 바둑판 무늬가 그려져 있는데, 그게 그리 무게 있어 보이지는 않는다. 그러나 크레덴시알도 다른 나머지와 사정은 마찬가지여서, 그것의 진정한 가치는 오직 카미노에서만 헤아릴 수 있다.

크레덴시알을 수백 번도 넘게 가방에 쑤셔넣었다가 소나기에 젖은 그것을 끄집어내어 겨우 찾아낸 난방기 위에 펼쳐놓고 말릴 때, 혹시 잃어버렸을까 걱정하면서 알베르게 관리인의 의심에 찬 눈길 아래 열을 내며 배낭을 뒤적여 찾을 때, 힘겨운 구간을 마친 후 관광안내소 직원의 책상 위에 자랑스럽게 올려놓으면 지친 표정의

직원이 행여라도 더럽힐까 눈에 띄게 조심하면서 공식 스탬프를 가볍게 스치듯 찍어줄 때, 산티아고 데 콤포스텔라에 도착한 후 시청의 담당 직원이 순례 증명서를 라틴어로 작성할 수 있도록 그 앞에 자랑스럽게 펼쳐 보일 때, 사람들은 그 유물의 가치를 헤아리게 된다. 돌아올 때 크레덴시알은 카미노에서 버티고 살아남아 고난의 흔적을 간직한 물건들 사이에서도 단연 두각을 드러낸다.

비교할 가치도 없는 일이겠지만, 구겨지고 더러워지고 햇빛에 바랜 나의 크레덴시알은 우리 할아버지가 포로수용소에서 풀려나면서 갖고 돌아온 종잇조각들을 떠올리게 했다. 식량 전표나 의무실 이용권 같은 것들이었는데, 강제수용소에 수용된 이들에겐 어마어마한 값어치를 가졌음에 틀림없다. 할아버지가 얼마나 정성스럽게 그것들을 간직했을지 알 것 같다.

카미노가 특별한 점은 산티아고 데 콤포스텔라로 가는 길이 처벌이 아니라 자발적인 시련이라는 데 있다. 적어도 사람들은 그렇게 믿는다. 그러나 이 생각은 실제 경험이 시작되면 바로 반박된다. 카미노를 걷는 사람이라면 언제가 되었든 결국 자신이 그 길을 갈 수밖에 없었을 거라고 생각하게 되기 때문이다. 카미노 그 자체가 무엇이냐로 바뀌는 것은 아무것도 없다. 사람들이 스스로에게 부과하는 형벌이 사회가 가하는 형벌보다 반드시 덜 가혹한 것은 아니다.

사람들은 자유를 생각하면서 산티아고를 향해 길을 떠나지만,

곧 카미노의 보잘것없는 도형수가 되어 다른 사람들 사이에 섞여 있는 자신을 발견하게 된다. 지저분하고 기진맥진한 채로 길을 걷는 내내 짐을 지고 다녀야 하는 카미노의 강제 노역자는 죄수 같은 모습으로 형제애의 기쁨을 체험한다. 이가 들끓는 다른 사람들과 나란히 알베르게 앞 땅바닥에 앉아 아픈 발을 주무르면서, 고약한 냄새를 풍기는 싸구려 음식을 먹으면서, 좋은 옷에 좋은 신발을 신은 평범하고 자유로운 행인들에게 보기 좋게 무시당하면서, 나 자신이 솔제니친처럼 제크zek*가 되었다고, 사람들이 순례자라고 부르는 카미노의 부랑자들 중 하나가 되었다고 느낀 적이 얼마나 많았던가?

바로 이것이 크레덴시알이 당신에게 강요하는 것이다. 더 믿을 수 없는 것은 우리가 그것을 얻기 위해 심지어 돈까지 냈다는 사실이다.

---

* 구소련의 교도소나 수용소에 갇힌 죄수.

출발지 정하기

그렇긴 하지만, 지금 우리가 말하고 있는 것에 대해 더 자세히 알 필요는 있겠다. 내 눈앞에 놓여 있는 '진짜' 크레덴시알은 스스로 순례자라고 불릴 자격이 있다고 믿는 다른 순례자들의 눈앞에 놓여 있던 것들과 마찬가지로 당신이 거주하는 곳에서 발급받을 수 있으며 기나긴 여정 내내 당신과 함께할 것이다. 그런데 카미노에 가보면 모든 숙박지에서, 심지어 마지막 구간의 숙박지에서도 그 문서를 발급받을 수 있음을 알게 된다. 진정한 순례자들은, 마지막 구간 몇 킬로미터만 걸을 예정이면서도 크레덴시알을 챙기는 뻔뻔한 도보 여행자들을 사기꾼으로 간주한다. 며칠 되지도 않는 이런 짧은 도보 관광을 프랑스나 유럽의 다른 나라에서 출발한 순례자들의 끝없이 긴 여정과 어떻게 비교한단 말인가! 이런 반응에는 속물근성도 좀 숨어 있다. 그렇지만 카미노를 걷다보면 그 의견에 어느 정도 진실도 숨어 있음을 차츰 깨닫게 된다. 시간이야말로 진정한 순례자를 만들어내는 데 핵심적 역할을 한다는 것을 인정할 수밖에 없기 때문이다.

카미노는 영혼을 찾아가는 시간의 연금술이다.

그것은 즉각적일 수도 신속할 수도 없는 긴 과정이다. 몇 주 동안 계속 그 길을 걷는 순례자는 그것을 경험하게 된다. 일주일 걷는 것으로 만족하는 사람들과 비교할 때 엄청난 노력을 기울였다는 데서 느끼는 다소 유치한 자부심은 차치하더라도, 그는 잠깐 걷는 것만으로는 습관에서 벗어나기에 충분하지 않다는 더 겸손하고 더 심원한 진실을 깨닫게 된다. 잠깐 걷는 것은 사람을 근본적으로 바꿔놓지 못한다. 돌멩이는 가공되지 않은 채로 남는다. 돌멩이를 다듬으려면 더 오랜 노력, 더 많은 추위와 더 많은 진흙 길, 더 많은 배고픔과 더 적은 잠이 필요하기 때문이다.

산티아고 데 콤포스텔라를 향해 나아갈 때 모두에게 공통되는 도착지가 아니라 출발지를 중요하게 여기는 까닭이 바로 여기에 있다. 순례자들 사이에 확립되는 미묘한 위계를 결정하는 것도 출발지다. 두 순례자가 만났을 때 그들은 상대에게 "어디로 가세요?"라고 묻지 않는다. 대답은 뻔하니까. "무슨 일을 하세요?"라고 묻지도 않는다. 카미노를 걸을 때면 우리는 모두 가난한 자케에 불과하기 때문이다. 순례자들이 던지는 질문은 "어디서 출발하셨어요?"다. 그리고 그 대답을 들으면 상대방이 어떤 사람인지 바로 알 수 있다.

만일 상대 순례자가 산티아고에서 100킬로미터 떨어진 곳을 출발지로 선택했다면 그는 그저 순례 증명서만 노리는 사냥꾼에 불과할 가능성이 크다. 100킬로미터는 도착지에서 순례를 마쳤음을 증명해줄 그 유명한 라틴어 콤포스텔라를 발급받기 위해 반드시 걸어야 하는 최소한의 거리이기 때문이다. 최소한의 노력만 들여 얻어내는 이런 영예는 '진짜' 순례자들 사이에서 숨기기 힘든 야유의 대상이 된다. 실제로 동지로 인정받는 순례자들은 피레네 산맥에서 출발해 스페인의 방대한 경로를 두루 거쳐온 사람들뿐이다. 생장피에드포르, 앙다예, 솜포르트는 명예로운 출발지다. 깊은 역사와 결부되었다는 용인하에 오비에도 역시 그런 출발지에 포함된다. 비록 이동 거리는 훨씬 짧지만 아스투리아스 주의 주도인 오비에도에서 출발하는 '프리미티보 길Camino Primitivo'은 두 가지 이유에서 존경심을 불러일으킨다. 우선 높은 산, 그것도 평탄치 않은 산들을 거쳐가야 하기 때문이고, 무엇보다 9세기에 한 수도사가 발견한 성 야고보의 유해를 직접 보기 위해 알폰소 2세가 지나간 최초의 순례길이기 때문이다.

대다수의 엄청나게 많은 순례자들이 프리미티보 길이나 프랑스 국경 지역에서 출발하는 고전적인 여정을 택한다. 그렇지만 훨씬 더 먼 곳에서 오는 사람들도 상당수 만나게 된다. 이들의 행색이 볼품없는 것은 당연하다. 심지어 어떤 이들은 그야말로 초췌하기 그지없어서 자칫하면 원래 건강이 좋지 않은 사람 같다는 소리를 듣기도 한다. 더 완벽한 효과를 만들어내기 위해 과장하는 경우도 흔하다. 피레네 산맥에서 출발한 도보 순례자가 자신 있게 "어디서 출발하셨어요?"라고 질문할 때, 그들은 잠시 주저하는 시늉을 하다가 겸손하게 두 눈을 내리뜨면서 "르퓌에서요"라거나 "베즐레에서요"라고 대답한다.* 이 영광스러운 도시 명들을 맞아주는 것은 침묵이다. 요즘 사람들도 모자를 썼다면 아마 존경의 표시로 모자를 들어올렸을 것이다. 이런 특별한 순례자들은 먼저 최초의 어퍼컷을 날리고 나서 그들의 대화 상대를 녹아웃시킬 숫자 하나를 덧붙이게 마련이다. "백삼십이 일 됐어요"하고 선언하는 것이다. 그것은 그들이 매일 아침 한 걸음씩 발을 앞으로 내디디며 헤아린 숫자다.

나는 벨기에 나뮈르에서 출발한 젊은 남학생과 함께 길을 걸은 적이 있다. 그는 엄청나게 큰 배낭을 메고 있었는데, 그 속에는 쓸모는 없지만 여행 기념품이 될 만한 물건들로 가득했다. 또 아를에서 출발한 호주 여자들도 있었고, 쾰른에서 출발한 독일 남자를 만난 적도 있다.

---

* 르퓌는 프랑스 중남부 오트 루아르 주의 순례지이며, 베즐레는 중동부 부르고뉴 지방에 있는 중세 도시다.

칸타브리아 해안에 줄무늬를 새기는 강들 중 하나를 건너는 여객선 위에서는 오트사부아 출신 남자를 만났는데, 그는 주네브 너머에 있는 마리니에*라는 도시의 자기 집에서 출발했다고 했다. 그 후 나는 정기적으로 그와 마주쳤다. 그는 능숙하게 잘 걷는 사람이 아니었다. 심지어 약간 비틀거리는 듯 걸었고 자주 길을 잃었다. 하지만 뭘 어떻게 하든 그는 내게 우상과도 같은 위치에 있었다. 그가 자신이 걸어온 2,000킬로미터만큼 더 높은 곳에서 나를 내려다보았기 때문이다.

어떤 순례자들은 훨씬 더 먼 곳에서 오기도 할 것이다. 하지만 나는 그런 사람들을 만난 적이 없으며, 그들을 직접 만나는 행운을 누리는 사람이 그리 많을 것 같지도 않다. 그들은 가히 전설적인 존재들이다. 그들은 순례자들이 저녁식사를 마친 후 모여앉아 작은 목소리로 수군대며 퍼뜨리는 카미노의 전설을 이루는데, 그런 이야깃거리는 동이 나는 법이 없다. 멀리 스칸디나비아 반도나 러시아 같은 신성한 땅에서 온 그런 존재들은 아주 매혹적인 키메라들이다. 산티아고에서 끝나게 되어 있는 순례길은 그런 이들 덕분에 출발지 쪽으로 무한정 길어진다. 자케들의 지도 위에서는 모든 길이 피레네 산맥이라는 깔때기 쪽으로 흘러가 스페인으로 이어진다. 그 길들은 온 유럽 땅 위에 잔물결을 일으키며 꿈꾸게 한다.

---

* 프랑스 오트사부아 주에 있는 도시.

물론 출발지가 모든 것을 말해주지는 않는다. 속임수를 쓸 수 있는 방법은 여전히 존재한다. 가장 흔한 것이 카미노를 몇 부분으로 나누어서 걷는 방법이다. 과시할 목적으로 베즐레나 아를, 파리라고 적힌 두툼한 지도를 꺼내드는 도보 여행자들을 가끔 마주치게 된다. 의심을 품게 되는 것은 그들이 걸어왔다고 주장하는 수백 킬로미터의 거리를 감안하면 기이할 정도로 말쑥하고 활기 넘치는 모습을 볼 때다. 의혹을 걷어내기 위해서는 결정적인 질문 하나만 던지면 충분하다. “여기까지… 한 번에 오셨어요?” 그러면 허풍쟁이는 고개를 숙이고 헛기침을 하면서 결국 그 여정을 완주하는 데 한 번에 일주일씩 십 년이 걸렸다고 고백하고 만다. 사실 그는 바로 전날 출발한 것이다. “각자 자기 방식대로 길을 간다.” 물론 그렇다. 그러나 그럼에도 불구하고 사람들을 바보 취급해서는 안 되는 법이다.

'왜?'라는 질문

왜?

당신에게 직접 물어보지 않는다 해도 사람들은 마음속에서 분명 그 질문을 던지고 있을 것이다. 당신이 여행을 마치고 돌아온 후 "걸어서 산티아고 데 콤포스텔라까지 갔다 왔습니다"라는 말을 발설할 때마다 상대방의 시선에서 같은 질문을 읽게 될 것이다. 그것은 우선 놀라움을("도대체 거기에 뭘 찾으러 갔던 걸까?"), 그다음에는 은밀히 당신의 얼굴을 샅샅이 살피는 경계심을 나타낸다.

순식간에 "저 인간 뭔가 문제가 있는 게 틀림없어"라는 결론이 내려진다. 당신은 불편한 기류를 느낀다. 다행히도 우리는 관용을 미덕으로 여기는 세상에서 살고 있어서 상대방은 침착함을 되찾는다. 그는 기쁨과 놀라움이 뒤섞인 감탄의 표정을 짓는다. "정말 좋았겠어요!" 그리고 거짓이 담긴 꼭 그만큼의 확신과 열의를 담아 덧붙인다. "나도 언젠가 그 길을 걷는 게 꿈이에요…."

'왜'라는 질문은 일반적으로 이 문장에서 멈춘다. 당신과 똑같은 계획을 품고 있다는 사실을 고백함으로써 당신의 대화 상대는, 본인은 물론이고 당신도 정상적으로 성장한 성인이 등에 배낭 하나를 메고 1,000킬로미터 가까이 걷게 만든 이유들을 길게 늘어놓을 의무에서 해방시켜준다. 그러면 곧장 '어떻게'의 문제, 즉 혼자 갔는지, 어디를 지나갔는지, 시간이 얼마나 걸렸는지 같은 문제들로 넘어갈 수 있게 되는 것이다.

일이 그렇게 진행되면 다행이다. 드물긴 해도 그와 정반대로 "왜 산티아고에 갔나요?"라는 단도직입적인 질문을 받았을 때 대답하기가 무척 난처했다. 수줍음 때문이 아니라 근원적인 당혹감 때문이었던 것 같다.

가장 좋은 해결책은 자신의 당혹감을 표현하기보다 필요하다면 가짜 실마리라도 만들어내서 질문자의 호기심을 다른 곳으로 돌리고 위장된 단서로 이끄는 것이다. 예를 들면 이런 식이다. "어릴 때 살던 도시의 유적에 성 야고보의 조가비가 새겨져 있었어요."(프로이트적 단서) "세상의 위대한 순례길들에 항상 마음이 끌렸답니다."(세계 교회운동의 단서) "중세를 좋아하거든요."(역사적 단서) "바다가 보일 때까지 지는 해를 향해 걷고 싶었어요."(신비주의적 단서)

"생각을 좀 하고 싶었어요." 이것은 가장 많이들 예상하는 대답이고, 일반적으로 '좋은' 대답으로 간주된다. 그렇지만 그 대답은 자명하지 않다. 깊이 생각하기 위해서라면 집에 틀어박혀 침대나 소파에서 뒹굴 수도 있고, 부득이한 경우 가깝고 친숙한 코스로 몇 걸음 움직이는 것도 가능하며 심지어 그쪽이 더 낫지 않은가?

카미노가 거기 뛰어들게 된 이유를 잊게 하는 위력을 가졌다거나 한 것은 아니더라도 결과적으로는 그렇게 된다. 그러나 직접 겪어보지 않은 사람들에게 그 사실을 어떻게 설명할 수 있을까? 카미노는 그 길을 걷도록 몰아대던 정신적 혼란이나 온갖 잡념들을 걷기의 단순한 명증성으로 대체한다. 길을 떠났고, 그게 전부다. 바로 그런 방식으로 왜라는 문제를 해결하는 것이다. 잊어버리는 것. 사람들은 전에 무엇이 있었는지 더이상 알지 못하게 된다. 이전에 존재했던 모든 것을 파괴하는 저 새로운 발견들처럼, 독재적이며 저항 불가능한 산티아고 순례길은 순례를 감행하게끔 한 생각들을 아예 지워버린다.

사람들은 카미노의 근원적인 본질을 이루는 것이 무엇인지 이미 알고 있다. 그것은 그 길을 가보지 않은 사람들이 믿듯이 그리 너그럽지 않다. 그것은 일종의 힘이다. 카미노는 자신을 강요하며, 당신을 지배하고 당신을 고통스럽게 만들고 당신을 길들인다. 그것은 당신에게 말을 건네지 않지만 당신이 입을 열지 못하게 한다. 더구나 대부분의 순례자들은 자신이 아무것도 결정하지 않았는데 일이 '저절로 그렇게 정해졌다'고 믿어 의심치 않는다. 그들이 카미노를 선택한 것이 아니라 카미노가 그들을 불러들였다는 것이다. 경험한 적 없는 사람들의 눈에는 그런 설명이 미심쩍게 비치리라는 것을 나는 잘 알고 있다. 나 자신도 출발 전에 그런 유의 고백을 들었다면 어깨를 으쓱했을 것이다. 이단 종파의 냄새를 강하게 풍기는 말이 아닌가. 그것은 이성에 어긋난다.

그럼에도 나는 그 말이 얼마나 정확한지 금세 확인할 수 있었다. 어떤 결정을 내려야 하는 상황이 될 때마다 카미노가 내 안에서 강력하게 작용하면서 나를 정복하거나 설득하는 것을 느꼈기 때문이다.

처음에는 그저 혼자서 긴 도보 여행을 떠날 생각이었다. 내가 기대했던 것은 도전적인 스포츠, 살을 몇 킬로그램 정도 뺄 수 있는 수단, 등산 시즌을 위한 대비, 새 책 집필에 착수하기 전의 지적 배출, 공직 근무와 명예의 시기를 거친 이후 불가피하게 된 낮은 곳으로의 귀환…. 그런 것들이었다. 구체적으로 하나씩이 아니라 그 모두를 한꺼번에 생각했다. 그러나 산티아고 길을 걸어야겠다고 명확하게 계획한 적은 없었다. 그것은 내가 고려했던 엄청나게 많은 선택지들 중 하나에 불과했다. 적어도 나는 그렇게 믿었다. 나는 그저 책을 읽거나 이야기를 듣고 몽상에 잠기고 사진과 인터넷 사이트들을 들여다보는 단계였다. 나는 내가 자유롭게 결정할 수 있다고, 주도권을 가지고 있다고 믿었다. 하지만 이후에 벌어진 일들은 내가 틀렸음을 보여주었다.

조금씩 선택의 폭이 제한되었고, 선택권은 산티아고 데 콤포스텔라를 향하는 여정 주변으로 좁혀졌다.(이런, 세상에!)

마지막까지 내가 붙잡고 있었던 가능성은 피레네의 오트루트와 산티아고 데 콤포스텔라로 가는 북쪽 길, 이 두 가지였다. 두 길 모두 같은 지점인 앙다예에서 출발한다. 그래서 결정을 최대한 미루는 것이 가능했다. 심지어 부득이한 경우 일단 현장에 먼저 도착하고 마지막 순간에 선택할 수도 있었다. 나는 어느 쪽 경로를 택하든 유용하게 쓸 수 있는 장비들을 준비했다. 오트루트는 피레네 산악 지대를 서쪽에서 동쪽으로 가로지르는 길이다. 오솔길을 따라가거나 '코스를 벗어나서' 가는 등 다양한 경로 선택이 가능하고, 대략 사십 일쯤 걸린다. 그 길은 카미노보다 산이 많고 더 거칠다. 그래서 나는 거의 독립적으로, 그리고 추운 환경 속에서 오래 행군할 각오를 했다. 어려운 일을 준비한 사람은 쉬운 일도 별문제 없이 해낼 수 있다고 했다. 만일 내가 최종적으로 산티아고 순례길을 선택하더라도 높은 산을 위한 장비 몇 개를 빼는 것으로 충분할 테고 여행은 잘 진행될 것이었다. 나는 내가 머리를 잘 썼다고 생각했고 나의 자유를 철저하게 지켜냈다고 믿었다.

나의 최종 결정을 합리적으로 포장하는 데는 외적인 핑계들이 한몫했다. 마지막 순간에 오트루트가 실행 불가능한 것으로 드러난 것이다. '계절이 너무 일렀고, 어떤 구간은 좀 까다로울 수도 있을 것 같고 등등'이 이유였다. 나는 산티아고 길을 선택했다. 사실을 말하자면, 그 선택을 위해 내가 한 일이라고는 점점 더 강력해지는 신비로운 매력에 굴복한 것밖에 없었다. 나는 열심히 합리화했지만, 사실 내가 다른 길을 시도하려고 진지하게 고려한 적은 단 한 번도 없었던 것 같다. 다양한 계획들은 속임수, 즉 내게는 선택의 여지가 없다는 불쾌하지만 명확한 사실을 가려주는 편리한 수단에 불과했다. 산티아고의 바이러스가 내 뼛속 깊이 주입되어 있었다. 누구 때문에 혹은 무엇 때문에 그런 것에 감염되었는지는 모른다. 하지만 그 병은 고요한 잠복기를 거쳐 확연히 모습을 드러냈고, 나는 그 병의 온갖 증상을 느끼고 있었다.

길 위의 사랑

사람들은 출발할 곳을 어떻게 선택할까? 지극히 철학적이고도 자명한 대답이 가능하다. 자기 집에서 떠나거나, 다른 곳에서 떠나거나. 선택은 겉으로 보이는 것보다 훨씬 중요한 문제여서 많은 순례자들이 선택하는 데 애를 먹었다고 털어놓았다. 이상적인 선택(내가 그쪽을 선택하지 않았기 때문에 더 그렇게 보이는 듯하다)은 앞에서 언급한 오트사부아 남자처럼 자기 집을 나와 부인과 아이들에게 입을 맞추고 당신을 따라가고 싶어서 꼬리를 흔드는 개를 쓰다듬어 준 후 대문을 닫고 출발하는 것이다.

너무 먼 곳에 살거나 시간이 충분치 않아서 그렇게 할 수 없는 사람들은 목적지 근처, 스페인에서 최대한 가까운 곳을 선택해 자기 상황에 맞게 여정을 단축해야 한다. 집에서 출발하지 않는다면 어디서 출발해야 할까? 길은 많고 가능한 출발지도 셀 수 없이 많다. 선택이 어려울 뿐이다. 그것은 몇몇 외적인 요인, 예를 들어 할애할 수 있는 시간, 방문하고 싶었던 장소들, 구입한 가이드북, 친구들이 들려준 이야기에 따라 달라진다. 그렇지만 더 미묘하고 종종 드러내놓고 얘기하기 힘든 요인들도 고려의 대상이 된다.

독자들이 조만간 알게 될 것이니만큼 나 자신이 더할 수 없이 놀랐던 현실을 지금 바로 언급하는 것이 낫겠다. 그것은 카미노가 이성을 유혹하는 장소, 하다못해 만남의 장소로 이용되기도 한다는 사실이다. 이런 측면은 많은 순례자들에게 영향을 미치는데, 특히 그들의 출발지와 관련해서 더욱 그렇다. 하지만 그들의 순례 여행이 정확히 어떤 감정적 요구에 대한 응답인지 구분할 필요는 있다. 실제로 카미노에서는 다양한 감정 전개가 가능하기 때문이다.

첫째는 최근에 만났지만 이미 서로를 분신처럼 여기게 된 연인들이라는 범주다. 사귀는 사람들, 동거하는 사람들, 약혼한 사람들 모두 이 범주에 속한다. 그들은 대개 아주 젊고 건강하며, 나이키 운동화를 신고 귀에 이어폰을 꽂고 다닌다. 그들에게 중요한 문제는 두 사람의 관계를 최종적으로 마무리하는 것이다. 이 마무리는 그들을 제단 앞이나 시청으로, 그게 아니더라도 최소한 요람 옆으로 데려갈 수 있다. 카미노는 부드럽게 가까워질 수 있는 기회가 된다. 그들은 두 손을 잡고 국도를 따라 걸어간다. 어쩌다 화물차라도 한 대 지나가면 감미로운 흔들림이 등줄기를 훑고 지나가면서 사랑에 빠진 순례자들을 더 가깝게 이어준다. 그들은 신성한 길에 서 있는 이 교회 저 교회를 방문하는데, 그럴 수밖에 없는 것이 둘 중 더 열렬한 쪽에서 상대방이 어떤 생각을 떠올려주기를 간절히 바라기 때문이다. 수도원에서는 밤마다 유쾌한 소란이 벌어지고, 무슨 일이 벌어질지 훤히 아는 수도사들이 각별히 신경쓰는 남녀 공용 욕실에서는 들뜬 웃음소리와 벌거벗은 육신이 뒤섞인다. 판자 침대 위에서 소곤소곤 달콤한 말을 속삭이던 그들은 편하게 행동으로 옮길 수 없기 때문에 서로에게 영원한 사랑과 변함없는 마음까지만 약속하고 만다.

이런 연인들에게 카미노는 유용하기 그지없지만, 그것도 기간이 너무 길면 위험하다. 며칠 지나면 딱 붙어 다니던 두 사람이 서로 다른 방향을 보게 될지도 모르기 때문이다. 사랑을 약속한 남자는 자기 연인이 아닌 다른 여자의 가슴께를 쳐다보고 싶다는 유혹을 느낀다. 가까스로 마음을 주었던 젊은 처녀의 경우 그녀는 카미노에서 많은 비교를 하게 될지도 모르는데, 그녀를 거기까지 이끈 남자가 언제나 승자가 되리라는 법은 없다. 그래서 연인들은 최후의 몇 킬로미터에 몰리는 편이다. 정말 마지막 구간만 걷는 것이다. 갈리시아 지방의 오솔길에서는 굉장히 많은 연인들을 만나게 된다. 뱃사람들에게 바다가 가까이 있다고 알려주는 바닷새들처럼, 연인들은 순례자들에게 산티아고 데 콤포스텔라가 가까워졌음을 알려주는 표지다.

둘째 범주인, 사랑을 구하지만 아직 찾지 못한 도보 여행자들은 사정이 전혀 다르다. 그런 사람들은 대체로 나이가 많다. 그들은 인생을 경험했고 때로는 열렬한 사랑을, 심지어 결혼을 한 적도 있는 이들이다. 하지만 행복은 망가졌고 그들은 모든 것을 다시 시작해야 한다. 그리고 이런저런 순간에 카미노가 그들에게 해답처럼 나타난 것이다. 인터넷 만남 사이트보다 훨씬 더 육체에 매여 있는 카미노는 자신이 살과 뼈와 땀으로 된 존재임을 새삼 깨닫게 한다. 걷기의 피로에 마음은 약해진다. 갈증과 발에 생긴 물집은 서로를 가깝게 해주고, 보살펴주거나 보살핌을 받을 기회를 만들어준다. 무정한 도시에 살면서 무시무시한 경쟁에 시달리고, 뚱뚱보, 말라깽이, 늙은이, 못난이, 가난뱅이, 실업자를 단죄하는 폭력적 규범에 시달리던 남녀는 순례라는 환경 속에서 모두에게 나름의 기회를 주는 평등을 발견한다.

이런 사람들은 자연의 혜택을 받지 못한 만큼 더 많은 행운을 자기 쪽으로 끌어들이기 위해 아주 멀리서 출발하는 쪽을 선호한다. 그런 사람들은 산티아고 수백 킬로미터 전부터 눈에 띄어서 오래 관찰할 수 있다. 사랑으로 상처 입은 그들은 가까워지고, 직감적으로 서로를 알아보고, 서로 멀어지거나 결합한다. 그들은 원하는 표적을 맞히지 못하기도 하고, 가끔은 마음을 열고 다가오는 사람이 썩 흡족하지 않아 매정하게 굴기도 한다. 몇 구간을 함께 걸으면서 어쩌면 오래 찾아 헤맨 진정한 사랑일지 모른다고 생각한 남자가 힘겹게 비탈길을 올라가며 자기는 결혼했고 아내를 사랑한다고 고백하는 바람에 실망하기도 한다. 하지만 진정한 커플이 맺어지기도 하는데, 그럴 때는 그들이 행복하기를 기원한다.

아마 서로 용기를 북돋아주기 위해서인 듯 젊은 여자들은 많은 경우 함께 출발한다. 나는 아주 멀리서 출발해서 프랑스를 횡단했으나 안타깝게도 원하는 남자를 찾지 못한 여자들을 만난 적이 있다. 그들은 용감하게 스페인을 공략하러 뛰어들었고, 대개는 몇 구간쯤 지나가서 그중 한 명이 사라지곤 했다. 다른 그룹에 합류해 새로운 동화 속 왕자님 곁으로 갈 기회를 엿보는 것이었다. 그런 모습들을 관찰하면서 바보 같게도 나는 짚신도 짝이 있다는 말을 떠올렸다.

카미노는 힘든 길이지만 가끔은 가장 내밀한 소원을 이루어주는 친절함도 보인다. 그러니 끈기를 가지고 밀고 나갈 줄 알아야 한다.

카미노가 지나는 도시마다 들러 악기를 연주해 생계를 유지하던 아코디언 연주자의 이야기를 들은 적이 있다. 그는 이혼한 지 얼마 되지 않았고 아주 불행했는데, 그가 연주한 슬픈 애가들이 여자들에게 그리 먹히지 못했던 것 같다. 산티아고 데 콤포스텔라에 도착한 그는 음악가들의 모임에 등록했고, 거기서 그와 똑같은 열정과 영혼의 상처를 지닌 독일 여자를 만났다. 그들은 결혼했고 매년 함께 카미노를 찾는다. 이제 그들이 함께 연주하는 음악은 유쾌하고 매력적이기만 하다. 사실 이 이야기는 너무 아름다워서 실화 같지가 않다. 하지만 이런 전설이야말로 더이상 불행하지 않기 위해 산티아고를 찾는 사람들에게 희망을 준다.

셋째 범주는 덜 낭만적이지만 그렇다고 덜 감동적이지는 않은 부류로서, 아주 오래전에 사랑을 경험했고 결혼이라는 신성한 관계를 맺었으며 그 관계가 마멸되어가는 것을 감내해온 사람들로 구성된다. 그들이 열망하는 것은 다른 무엇보다 자유를 되찾는 것이다. 그 자유는 모든 것을 깨부수거나 상대에게 나쁜 짓을 하는 법 없이, 단지 성 야고보의 신통한 개입 덕분에 살짝 숨 돌리는 걸 정당화해주는 얌전한 자유다.

산티아고 순례자 협회의 파리 사무소에서 나를 맞아 크레덴시알을 발급해주었던 자원봉사자가 이 범주에 속했다. 내가 그가 한 순례에 대해 들려달라고 청하자 그는 눈물을 글썽이며 이야기해주었다. 상당히 노령이었음에도 불구하고 행군의 고통을 아주 잘 견뎌낸 그는 새로 얻은 자유에 너무 열광한 나머지 콤포스텔라에 도착한 후에도… 걸음을 멈추지 않았다! 그는 포르투갈 쪽으로 내려가는 길을 계속 걸어갔다. 만일 대서양을 가로질러 브라질까지 이어지는 다리가 놓여 있었다면 망설임 없이 그 다리에 발을 올려놓았을 것이다. 불쌍한 남자는 향수 어린 미소를 띠며 그때의 정열을 떠올렸다. 내가 그 모든 일이 어떻게 마무리되었는지 물어보자 그는 얼굴을 찌푸렸다. 나는 그의 부인이 비행기와 기차를 탄 후 버스를 두 번이나 갈아타면서 그를 찾아가 다시 집으로 데려가야 했음을 알게 되었다. 그러나 그는 이미 자유의 맛을 보았고 그것을 포기할 생각이 없었다. 그는 이듬해에 다시 길을 떠났고, 언제나 새로운 출발에 대한 희망을 품고 살고 있었다.

그는 내 계획이 무엇인지 물었다. 어디서 출발하려 하는가? 그러고 보니 그 문제를 생각해본 적이 없었다. 나는 앞서 나열한 세 범주 중 어디에도 속하지 않았기 때문에 내 선택을 이끌어줄 감정적인 고려 사항도 전혀 없었다. 걷고 싶었고, 그게 전부였다. 나는 자원봉사자에게 피레네 산맥을 가로지르는 여행도 염두에 두고 있어서 앙다예에서 출발할까 한다고 털어놓았다. 그가 빈정대듯이 나를 바라보더니 말했다.

"원하시는 대로 하게 될 겁니다."

이 반어적 표현에는 그의 마음속에, 그리고 지금은 내 마음속에까지 단단히 자리잡은 확신이 숨어 있었다. 카미노와 관련해서 우리는 결코 자신이 원하는 대로 하지 못한다는 확신. 물론 여러 가지를 깊이 따져보면서 다른 계획들을 공들여 구상하는 일은 충분히 가능하다. 하지만 결국에는 모두 다 지워버리게 되며, 실제로 나도 그랬다.

협회 사무소에 있던 남자는 내 망설임 따위는 신경 쓰지도 않고 오직 한 단어, 앙다예라는 말만 기억했다.

"앙다예에서 출발하신다면 카미노 북쪽 길로 가게 될 겁니다."

자케들이 프랑스 국경에서 출발해 스페인을 가로질러 갈 때 주로 선택하는 길은 두 가지다. 첫째는 '프랑스 길Camino Frances'이라고 불린다. 론세스바예스에서 피레네 산맥을 넘어가는 구간을 제외하면 특별히 힘든 부분은 거의 없다. 아주 오래전부터 가장 많은 사람들이 찾는 길이다. 어떨 때는 백오십 명도 넘는 순례자들이 생장피에드포르에서 동시에 돌진하기도 한다….

다른 길은 아직도 '카미노 북쪽 길Chemin du Nord'이라 불리는 해안 길이다. 표지가 제대로 설치되어 있지 않고 더 걷기 어려운 길로 유명하다. 프랑스 바스크 지방에서 출발해 산세바스티안, 빌바오, 산탄데르 같은 해안 도시들을 잇따라 지나간다.

"카미노 북쪽 길이라…." 나는 중얼거렸다. "그래요, 제 계획도 그건데요. 어떻게 생각하세요? 그 길을 걸어보셨나요?"

남자가 먼지투성이 벽장으로 다가가 안을 뒤지더니 등사된 문서 몇 장과 지도들, 그리고 소책자 하나를 꺼내왔다. 내게 그것들을 내미는 그의 손은 떨리고 있었다. 나는 그의 눈이 빛나는 것을 보았다. 그가 헐떡거리며 말했다.

"카미노 북쪽 길! 당연히 북쪽 길로 가야죠. 난 그 길을 가봤어요, 그럼요…. 하지만 카미노에 두 번째로 갔을 때였어요. 왜냐하면 세상에, 사람들이 그 길로 가지 못하게 금했거든요."

"가지 못하게 금했다고요?"

"말이 그렇다는 겁니다. 내가 크레덴시알을 찾으러 갔을 때, 오늘 당신처럼요, 나도 한 남자를 만났지요…."

나는 그의 눈에서 분노가 번득이는 것을 보았다. 그가 말을 토해냈다.

"내게 너무 늙었다고 하더라고요. 끝까지 버티기 힘들 거라고요. 내가 프랑스 길을 먼저 걸었던 건 그 남자 때문이에요. 너무 화가 나더군요, 선생, 원통했어요! 이듬해에 아내한테 말했죠. 이번에는 북쪽 길로 가겠다고요. 그리고 그리로 갔어요."

"그랬는데요?"

"그랬는데 아무 문제도 없었어요, 당연하지요. 하루에 평균 30킬로미터씩! 내가 운동선수도 아닌데 말이죠."

침묵이 지나갔다. 그런 열광이 내게는 약간 거북하게 느껴졌다. 내가 아직 카미노를 잘 몰랐기 때문이다. 갑자기 나는 소스라치게 놀랐다. 남자가 내 팔을 붙잡았던 것이다.

"거기로 가요, 선생! 북쪽 길로 가세요. 그쪽이 제일 아름다워요, 내 말을 믿으세요, 가장 아름답다고요."

그가 내게 외쳤다.

나는 그에게 감사를 표했고, 그곳을 도망치듯 나오면서 정말이지 산티아고 순례는 광신자들이나 가는 거니 신중하게 원래 가려던 산길 쪽으로 마음을 정해야겠다고 생각했다. 나는 전혀 망설이지 않고 피레네 산맥의 오트루트로 가기로 결정했다.

그러나 일주일 뒤, 나는 산티아고 데 콤포스텔라에 가기 위해 카미노 북쪽 길을 걷기 시작했다.

첫발을 떼다

나는 테제베TGV를 타고 앙다예까지 갔다. 솔직히 시속 200킬로미터가 넘는 속도로 이동하는 안락한 열차 객실에 앉아 있다보면 순례 장비를 지고 가는 자신이 약간 우스꽝스럽게 느껴진다. 그리고 열차가 당신을 승강장에 내려놓고 떠나면 자신의 계획이 무척이나 시대착오적이라고 느끼게 된다. 21세기에 그렇게 먼 길을 걸어서 주파하는 것이 과연 무슨 의미가 있을까? 그 대답은 도무지 분명하지 않다. 그러나 우리에게는 그 주제를 깊이 파고들 시간이 없다. 5월의 포근함은 대서양에서 불어오는 돌풍 아래 금방 사라져버리고 차가운 바람이 삭막한 승강장을 훑고 지나갔기 때문이다. 다른 여행객들은 벌써 한참 전에 바퀴 달린 여행 가방을 가볍게 끌면서 떠나버렸다. 서툴게 쑤셔넣은 소지품을 다시 정리해서 등에 짊어졌다. 벌써부터 짐이 집에서보다 더 무거워진 것 같았다.

첫날 저녁 앙다예에서 나는 역 앞 광장을 지나 예약한 방이 있는 호텔까지 이어진 매력적인 골목길, 다시 말해 관광객들이 많이 다니는 골목길을 올라가는 것으로 만족하기로 했다.

출발하기 전 마지막 밤이었기에 파란색 바탕에 대문자 H와 별 하나가 그려진(그래도 검소해야 하니까) 진짜 호텔다운 호텔 방에 묵는 사치를 내게 꼭 허락하고 싶었다. 바야흐로 긴 방랑을 위해 프랑스를 떠나는 순간이 아닌가. 말라깽이 어린아이나 들어갈 수 있을 법한 샤워실이 달린 곰팡내 나는 옹색한 방, 불쾌하고 고약한 눈길로 당장 돈을 내라고 요구하는 주인, 새벽 한 시까지 방 창문 바로 아래에서 술꾼들이 고래고래 소리를 질러대는 곳을 마지막으로 경험하는 즐거움을 스스로에게서 박탈할 이유가 없었다. 고국의 추억을 아주 생생하게 가져갈 수 있으니 얼마나 좋은가. 이 경험으로 활력을 되찾은 덕에 밤새 눈 한번 붙이지 못한 나는 일곱 시 삼십 분에 밖으로 나왔다. 앙다예(확실히 아주 아름다운 도시였다)를 둘러보느라 시간을 허비할 것 없이 바로 산티아고의 다리 쪽으로 몸을 돌렸다. 고속도로의 일부인 그 다리는 비다소아 강을 건너 스페인으로 이어진다.

나는 이미 백 번도 넘게 읽은 가이드북을 가져갔는데, 그 속에 아주 정확하게 묘사된 내용들을 모두 기억하고 있었다. 모든 교차로가 친숙했다. 실제로 본 순환고속도로는 상당한 매력이 있었다. 도로지도 위에 그려진 선들에 한 가지 색, 즉 아스팔트의 회색을 더하고 있기 때문이었다. 이렇게 처음 걷기 시작한 순간에는 카미노가 어떨 것인지, 비정상적으로 거대한 그 규모를 아직 제대로 헤아리지 못한다. 나는 그저 조금 긴 산책을 나섰다고 느끼면서, 그러나 무엇보다 코스를 잘못 고른 것 같다고 느끼면서 이룬을 지나갔다.

잠시 후 도시의 출구가 나왔고 나는 여전히 걷고 있었다. 중간에 부루퉁한 한 식료품상에게 물 한 병을 샀다. 가게를 나오면서 나는 그곳이 들판에서 카미노로 접어드는 갈림길 바로 앞에 있음을 깨달았다. 순례자들은 다들 그의 가게에 들렀다 갈 것이 분명했다. 그들의 난입은 이제 기분 전환거리가 아닌 틀에 박힌 일상에 불과했으며, 그들의 소비 습관을 감안하건대 기분 좋은 일도 되지 못할 것이다. 오랫동안 심사숙고한 끝에 나는 물을 작은 병으로 하나만 사기로 결정했다. 분명 근처에 물 구할 곳이 있을 것이기 때문이었다. 남자는 서글픈 한숨을 뱉으며 내가 내놓은 35 상팀을 집어넣었다.

갈증을 푼 나는 큰길을 건넜고 드디어 수풀 쪽으로 들어가는 오솔길에 접어들었다. 저 멀리로 고풍스럽기 그지없는 풍광이 펼쳐졌고 작은 강을 가로질러 돌다리가 놓여 있었다.

풋내기 순례자였던 나의 감격은 대단했다. 나는 노래하고 싶었다. 조금만 더 걸어가면 브로셀리앙드 숲*이 나오고 기사들과 돌로 지은 수도원들을 마주치게 될 것 같았다. 내가 쉽게 열광하는 편이라는 말은 굳이 할 필요가 없을 것 같다. 그동안 이렇게 상상력이 끓어오를 때 내가 흥분을 가라앉히기 위해 사용한 방법은 이야기를 만들어내고 소설을 쓰는 것뿐이었다. 그런데 산티아고를 향해 돌진하면서 나는 열광의 새로운 치료제를 발견했다. 카미노에는 지금 본 것과 대조되는 풍경도 가득해서 그것들이 정기적으로 상상력의 비약에 찬물을 끼얹었기 때문이다. 감히 말하자면, 카미노는 순례자가 일정한 속도로 계속 나아갈 수 있도록 맡은 바 책임을 다하는 것 같았다. 사방으로 펼쳐져 있다고 믿었던 아름다운 자연 풍경은 사실 거짓 신호, 전채 요리에 불과했다. 눈 깜짝할 사이에 콘크리트 벽과 볼품없는 채소밭, 정원의 분뇨통들, 쇠사슬에 묶여 있지만 누가 지나가기만 하면 몸을 벌떡 일으켜 정신없이 날뛰는 미친 개들이 다시 나타났다.

열광은 금방 가라앉는다. 어쩌면 그런 열광을 유지하기 위해 인공적인 방법에 호소하는 것도 가능하리라. 그러나 저 똥개들을 불 뿜는 악마와 혼동하거나 개를 혼내주려고 달려나온 노파를 돈키호테의 둘시네아와 혼동하려면 엄청난 양의 알코올이나

---

*《원탁의 기사》에 나오는 브르타뉴의 숲으로, 마술사 멀린과 요정 비비안이 살았다고 한다.

대마초가 필요할 듯하다.

카미노를 걸으면 세월 저 밑바닥에 숨어 있던 감정들이 되살아날 거라는 일반적인 기대와 달리, 사실 그곳에선 오히려 세상에 대한 환멸이 한층 깊어진다. 내가 볼 때 다시 현실로 돌아와 냉정한 눈으로 그것을 바라보기까지는 얼추 두 시간이면 될 듯하다. 현실 속에서 카미노는 그저 길에 불과하고, 그게 전부다. 그 길은 오르막이었다가 내리막이 되기도 하고, 돌아가기도 하고, 목마르게도 만들고, 표지 설치가 잘 되어 있거나 잘못 되어 있기도 하고, 여러 갈래로 나뉘거나 숲속으로 사라진다. 그 각각의 상황들은 저마다 좋은 점이 있지만 동시에 적지 않은 어려움을 주기도 한다. 간단히 말해서, 꿈과 환상의 영역을 떠나면서 카미노는 불현듯 있는 그대로의 모습을 드러낸다. 근육통에 붙이는 파스, 평범한 세상의 단면, 육체와 정신의 시련이 보이기 시작하는 것이다. 거기에 약간이라도 경이로움을 보태려면 무척 힘겹게 분투해야 할 것이다.

하지만 도보 여행자는 금세 더 평범한 목표에 모든 관심이 집중된다. 바로 길을 잃지 않겠다는 목표다. 길을 잃고 헤매지 않으려면 길에 설치된 표지를 끊임없이 찾으면서 걸어야 한다. 산티아고 길의 표지들은 여러 유형으로 나뉘는데, 순례자는 곧 그것을 탐지해내는 법을 익힌다. 그것을 찾아내는 것은 제2의 천성이 된다. 가까이 있는 자잘한 것들, 눈앞에 펼쳐진 것들, 멀리 보이는 것들을 다 포함하는 방대한 풍경 속에서 레이더와도 같은 순례자의 눈은 그를 산티아고 쪽으로 이끌어줄 표지와 화살표, 게시문을 순식간에 탐지한다. 이 기호들은 어느 정도 일정한 간격을 두고 설치한 것인지 도무지 확인할 수 없을 정도로 이따금씩만 배치되어 있다. 몇백 년 동안 순례가 이어지면서 그저 필요한 장소에 하나씩 자리 잡은 까닭일 것이다. 여기, 지나가는 사람들이 망설이게 되는 길의 분기점이 나온다. 그러면 시멘트로 된 순례자 표지가 있어 어느 쪽을 선택해야 할지 확실하게 가르쳐준다. 저기, 갑자기 의심이 일면서 길을 되돌아가고 싶은 마음이 생기는 약간 긴 직선 구간이 있다. 그럴 때도 노란 화살표가 안심하고 계속 길을 가도록 해준다. 그리기 쉽고 그다지 비용이 많이 들지 않는 커다란 노란 화살표가 표지판계의 졸병이라면, 도자기로 만든 조개껍데기가 박혀 있는 표지들은 장교 같다. 이 표지들은 중세 때부터 같은 장소에 설치되어 있지만 이제는 현대적인 외양을 갖추었다. 예를 들어 유럽연합의 상징기와 같은 파란 바탕에 여러 개의 선이 한 점에서 모이는 부채꼴 모양의 조가비 문양이 그렇다. 간혹 어느 도시의 입구나 간선도로 근방에서 똑같은 모양의 조가비를 그려놓고 '순례자들은 조심할 것!' 같은 위협적인 문구까지 적어놓은 거대한 도로표지판이 보일 때가 있다. 그러면 도보 여행자는 자신이 맞는 길을 가고 있으며, 그 길에서 목숨을 잃을 수도 있다는 두 가지 정보를 동시에 얻게 되는 것이다.

첫째 날 아침나절에는 아직 그런 경지에 이르지 못했다. 산티아고와 관련된 기호들을 막 읽기 시작한 초보자였던 나는 자동탐지 기술에 자신을 내맡기지 못하고 노란 흔적이나 파란색 조개껍데기들을 찾기 위해 길가를 샅샅이 훑어보며 다니는 것에 만족해야 했다.

이룬을 벗어나자 화살표들이 나를 자이츠키벨 산으로 이끌었다. 길은 위로 올라가다가 길게 쭉 뻗어나갔다. 기분이 좋아지는 작은 산으로, 아래쪽 골짜기의 파노라마가 한눈에 들어왔다. 가끔 전망대가 나와서 멀리 지평선까지 펼쳐진 광대한 땅과 물이 보였다. 그럴 때면 카미노의 경이로움이 분명 존재한다고 느끼게 된다. 단지 지속적이지 않을 뿐이다. 그것은 힘들여 찾아내야 하는 것으로, 어떤 이들은 그럴 가치가 있다고 말할 것이다. 순례자가 언제나 인도의 수행자 사두처럼 입가에 황홀경의 미소를 지으며 걷는 것은 아니다. 그는 얼굴을 찌푸리고, 힘들어하고, 욕을 하고, 불평한다. 이따금씩 눈부시게 아름다운 풍경을 보거나 감격의 순간을 맞기도 하고 우정 어린 만남으로 즐거움을 얻기도 하지만, 그것들도 모두 이런 지속적인 작은 불행들의 바탕 위에 서이며, 무엇보다 그런 즐거움이 예기치 않았던 것이기에 한층 더 기쁘게 여겨진다.

이 첫 번째 구간은 카미노 북쪽 길 전체에서 가장 아름다운 구간 중 하나로 꼽힌다. 자이츠키벨의 경사진 산길을 지나면 오솔길은 가파른 기슭을 따라 강어귀까지 내려간다. 강을 건너려면 여객선을 타야 한다. 아주 조그만 모터가 달린 그 작은 배는 장보러 가는 현지인들로 바글거린다. 건너편 기슭에 도착하면 사람들은 바다가 있는 오른쪽으로 가다가, 곧이어 작고 예쁜 빨간색 하얀색 등대 위로 솟아오른 해안 절벽을 올라가게 된다. 그러고는 바다를 끼고 뻗은 세관길이 나오고, 바다의 수평선이 모습을 드러낸다.

멀리 보이는 황무지와 잡목림, 시커먼 절벽, 짙푸른 바다, 광대한 먼바다에서 밀려오는 거친 물결…. 이 모든 것은 스페인보다는 아일랜드를 떠올리게 한다.

첫 번째 구간에서 아름다움과 때 묻지 않은 자연을 보는 행운을 누린 순례자는 헛된 희망에 사로잡혀 카미노가 끝까지 그런 호의를 계속 베풀어줄 거라고 생각할지도 모른다. 지금은 그냥 꿈꾸도록 내버려두자. 아무 매력 없는 교외 주택가 마을을 지나가고 고속도로를 따라 걸어야 할 시간은 충분히 빨리 찾아오니까. 여행 초반에 초심자는 으레 안심하고 싶어 하는데, 그럴 때 이용되는 것이 풍경이다. 몇 시간 동안 걸어서 거친 해안 절벽의 끝에 도착한 도보 여행자는 또다른 멋진 풍경을 발견한다. 그의 발 앞에서 산세바스티안의 작은 만이 시작되기 때문이다. 거품 레이스로 가장자리를 감친 듯한 해변의 완벽한 둥근 선, 보기 위해서만이 아니라 보이기 위해 거기 존재하는 해변 도로의 장엄함, 쭉 뻗은 대로에서 행인들이 한가로이 거니는 넓은 보도에 이르기까지 직선을 이루는 전망, 도노스티아(산세바스티안의 다른 이름)의 이 모든 것이 거무튀튀한 바위와 바닷새에 질린 순례자의 넋을 빼앗기에 딱 알맞다.

이제부터는 타마리스를 심어놓은 해안단구 사이로 구불구불 이어진, 잘 관리된 경사지 위로 난 긴 내리막길이 시작된다.

도시의 야만인

길을 내려가는 동안 비가 내리기 시작했고, 산세바스티안은 이내 이슬비의 장막이 드리워지면서 한층 매력적인 모습이 되었다. 그런데 이를 어쩐다! 그곳의 아름다움을 증폭시켜준 비가 더 현실적인 걱정거리도 보태준 것을. 가방에서 비옷을 꺼내 입어야 했고, 그러면서 내가 준비한 비옷들의 결점도 처음으로 확인하게 되었다. 첫째 날이라는 심리적 불안감에 짓눌려서 그랬는지 나는 그날 먹고 마시는 시간도 갖지 않고 내처 걷기만 했다. 도시가 보이자 갑자기 그런 생리적 욕구들이 되살아났다. 식탁에 앉고 싶은 욕구는 순식간에 눈앞에 펼쳐진 풍경의 매력을 잊게 만들었다. 이번만큼은 배가 눈을 앞질렀다.

이와 관련해서 나는 그날 벌어진 어떤 사건을 자세히 쓰는 것이 좀 망설여진다. 그럼에도 그 이야기를 하는 것은 그것이 내가 순례자의 처지에 적응하는 아주 중대한 단계였기 때문이다. 도보 여행자의 부랑자화는 아주 빨리 이루어진다. 출발할 땐 아무리 섬세하고 세련된 사람이었다 해도 카미노의 영향권에 들어오면 거의 지체 없이 품위는 물론이고 수치심까지 잃게 된다. 완전히 짐승이 되지는 않았다 해도, 이미 더이상 철저하게 인간이라고 할 수 없는 상태인 것이다. 어쩌면 이것이 순례자의 정의가 될 수도 있겠다.

산세바스티안으로 가는 길고긴 내리막길의 한가운데에 이르렀을 때, 아마도 음식 먹는 생각을 해서인 듯한데, 나는 억누를 수 없는 어떤 욕구에 사로잡혔다. 지난 며칠 동안의 변비 증상이 쉽게 설명해줄 욕구였다. 발걸음을 옮길 때마다 끔찍할 정도로 뱃속이 꼬였다. 나는 희귀한 나무들을 심어놓고 군데군데 작은 산책로와 연못을 만들어놓은 작은 경사지에 도착했다. 멋진 공원이었다. 비는 계속 부슬부슬 내리고 있었고 아무도 보이지 않았다. 어떻게 할까? 다른 상황이었다면 분명 영웅적인 힘을 발휘해 나 자신을 억제하면서 계속 내리막길을 따라갔을 것이다. 그런데 스스로도 엄청 놀랍게도, 벌써 내 안에 자리잡은 순례자가 내게 완전히 다르게 행동하라고 요구하는 것이었다. 나는 가족들이 소풍 왔을 때 사용하라고 만들어놓은 돌탁자에 배낭을 내려놓고, 잘 다듬어놓은 산울타리를 훌쩍 뛰어넘어 화단에 쭈그리고 앉았다.

잠시 뒤 나는 누군가 봤을지도 모른다는 느닷없는 두려움에 사로잡힌 채 가방이 있는 곳으로 돌아갔다. 공원은 사방으로 뚫려 있었고, 그 가파른 언덕 위에서는 꼭대기부터 저 아래쪽까지 한눈에 다 내려다보였다. 만일 내가 바스크 지방의 공원에서 무단으로 용변을 봤다고 추격당하다가 붙잡히면 어떤 일이 벌어질까? 한순간 나는 콩티 강둑*에서 벌어질 소동을 상상했다. 그러고는 웃음을 터뜨렸고, 배낭을 다시 멘 후 뒤도 돌아보지 않고 계속 걸었다. 나는 머리의 두건을 고쳐썼고, 그렇게 내가 중죄를 지은 곳, 비에 흠뻑 젖은 구슬픈 나무들 사이에 회색 그림자를 남긴 장소를 떠났다. 사람들은 이런 경험들을 통해 자신의 새로운 약점을 헤아리게 되는데, 때때로 이것이 커다란 힘이 되기도 한다. 우리는 이제 아무것도 그 누구도 아닌, 가난한 순례자에 불과해 그런 행동이 전혀 중요하지 않은 것이다. 설령 내가 들켰더라도 아무도 내게 소송을 걸지 않았을 것이고, 그저 보잘것없는 부랑자마냥 걷어차여 쫓겨났을 것이다. 이미 나는 그런 부랑자가 되어 있었다.

어쩌면 카미노를 걷게 된 동기 중에 그런 것이 포함되어 있었을지도 모른다. 어쨌든 내 경우는 그랬다. 인생이 우리를 가공하고 우리에게 책임과 경험의 짐을 지울수록, 우리가 한 약속과 이룬 성공과 과실들이 만들어 입힌 무거운 의상을 벗어던지고 다른 누군

---

* 아카데미 프랑세즈를 포함하는 프랑스 학술원이 있는 곳. 저자는 2008년부터 아카데미 프랑세즈의 회원이다.

가가 되는 것은 점점 더 불가능해지는 듯하다. 그런데 카미노는 그런 기적을 만든다.

지난 몇 년 동안 나는 계속해서 사회적 위엄을 갖춘 요란한 의상들을 꿰입었지만 그것들이 내 자유의 화려한 수의가 되는 것은 원하지 않았다. 그런데, 보라, 자기 공관에서 하얀 윗옷을 갖춰입은 열다섯 명의 사람들에게 시중을 받던 대사가, 북소리가 울려퍼지는 가운데 아카데미 프랑세즈 회원이 된 남자가 가장 하찮고도 가장 역겨운 죄를 숨기기 위해 처음 들어간 공원의 나무둥치 사이로 달려가기에 이른 것이었다. 원한다면 나를 믿어도 좋다. 그것은 유익한 경험이어서 다른 사람들에게도 그렇게 해보라고 추천하고 싶다.

나는 계속 이슬비를 맞으면서 직선으로 뻗은 대로를 걸어서 산 세바스티안을 통과했고 바닷가에 다다랐다. 그 첫 번째 구간은 내가 새로이 처한 상황을 계속 확인시켜주었다. 순례자는 결코 어디에도 도착하지 않고 그저 지나갈 뿐이라는. 그는 자신이 있는 장소에 잠겨들지만(그는 보행자이므로 그가 있는 장소나 거주자들과 직접 접촉할 수밖에 없다) 동시에 그곳으로부터 지독하게 괴리된다. 머물지 않는 것이 그의 운명이기 때문이다. 설령 느리게 가야지 신경을 쓰더라도 그가 떠나려 안달한다는 사실은 그의 온 외양에 새겨져 있다. 그는 무늬만 관광객이다. 관광객은 달리다시피이긴 해도 어쨌든 유적들을 구경하러 가기는 한다. 반면에 순례자의 존재 이유는 산티아고 데 콤포스텔라의 대성당 앞 광장에 발을 디딤으로써 그가 좇던 바를 이루고 나면 또다시 다른 곳을 찾아 헤매는 데 있다.

화려한 해변 도로와 사치스러운 별장들, 아름다운 상점들이 늘어선 귀족적인 도시 산세바스티안에서 나는 내 하찮음이 어느 정도인지 금방 파악할 수 있었다. 나는 거의 보이지도 않는 존재였다. 사람들은 순례자를 보지 않는다. 그는 전혀 중요하지 않다. 그의 존재는 일시적이어서 무시해도 괜찮다. 거리에 있는 사람들은 다들 자기 볼일을 보느라 정신이 없었다. 한가로이 거닐거나 조깅하는 사람들도 이미 상당히 지저분해진데다 면도도 제대로 하지 않고 삐딱하게 배낭을 메고 구부정하게 걸어가는 바퀴벌레를 특별히 주목하는 것 같지 않았다.

완벽한 원형을 이룬 라콘차 만에 도착하고 나는 모래사장으로 내려갔다. 비가 해변의 산책객들을 몰아내 텅 비어 있었다. 갑자기 날씨가 개어서 나는 잠시 쉬었다 가기로 했다. 더이상 비가 내리지 않았다. 수평선의 에메랄드 색과 쪽빛이 섬들과 연안의 초록색과 대조를 이루었다. 나는 모래 위에 배낭을 내려놓고 신발을 벗은 뒤 미지근한 바닷물에 발을 담그러 갔다. 그러고는 내 물건을 놓아둔 곳으로 돌아가 모래사장에 드러누웠다. 걷느라 빨개진 양발 사이로 바다의 수평선이 그리는 완벽한 그림이 보였다. 산책객들이 돌아왔고 함께 온 개들이 다시 모래사장에서 몸을 흔들어 물기를 털었다. 인간이나 짐승 중 누구 하나 이 근사한 휴양지와 어울리지 않는 옷을 입고 해변에 표류한 자케에게 관심을 보이지 않았다. 어차피 바다가 다시 휩쓸어갈 것을 알기 때문에 아무도 수고로이 치우지 않는 쓰레기와 마찬가지로, 순례자가 그곳 풍경과 아무리 어울리지 않아도 머지않아 그가 다시 떠날 것을 확신하는 주민들은 전혀 불안감을 느끼지 않았다. 실제로 마침 빗방울이 다시 떨어지기도 하고 해서 나는 그곳을 금방 떠났다. 긴 해변을 따라 걷고 터널들을 지나 곧 도시 반대편에 있는 이구엘도 산의 기슭에 도착했다. 비수기에 으레 그렇듯 모든 상점이 문을 닫은 최고급 별장촌 사이로 구불구불 이어지는 길을 걸으면서 나는 조금씩 그 도시를 벗어났다.

산세바스티안에는 순례자들을 위한 알베르게가 여러 군데 있었지만, 나는 첫날밤에 대자연 속에서 야영을 할 생각이었다.

최초의 불법 야영

이미 너무 많이 걸어서 이구엘도 산 비탈을 올라갈 때는 살짝 숨이 찼다. 걸어서 도시를 빠져나오는 데는 항상 시간이 오래 걸린다. 그나마 내가 가는 방향에서는 산세바스티안이 꽤 빨리 농촌과 연안의 거친 황무지로 이어지는 편이었지만, 그래도 마지막 주택촌들, 대도시 주변에 다량의 주택을 새로 지으면서 생겨난 작은 도시들을 지나가야 했다.

그런 빌라촌들 중 하나를 빠져나오다가 어느 골목에서 나는 누군가의 따뜻한 친절을 발견했다. 놀랍고 즐거웠다. 담 옆에 누군가 순례자들을 위해 내다놓은 작은 탁자가 있었다. 탁자 위 물을 담아놓은 항아리들 덕에 빈 수통을 채웠다. 차양 아래에는 도보 순례자들이 글을 남긴 공책이 놓여 있었다. 순례자들의 행복한 순례를 기원하는 글이 적힌 플래카드도 있었는데, 거기에는 산티아고까지 '겨우' 785킬로미터밖에 남지 않았다고 정확하게 명시되어 있었다. 그 정확성이 잔인한 건지 자비로운 건지 잘라 말 할 수는 없었다. 무엇보다도 스탬프 패드와 작은 사슬로 연결되어 있는 스탬프가 그 구간을 완주했음을 증명하게 해주었다. 산세바스티안에서 크레덴시알에 스탬프를 찍지 못한 터였다. 내가 지나간 시간에 관광안내소의 문이 닫혀 있었기 때문이다. 아직 초짜였던 나는 더 경험을 쌓은 사람들처럼 약국이나 바, 우체국, 심지어 경찰서까지 가서 순례자 여권에 스탬프를 받은 적이 없었다. 그래서 아무 성과 없이 다시 길을 떠나야 했다. 그런데 보라, 눈길 끌 만한 것이 전무한 곳의 이름 없는 길가에서, 빨간색 예쁜 조가비 모양이 찍히는 스탬프 덕분에 나는 감격스러운 마음으로 종이 위에 여정의 첫 번째 푯말을 직접 남길 수 있었다. 나는 브라상이 그의 오베르뉴 친구에게 품었던 것과 같은 감사의 마음으로 내게 그런 선물을 준 이름 모를 이에게 열정적인 감사의 인사를 남겼다.* 이윽고 나는 계속 걸었다.

그날 오후는 만족스럽게 지나갔다. 다시 해가 비쳤고, 그러면서

---

* 조르주 브라상(Georges Brassens, 1921~1981)은 프랑스의 샹송 가수이자 작곡가, 작사가이다. 그는 젊은 시절 방황하던 그를 도와주고 따뜻하게 보살펴준 오베르뉴 출신의 부부에게 감사의 마음을 담아 〈오베르뉴 사람에게 바치는 노래〉를 지어 불렀고, 이 노래는 그의 최고 히트곡이 되었다.

굵은 땀방울을 흘러내리게 하던 눅눅한 더위도 돌아왔다. 야영하기에 적합한 장소를 찾기 위해 발길을 재촉해야 했다.

야영할 만한 곳을 몇 군데 점찍었다가도 막상 가까이 가보면 축사와 너무 가깝거나 길이 너무 잘 보이는 곳이거나 충분히 평평하지 않은 곳이었다. 마침내 저녁이 내릴 무렵 나는 철조망 담장을 넘어가면서 적당해 보이는 공터를 발견했다. 울타리 너머로 바다가 수평선까지 보였다. 멀리서 커다란 화물선들이 교차하며 지나갔다. 나는 텐트를 조립하고 야영을 위한 모든 자잘한 부속물들을 배치한 후, 버너로 저녁거리를 데웠다.

밤이 되었고, 잠자리에 들기 전 나는 오랫동안 진지하게 밤을 응시했다. 한나절 만에 나의 지리적 감각과 내 사회적 지위와 직함들이 제공하는 바보 같은 체면 따위는 모두 잃었다. 그 경험은 특별한 주말에만 누리는 겉멋이 아니라 계속 지속될 새로운 상황이었다.

나는 이 새로운 상황이 주는 불편을 이미 겪었고 그로 인해 앞으로 감내하게 될 고통까지 예측할 수 있었지만, 동시에 그런 박탈이 주는 행복도 맛보았다. 다 잃어버리는 것이 본질적인 것을 되찾는데 얼마나 유용한지 깨달은 것이다. 그 첫날밤에 나는 이번 계획의 필요성뿐 아니라 그것의 어리석음도 따져보았다. 그리고 모든 것을 충분히 고려하건대 길을 떠난 것은 잘한 일이라고 스스로에게 말했다.

순례자가 낮 시간을 감당하는 것은 최소한의 육체적 단련만으로도 어렵지 않다. 하지만 밤은 다른 문제다. 모든 것이 아무데서나 누구하고든 잠들 수 있는 재주를 가지고 있느냐 없느냐에 달려 있다. 이 분야에는 엄청난 불평등이 존재한다. 어떤 사람들은 베개에 머리를 갖다 대자마자 깊이 잠들고 바로 옆에서 기차가 지나가도 깨지 않는다. 그런데 내가 속하는 다른 부류의 사람들은 뜬눈으로 누워 애타게 다리를 들썩이며 한없이 긴 시간을 보내는 데 익숙하다. 그리고 그런 오랜 기다림 끝에 마침내 선잠이 들어도 삐걱거리는 문소리나 속삭이는 소리, 혹은 가볍게 스치는 것만으로도 그대로 깨버린다.

수면제의 도움을 받을 수도 있다. 그러나 애석하게도 예전에 엄청나게 많은 양의 수면제를 복용한 적이 있는데, 불면에 편두통을 더했을 뿐 다른 아무런 효과도 보지 못했다.

그런 상황에서 밤은 휴식이 아니라 시련이다. 카미노를 걷는 긴 모험을 하는 동안에는 배낭보다 더 무거운 것이 순례자를 짓누르지 않는 이상 잠들지 못하는 밤이 지나치게 반복되어서는 안 된다.

산티아고 데 콤포스텔라로 가는 길, 특히 스페인의 모든 카미노 주변에는 알베르게라는 이름의 특별한 숙소가 마련되어 있다. 중세시대의 '순례자 호스텔'을 계승한 것으로, 그런 숙소의 특별함은 가격이 극히 싸다는 데 있다. 몇 유로만 내면 침대와 공동 샤워장, 음식을 먹거나 조리할 수 있는 공간을 마음대로 이용할 수 있다. 이런 서비스는 유스호스텔이나 심지어 자연재해가 일어났을 때를 위한 비상 대피소 같은 유형의 검소한 분위기에서 제공된다. 순례자들을 위한 이런 숙소들 중 일부는 수도원 안에 자리잡고 있지만, 지방자치단체가 운영하는 것들은 더 세속적인 성격을 띤다. 마지막으로 개인이 운영하는 숙소들도 있다. 이런 숙소들에는 마음에 거슬리는 것이 전혀 없었다. 혼잡함도, 체취도, 일부 '오스피탈레로(알베르게 관리인)'들이 보이는 필요 이상의 친절도 괜찮았다. 그곳들에서 내 마음을 불편하게 하는 문제는 문지방을 넘자마자 나를 옥죄어오는 확신뿐이었다. 누울 자리와 이불은 구할 수 있겠지만 잠은 결코 손에 넣지 못하리라는 확신. 더 나쁜 것은, 가장 다양한 사람들이 뒤섞이는 그런 장소에서 내가 누구는 잠들고 누구는 눈 한번 붙여보지 못하는 자연의 불공정함을 고통스러운 방식으로 다시 확인하게 된다는 데 있었다. 이런 특혜만으로도 어디서든 잠들 수 있는 능력을 타고난 운 좋은 사람들을 미워할 이유는 충분했다. 그런데 그들은 대부분 잠들자마자 코고는 소리를 내서 다른 사람이 잠에 이를 기회를 완전히 빼앗아버리는 고약한 버릇까지 있다. 이런 소음 공해의 원흉을 미리 알아내는 것이 항상 쉽지는 않아서, 잠자리를 고를 때 그런 사람들과 멀리 떨어져 있는 침대를 잘 골랐는지 결코 확신할 수 없다. 물론 코고는 사람은 체격이 건장한 남자인 경우가 많다. 그들은 낮 동안에는 눈에 띄지 않고 조용히 지내다가도 불만 꺼지면 곧바로 시끄러워진다. 그러나 정말 불행하게도, 날씬하고 평소에는 숨소리도 잘 내지 않던 자그마한 여자들이 잠들자마자 비강을 뿔나팔로 바꿔 마치 롤랑이 론세스바예스에서 그랬던 것처럼 힘차게 불어대는 것을 종종 경험한 적이 있다. 조만간 저 코고는 사람들 중 하나에게 돌이킬 수 없는 짓을 저지를 것 같다고 느낀 나는 그런 위험 상황을 가능한 한 줄여야겠다고 결심했고, 그래서 떠날 때 텐트를 챙겨왔다.

등산을 하면서 산장에서 비슷한 시련을 많이 겪은 터라 벌써 오래전부터 산장을 피해 야영을 하는 쪽으로 문제를 해결해왔다. 예전에는 그러려면 아주 무거운 장비를 짊어지고 가야 했지만, 요즘은 무게가 겨우 1킬로그램 정도밖에 안 되게 아주 잘 만든 산악용 텐트가 나온다. 야외 침낭과 캠핑용 매트를 추가해도 3킬로 미만으로 필요한 장비를 제법 갖출 수 있다. 평온한 밤을 보장받을 수만 있다면 내게 그 정도는 아무것도 아니어서 그런 장비를 열 개라도 지고 다닐 수 있을 것 같다. 더구나 나는 야외에서 자는 것을 좋아한다. 텐트를 통해 바람이 지나가고, 잠에서 깨어날 때면 한층 풍성한 자연의 숨결이 느껴진다. 땅바닥에서 몸을 이리저리 움직일 수 있고 편안하게 휴식을 취할 수도 있으며 노래를 하고 시를 읊고 불을 켤 수도 있다. 그렇게 하더라도 주변을 어슬렁거리는 동물들, 때때로 아주 가까이까지 와서 발소리를 내며 돌아다니는 동물들 외에는 누구에게도 폐가 되지 않는 것이다.

스페인에서는 지정 구역 바깥에서 야영하는 것이 엄격하게 금지되어 있고, 일몰부터 일출 사이에 야영지를 조성하는 것도 마찬가지다. 하지만 그런 금지 조항을 준수하게 하기는 무척이나 어려울 게 분명하다. 적용 불가능한 법을 위반하는 것보다 더 큰 즐거움을 주는 일은 없다. 그럼으로써 내가 이 사회보다 더 합리적이라고 느끼게 되기 때문이다. 게다가 그 정도라면 아주 미미한 저항 행위이고, 바로 그렇기에 동지 의식을 느끼게 되는 것이다.

그래서인지 스페인인들이 야영하는 사람들에게 엄청나게 관대하다는 것을 알 수 있었다. 그들은 야영객을 너그럽게 봐주는 정도를 넘어 도와주기까지 했다.

야영하는 순례자의 행복과 불행

낚시꾼들이 방파제 포장도로에 문어를 던져 연하게 만드는 것처럼, 국경에서 빌바오에 이르는 카미노의 초기 구간들이 나를 내동댕이친 것 같았다. 주변에 코고는 사람이 없는데도 바닥이 딱딱해서 밤이 깊도록 잠들지 못했다. 하지만 아침의 열기는 그런 사정따위는 봐주지 않아서, 해가 뜨자마자 침낭에서 기어나올 수밖에 없었다. 더구나 피레네 산맥의 오트루트를 염두에 두고 구입한 침낭은 스페인의 늦봄 날씨에는 너무 더웠다.

나는 일어나자마자 수면 부족으로 멍한 상태에서 문 연 카페를 찾아 다녀야 했다. 아침에 버너에 불을 붙이는 의식은 너무 큰 스트레스를 줘서, 온갖 편의시설을 갖춘 이 나라에서 굳이 고산 지역의 오지에 있는 것처럼 생활할 필요가 있을까 하는 회의를 불러일으켰다.

유일한 문제는 야영이 가능한 장소와 카페들이 있는 장소가 서로 가까이 있지 않다는 데 있었다. 매일 아침, 야영 장소로 고른 시골의 한적한 구석에서 밀크커피를 한 잔 마실 수 있을 장소까지 수 킬로미터를 깊은 혼수상태로 주파해야 했다. 그런 것도 걷는다고 말할 수 있을지는 잘 모르겠지만. 그럴 때면 카미노는 숲속 깊은 곳으로 나를 이끌어 환상적인 작은 오솔길을 따라 걸으며 감탄사를 연발하기에 딱 좋은 풍경을 만들어 보였다. 물론 아침 여섯 시가 아니고 배가 부를 때나 가능한 일이다.

여기저기 흩어져 있는 샘이나 격류가 순례자에게 신호를 보내 물을 마시거나 몸을 씻을 수 있다고 알려준다. 알베르게에서 샤워를 할 수 없었던 사람은 이런 행운이 나타나면 붙잡아야 한다. 카미노는 내게 얼음장 같은 물속에 몸을 담그는 아침은 몇 번이나 선사하면서도 비스트로 앞을 지나가는 행운은 좀처럼 주지 않았다. 다른 때였다면 즐겁게 받아들일 수도 있었을 상황이 사람을 한층 지치게 만들었다. 마을 하나를 지나고야 비로소 배 속에 뭔가 집어넣는 데 성공했다. 그러고 나면 피로감과 수면 부족, 더러운 옷을 걸치고 있다는 느낌 때문에 카페인의 채찍질에도 무감각해져서 하루 종일 몽롱한 상태로 보내곤 했다.

카미노는 바스크 지방을 가로질러 해안을 따라 뻗어 있다. 발음하기도 어려운 이름을 가진 해수욕장들과 황량한 해변이 번갈아가며 모습을 드러낸다. 내 기억들은 초보 도보 여행자의 지속적인 구토증 때문에 흐릿해졌다. 그 흐린 표면 위로 일관성 없는 이미지들이 떠다닌다. 세련된 해변 도로 위에 자리한 관광객을 위한 카페들과 개를 산책시키는 커플들, 유유자적 자전거를 타는 사람들과 초조함을 감추지 못하고 한잔 마실 시간만 기다리는 영국인들, 바다와 방파제의 암벽을 따라 죽 뻗은 길, 유명 디자이너인 발렌시아가의 탄생을 지켜본 것을 자랑스럽게 여기는 해수욕장의 호화 주택들, 아담한 하얀 집들이 자리잡고 있는 선명한 초록 골짜기들.

녹색 지대는 언제나 경계해야 한다. 식물이 그토록 무성하게 자라고 눈부시게 푸르른 이유는 오직 하나밖에 없기 때문이다. 그것은 바로 비다. 첫 주에 보았던 풍경들에 관한 기억은 어렴풋하기만 하지만, 바스크 지방에서 내 등 위로 쏟아지던 폭우에 대해서는 반대로 아주 또렷이 기억하고 있다. 데바에서 나는 비에 흠뻑 젖은 짐을 말리기 위해 호텔에서 묵어야 했다. 그것은 카미노를 걷는 내내 유지하게 될 리듬, 즉 이삼 일간은 야영하고 하루는 작은 호텔에 묵는 리듬을 처음 만들어내는 기회가 되었다. 본의 아니게 이미 순례자의 청빈 서원에 매여 있었던 나는 호텔 방 값이 알베르게에서 하루 묵는 데 드는 돈의 세 배와 거의 같으니 내가 '평범한' 자케보다 돈을 더 많이 쓰는 건 아니라고 자신을 안심시켰다.

카미노의 가장 특별한 야영 장소들을 발견한 것은 바로 이 구간에서였다. 예를 들어, 나는 두 절벽 사이에 자리잡은 작은 만 안쪽에서 잠을 잔 적이 있다. 바닷물의 침식작용으로 매끄러워진 암벽들이 거대한 빗의 이빨처럼 파도의 머리털 속에 꽂혀 있는 곳이었다. 분홍색 회색 암석들이 바다 기슭에서부터 수평선 쪽을 향해 부드러운 평행선을 그렸다. 수위가 낮아질 때는 반짝거리며 찰랑대는 바닷물 사이로 난 성스러운 바윗길 위를 걸을 수도 있었다. 나는 그곳에서 화려한 일몰을 지켜보았다. 별들의 마지막 반짝임이 수평선을 떠나, 바다 수면 위 바위들이 그리는 기찻길을 따라 내게로 왔다. 하늘은 순청색이었다. 전날 호텔에서 한 식사가 원기를 회복시켜준 덕분에 몸이 거의 정상적인 상태로 돌아와 있었다. 나는 확고한 낙관론에 몸을 맡겼다. 텐트는 해안 절벽가를 따라 주도면밀하게, 어느 밭 안에 설치해놓았다. 농부들은 밤이 되자 건초를 긁어모으던 긴 갈퀴를 어깨에 메고 떠나갔다. 밤은 고요할 듯했고, 약간의 행운만 따른다면 잠이 찾아올 것이었다. 하지만 슬프게도 한 시간 후 어디서 튀어나왔는지 알 수 없는 폭풍우가 상상을 초월할 정도로 거칠게 해안을 뒤흔들었고, 나는 바람에 휩쓸려갈 것만 같은 텐트를 붙잡느라 밤을 꼬박 샜다. 다시 흠뻑 젖고 토할 정도로 기진맥진한 나는 아침 햇살이 비치자마자 다시 걷기 시작했다. 바다를 할퀴던 바위들은 빛줄기 아래 잿빛을 띠고 있었다. 내 기억이 맞는다면, 4킬로미터를 걸어가는 동안 카페는 한 군데도 없었다….

길 위의 고독

순례 초반에는 거의 혼자 지냈다. 드물게 몇몇 순례자들과 마주치긴 했지만 그들과 거리를 유지했다. 알베르게에서 자지 않는다는 사실은 자주 무리를 이루어 다니는 산티아고 순례자들의 세계에서 중대한 핸디캡이 된다. 결집의 장소이기도 한 알베르게에서는 여러 가지 관례적 행동들 덕분에 서로에 대해 알게 될 수밖에 없다. 침대 선택 문제("위쪽 쓰실래요, 아니면 아래쪽 쓰실래요?")를 예로 들 수 있는데, 그것은 대개 처음 대화의 물꼬를 트는 중대한 결정 사안이다.

북쪽 길에는 순례자 수가 적어서 걷는 동안 다른 사람들을 마주치지 않거나 아주 드물게 만나게 된다. 걷는 속도가 제법 빠른 사람은 다른 사람들을 추월하는 일도 생긴다. 처음에는 오랫동안 앞

사람들의 등을 보는 것으로 시작한다. 그들의 배낭에 매달린 조개껍데기이 발을 옮길 때마다 박자를 맞춘다. 서로 가까워졌다가 추월하는 순간이 되면 사람들은 관례적으로 "부엔 카미노"라는 인사를 던진다. 이제 그것은 스페인어가 아니라 독일인이나 호주인도 능숙하게 사용하는 세계어다. 그런 인사를 던진다고 그 사람이 카스티야어(스페인의 표준어)를 할 줄 안다는 의미는 절대 아니다. 그러니 당신이 세르반테스의 언어로 만든 문장을 발설한다면, 상대 순례자는 분명 고개를 흔들면서 당혹감을 드러낼 것이다.

나는 고독에 아주 잘 적응했다. 카미노가 강요하는 방랑과 궁핍이라는 새로운 상태에 적응하려면 고독이 필요해 보이기도 했다. 쌍쌍으로 혹은 몰려다니는 사람들을 만나면 그들이 순례자의 처지를 온전히 경험하기에는 어딘가 부족하다는 생각이 들었다. 어학연수를 갈 때 같은 나라 사람들과 함께 가면 원하는 언어를 배워오지 못하는 것처럼, 극단에 이를 정도로 침묵과 반추의 시간을 갖지 않으면, 아무도 가까이 오고 싶지 않을 정도로 때에 찌들지 않으면 순례 여행에 제대로 적응하는 것이 불가능할 것 같았다.

또한 나는 산티아고 위계 안에서 최초의 계급장들을 얻기도 했다. 여행 초반의 며칠 동안 엄격하게 고독을 고수한 덕분이었다. 얼굴은 짧은 수염으로 덮였고, 옷들은 바닥에서 먹을 것을 만들면서 묻힌 진흙과 다양한 음식물들로 더러워졌다. 그리고 정신은 고된 행군에 시달려 평소의 형태를 잃어버리고 구역질과 피로로 혼미해져 크나큰 전환을 겪기에 이르렀는데, 이것이 오래지 않아 진정한 순례자의 정신 상태를 이루게 되었다.

전에는 중요하지 않았던 것들, 심지어 길을 떠나기 전에는 신경도 쓰지 않았던 것들이 차츰 더 중요해졌다. 나아가야 할 방향을 알려주는 표지를 정확하게 탐지하는 것, 먹을 거리를 미리 비축해 두는 것, 너무 늦기 전에 텐트를 세울 평지를 찾아내는 것, 등에 지고 다니는 여전히 너무 무거운 짐에 대해 다시 생각하는 것, 바로 이런 것들이 순례자들을 노예처럼 밤낮 없이 지배하는 일들이다.

조금씩 변화가 이루어짐에 따라 순례자는 과거의 자신에게 완벽하게 이방인이 되고, 그와 동시에 다른 사람들을 만날 준비를 마치게 된다.

초반 적응기가 끝난 시기는 내가 세나루사 수도원에 도착한 시기와 거의 일치한다. 그야말로 중세 분위기를 자아내는 오래된 포장도로를 따라가다보면 그곳에 이르게 된다. 나무 그늘 아래 있는 그 길은 내가 지나갔을 때 전날 내린 비로 여전히 진흙투성이였다. 한산한 길에서 벗어나자마자, 언덕 위에서 숲을 환하게 비추고 초원의 초목을 빛나게 하는 커다란 태양이 나를 맞아주었다. 수도원은 언덕 꼭대기에 위치하고 있어서, 커다란 흰 구름이 떠 있는 짙푸른 하늘 아래 펼쳐진 바스크 지방의 들판이 훤히 내려다보였다. 수도원 부속 교회 앞에 십자가의 길 마지막 여정을 표현한 세 개의 화강암 기둥이 서 있었다. 포치를 지나면 안뜰에 이르렀는데 오른

쪽에는 교회가, 왼쪽에는 수도원 건물이 자리잡고 있었다. 수도원 전체에 인기척이 없었다. 안뜰의 다른 쪽 끝은 숲을 향해 올라가는 잔디 정원으로 이어졌다. 작은 상점에서 수도사들이 만든 물건들을 팔고 있었다. 상점은 닫혀 있었지만 인터폰이 있어서 담당 수사를 부를 수 있었다. 나는 벨을 눌렀다. 잡음 섞인 목소리가 내게 현대식 건물을 돌아가 부엌 앞에서 기다리라고 했다. 그제야 나는 교회 뒤에 최근에 지어진 작은 건물이 언덕을 정면으로 마주보고 있음을 발견했다. 유리창이 있고 사람이 거주하는 것처럼 보이는 건물이었다. 나는 모퉁이를 돌아 새 건물까지 이어지는 테라스 위를 걸어갔다. 그리고 거기서 기다렸다.

이미 순례자가 된 나는 본능대로 배낭을 땅바닥에 내려놓고 어깨를 주무르다가, 오래지 않아 바닥에 주저앉아 머리를 건물 벽에 기대고 지는 해를 향해 뺨을 내밀었다. 극단적일 정도로 자신을 돌보지 않게 된 사람은 쉽게 긴장을 푼다. 그리고 나는 순식간에 신발이며 양말을 벗어던진 후 발가락을 살펴보는 일에 빠져들었다. 그 순간 내 앞에 묘한 느낌의 키 작은 남자 한 명이 나타났다. 대머리에 활기찬 눈빛을 한 그레고리오 수사가 입가에 미소를 띠고 내게 환영 인사를 건넸다. 그는 권위를 내비치면서 내게 순례자 공동 숙소를 보여주었고, 나는 맨발로 그를 따라다녔다. 현대식 건물 측면에 있는 아주 작은 방이었다. 우리는 가려져 있는 문을 통해 그 방으로 들어갔다. 방에는 철제로 된 이층 침대들과 포마이카 탁자 하나만 놓여 있었다. 8인실이었다. 수사는 내게 별로 신경 쓰지 않고 순례자들에게 하는 의례적인 설명을 늘어놓았다. 그가 말을 다 끝냈을 때에야 나는 혹시 바깥에 텐트를 세워도 되는지 물을 수 있었다. 예수 수난의 마지막 십자가들이 세워져 있는 작은 정원에 특히 마음이 끌렸다. 커다란 플라타너스가 지키고 있는 초록의 삼각지대에서는 주변 언덕들이 근사하게 한눈에 들어올 뿐 아니라 공용 벤치도 하나 설치되어 있었다. 그레고리오는 내가 거기에 텐트를 설치해도 전혀 문제될 것이 없다고 했다.

바로 그 순간에 네 명의 여자가 나타났다. 그들은 숨을 헐떡이며 막 비탈길을 다 올라온 참이었다. 그들을 본 그레고리오의 얼굴이 환해졌다.

나와 함께였을 때 그의 태도는 약간 기계적으로 정중했다. 하지만 새로 온 사람들에게는 훨씬 더 열의를 보였다. 여자들이 호주 사람이라는 걸 알게 되자 그는 서툰 영어로 말하기 시작했다. 몹시 흥분한 그는 한 명씩 여자들의 팔을 붙잡아가며 공동 숙소로 이끌었다. 그가 조금 전의 사설을 다시 늘어놓는 소리가 들려왔지만 이번에는 크게 킥킥거리는 소리와 함께였다. 여자들의 웃음소리가 그에게 화답했고, 그는 더 아름답게 킥킥거렸다. 그가 밖으로 나왔을 때 이번에는 오스트리아 여자 세 명이 도착했고, 수도사의 흥분은 열 배나 더 커졌다. 그는 아까 영어로 말하려고 시도했을 때처럼 긍지를 내비치며 독일어로 말했다.

그는 여자들이 자리를 잡는 동안 나와 함께 바깥에서 기다렸다. 돌아온 여자들은 다들 좀 전에 내가 그랬던 것처럼 땅바닥에 앉았다. 그러나 그레고리오는 계속 서 있었다. 그는 우리에게 그가 오래전 이 수도원의 수도사였다가 이후 이십 년 동안 수도회를 떠나 있었다는 이야기를 들려주었다. 그는 전 세계를 누비고 다녔다는데 정확히 무슨 일을 했는지는 우리에게 밝히지 않았다. 그 이야기를 들려주면서 그는 덩치가 큰 오스트리아 여자의 어깨를 주물렀다. 그녀는 처음 도착했을 때 메고 있던 엄청난 크기의 배낭을 마치 작은 쿠션인 양 편안하게 다루며 내려놓고는 내게 눈길을 주었는데, 그 속의 갈망에 나는 살짝 두려움을 느꼈다.

그사이에 수사는 오스트리아 여자를 놓아주고 이제 한 호주 여자의 팔꿈치를 마사지하고 있었다. 창백하고 얇은 입술을 가진 그녀는 그녀의 튜턴족 친구보다 덜 탐욕스러운 분위기였다. 하지만 그레고리오가 어찌나 익살스러운지 — 게다가 어쨌든 그는 수사니까 — 엄격해 보이는 여자 순례자도 그가 하는 대로 내버려두었다. 어쩐지 그녀가 거기서 쾌감을 느끼는 것 같다는 느낌마저 들었다.

그레고리오는 먼바다를 건너기 위해 탔던 배들에 대해 이야기했다. 일본과 일본 여자들, 아르헨티나와 아르헨티나 여자들, 미국과 미국 여자들에 대한 재미난 일화들도 들려주었다. 각 여정을 떠올릴 때마다 그는 셀 수 없이 다양한 언어로 배운 단어들을 자랑스럽게 들려주면서 폭소를 터뜨렸다. 그는 이십 년의 방랑 끝에 마침내 자신이 있던 세나루사의 수도원으로 돌아가기로 결심했다. 그리고 별 어려움 없이 다시 받아들여졌고, 그의 언어 능력 덕분에 지금까지도 오스피탈레로로 계속 일할 수 있었다.

그는 우리가 다들 바랐기 때문에 저녁 미사 때 데리러 오기로 했다. 그리고 미사가 끝나면 우리의 저녁식사를 챙겨줄 것이었다. 그레고리오는 사라졌고, 다들 샤워를 하느라 분주해졌다. 나는 거기서 상당히 유리했는데, 유일한 남자인데다 욕실이 남녀 구분이었기 때문이다. 그 후 나는 텐트를 세우고 침구를 챙겨놓으러 갔다.

다시 돌아왔을 때 여자들은 모두 사라지고 없었다. 나는 그들이 미사에 참석하러 갔다고 결론을 내렸다. 다소 날카로운 종소리가 미사의 시작을 알리고 있었다.

세나루사 수도원의
저녁 미사

수도원 건물들을 한 바퀴 돌아본 후 예배당 안으로 들어갔다. 어둡고 묵직한 로마네스크 양식 건물이었다. 18세기에 금박을 입힌 나무로 제작한 제단은 조각들과 나선형의 작은 기둥들로 장식되어 있었고, 거의 성가대석의 둥근 천장까지 닿을 정도로 높았다. 처음에는 실내가 어두워서 윤곽만 겨우 알아볼 정도였다. 그런데 보이지 않는 손 하나가 갑자기 스위치를 올렸고, 그러자 제단이 환해졌다. 황금빛의 광택, 조각상들의 살결, 여기저기 걸려 있는 그림들의 푸른색 등등이 아무 꾸밈 없는 우중충한 돌을 배경으로 반짝거렸다. 곧 스카풀라를 입은 수도사들이 앞뒤로 줄을 지어 들어와 아치 모양으로 앉았다. 그들은 여섯 명으로 그중에는 그레고리오도 있었다. 그는 알아보기 힘들 정도로 다른 모습이었다. 음탕하고 장

난을 좋아하는 자그마한 익살꾼은 확신에 찬 표정으로 십자가에 못 박힌 그리스도에게 고통스러운 시선을 던지는 근엄한 수도사로 변해 있었다.

나의 여성 동지들인 오스트리아와 호주에서 온 여자 순례자들은 예배당 안 나무의자에 흩어져 앉아 있었다. 여자들이 제각기 보여주는 태도를 바탕으로 그들의 영성이 어떠한지 가설을 세워볼 수 있었다. 한 명은 허공으로 눈을 올려뜬 채 둥근 돌 천장에 시선을 고정시키고 있었는데, 그녀가 그곳의 침묵 속에서 오직 우주를 향한 도약을 구하는 것이 느껴졌다. 무릎을 꿇고 열심히 십자 성호를 긋고 있는 다른 한 명은 그녀가 믿고 있는 것이 그리스도임을 보여주었다. 루터교도가 확실해 보이는 세 번째 여자는 미사 시작 때 수사가 나눠준 작은 전례용 시편 책자를 뒤적이고 있었다. 텍스트에 의지하지 않고는 기도문을 떠올릴 수 없는 게 분명했다. 불행히도 책자는 스페인어로 되어 있어서 그녀에게는 시편의 난해함에 카스티야어의 난해함까지 추가되었다. 내가 앉은 곳과 가까운 의자에 앉은 체격 좋은 오스트리아 여자가 지나치게 눈에 띄는 미소로 내 시선에 응답하는 것이 보였다. 나는 스스로의 매력에 대한 환상을 품고 있지 않은 사람이기 때문에 그녀에게 효과를 발휘한 것이 내 안의 수컷이라는 것을 분명히 느낀 터였다. 그녀는 육신의 부활을 거의 믿지 않는 듯했다. 이승에서 육신의 만족을 누리리라 굳게 결심한 분위기였다.

수사들이 노래하기 시작했다. 그들 중 한 명은 하모늄(소형 오르간)을 연주했다. 궁핍함으로 고생한 흔적이 역력한 그들의 얼굴에서 스페인의 강력하고 엄숙한 신비주의를 읽을 수 있었다. 그들 중 세 명은 시커먼 수염을 길렀는데 그 때문에 그레코의 그림 속 인물들과 닮아 보였다.

우리 모두는 머리가 몽롱해지는 기도의 마법에 사로잡혔다. 그것은 카미노가 순례자에게 선사하는 특별함 중 하나로, 그가 카미노를 찾은 동기가 무엇이었건 예기치 않은 종교적 감정에 사로잡히게 되는 순간이다. 도보 순례자의 일상이 무미건조할수록, 고통스러운 물집이나 너무 무거운 배낭 같은 문제로 더 힘든 상황일수록 이런 영적인 순간들은 힘을 발휘한다. 카미노를 걷는다는 것은 무엇보다 영혼의 망각이자 육체에 대한, 그 고통에 대한, 그 자신의 것인 수많은 욕구들의 충족에 대한 굴복이다. 그리고 그다음에는 이렇게 순수한 도취의 순간들이 돌발적으로 찾아와 우리를 걷는 동물로 바꿔놓은 근면한 일상의 틀을 무너뜨린다. 그런 도취의 시간 동안 단순한 노래 한 곡의 공간이자 만남의 공간, 기도의 공간인 육체는 쪼개져 산산조각이 나고, 그동안 잃어버렸다고만 믿었던 영혼을 해방시켜준다.

이런 생각에 빠져 있는데 갑자기 예배당 문이 벌컥 열렸다. 수도사들은 아랑곳하지 않고 계속 노래를 불렀다. 그러나 신앙심이 허술하고 쉽게 도취에서 깨어나는 순례자들인 우리에게 이런 방해는 영혼의 도약을 가로막는 일이었다. 한 사람이 들어오고, 그 뒤로 두 명이, 그다음에 네 명이 들어오는 식으로 해서 모두 이십여 명이 들어왔다. 은퇴할 나이가 지난 것 같은 스페인인들이었다. 바지에 하얀 티셔츠를 입은 그들은 대부분이 손에 사진기를 들고 있었다. 어둠 속에서 플래시가 터졌다. 침입자들은 나름대로 조심하느라 목소리를 낮춘 듯했지만 그레고리안 성가의 부드러운 울림을 덮어버리기에는 전혀 부족함이 없었다. 방문자들은 아무런 거리낌 없이 성호를 긋고 서툴게 무릎을 굽혔다 펴더니 자리에 앉았다. 이런 부산함에 이어 전례용 시편 책자를 아무렇게나 넘기는 소리가 계속되었다. 제일 익숙한 사람들이 다른 사람들에게 번호를 알려주었고, 갈라진 목소리로 교송 성가를 따라하려 들었다. 이런 난리법석이 오 분간 계속된 후, 비밀 신호라도 받았는지 방문객들은 다 함께 일어나 우루루 떠났다. 사진을 몇 장 더 찍고 문 삐걱거리는 소리를 스무 번은 더 낸 후였다.

저녁 미사는 침입자들 때문에 분위기가 엉망이 된 채로 끝났다. 밖으로 나와 포치 아래서 순례자들끼리 다시 만났을 때, 불쑥 들이닥쳤던 무례한 침입자들에 대한 이야기가 나왔다. 분명 이곳을 경치 좋은 휴식처로 추천받은 관광버스 승객들이라는 게 일반적인 가정이었다. 아마 곧바로 다시 버스를 탔을 것이고 다음 구경거리를 향해 차를 타고 달려가는 중일 거라고 말이다.

그러니 배낭이 있는 곳으로 돌아가다가 관광객이라고 추정했던 이들이 여전히 거기 있는 것을 발견하고 우리가 얼마나 놀랐겠는가. 뿐만 아니라 그들은 바퀴 달린 가방을 끌고 정원의 작은 길을 지나, 순례자들의 자그마한 공동 침실이 마련된 새 건물의 측면을 향해 걸어가는 것이었다. 건물을 한 바퀴 돌면서 우리는 관광객들이 화려한 유리문에 바닥이 대리석인 건물의 정문 쪽으로 모이는 것을 보았다.

잠시 후 이쪽으로 온 그레고리오에게 우리는 물었다. 그는 그들이 수련 중인 사람들이라고 설명해주었다. 그들은 수도원 개인실에서 묵었다. 완전히 현대식 시설을 갖춘 새 건물을 지은 이유가 바로 거기에 있었다. 그가 방문객들에 대해 말하는 태도로 보아 그들의 체류가 수도사들에게 아주 큰 보탬이 되는 것임이 틀림없었다.

"저 사람들은 여기 뭘 하러 온 건가요?"

"피정이죠."

"피정할 땐 뭘 하는데요?"

"저 사람들은 요가를 해요."

실제로 피정객들이 입고 있는 흰 티셔츠에 'Yoga group'(웬 영어?)이라고 쓰여 있는 것을 본 적이 있었다. 잠시 후 우리 중 사진을 찍으려고 정원 쪽으로 갔던 두 사람이 돌아오더니, 벌써 우리 이웃 중의 많은 수가 수도원 주변에서 가부좌를 틀고 앉아 지는 해에게 인사를 건네는 것 같다고 얘기해주었다.

바로 그런 경험들에서 순례자는 세상의 변화를 헤아린다. 산티아고 순례길이 다시 활기를 되찾았다 해도, 이제는 과거에 그랬던 것처럼 신앙심을 다지기 위해 그 길을 걷는 것은 아니다. 카미노는 거대한 포스트모던 시장에서 소비를 위해 제공되는 상품들 중 하나에 불과하다. 수도사들은 현실적인 사람들이라 다양성의 진가를 알아보고 각자의 욕구에 맞춘 서비스를 제시했다. 그들은 동아리 활동을 원하는 다양한 집단이 사용할 자원을 신속하게 셈했다. 그리고 관광객들에게는 수도원에서 생산한 제품들(엽서, 치즈, 잼)을 높은 가격으로 내놓고, 'Yoga group'을 위해서는 새 건물의 호사스러운 방들을 마련해두었다. 이가 들끓는 저 순례자들이라면 이미 오래전부터 다 꿰고 있지 않은가. 그들의 문을 두드리러 오는 사람들은 가장 가진 것이 없거나 가장 인색한 사람들이다. 왜냐하면 1킬로미터도 떨어지지 않은 곳에 충분히 쾌적한 시설을 갖춘 알베르게가 16유로에 하룻밤 숙박을 제공하기 때문이다…. 수도사들은 전통 때문에 어쩔 수 없이 순례자들에 대한 서비스를 보장하고 있지만 오직 최소한의 서비스일 뿐이다.

우리는 식사시간에 그 사실을 확인할 수 있었다. 태양의 숭배자 그룹이 호화로운 식당 홀에 모여 식사한 반면 우리는 일곱 시 반에 그레고리오가 주방에서 거의 태우다시피 해서 내온 음식을 제공받았다. 아마 이전에 방문했던 'Yoga group'이 남긴 것들로 만들었을 가능성이 큰 그 요리는 그리 나쁘지 않았다. 그러나 사각형의 커다란 양철 식판에 담겨 나온데다 그레고리오가 그것을 바닥에 내려놓은 까닭에 개밥이 떠오르는 것은 어쩔 수 없었다.

그래도 우리는 별로 상관하지 않았다. 배가 고팠기 때문이다. 우리는 여덟 명 모두 테라스 바닥에 그대로 주저앉아 즐겁게 이야기를 나누면서 저녁식사를 했다. 순례길 여성 동지들의 요청으로 나는 내 소형 버너의 사용법을 보여주었고, 모두를 위해 허브 차를 준비했다. 모두가 한 명도 빠짐없이 챙겨온 줄에 빨래집게로 고정시킨 우리의 양말들이 출정 중인 군부대 진지에 매달린 깃발처럼 바람에 펄럭였다.

배불리 먹고 포도주로 얼큰해진 요가 수련자들이 다시 바깥으로 나왔다. 퇴직한 피정객들 중 일부가 우리 그룹에 관심을 보였고, '산티아고'라는 단어가 입에서 입으로 옮겨갔다. 그중 제일 대담한 사람들이 손에 사진기를 들고 다가왔다. 그래도 우리에게 말을 걸 정도로 대담한 건 아니었다. 더구나 우리가 수도사들이 준 먹이를 우물우물 씹으며 내는 소리 때문에 우리에게도 말을 할 능력이 있는지 확신할 수 없는 게 분명했다. 그러나 적어도 우리가 그림이 될 만한 장면을 만들어준 덕분에 그들은 연수를 마치고 가져갈 기념품을 하나 더 마련할 수 있었다. 사진기들이 찰칵찰칵 소리를 냈다. 촬영이 진행되는 동안 우리는 미개인이라는 주어진 역할, 솔직히 털어놓자면 우리에게 특별히 큰 노력이 필요하지 않았던 역할을 완벽하게 연기하면서 최대한 늘어진 포즈를 취했다.

그 후 그들과 우리 두 그룹은 서로 모르는 척했다. 일몰은 우리에게 미지근한 벽에 기대어 뒹구는 달콤한 휴식의 기회였다. 우리는 피할 수 없는 질문 '어디서 출발하셨어요?'부터 시작해서 카미노에 대해 여러 이야기를 나누었다. 반창고와 콤피드*를 교환하면서 교유는 한층 깊어졌다. 나는 너무 바싹 달라붙는 오스트리아 여자에게 내가 카미노를 걷느라 탈진했다는 사실을 이해시키려고 애썼다. 그런 실망에 익숙해 보였던 그녀는 대마초를 크게 하나 말았고 내게 한 모금도 주지 않는 것으로 복수했다.

나는 나의 십자가의 길 아래 세워놓은 텐트로 자러 들어갔다. 그리고 저 태양 숭배자들에게 헌납된 중세의 집에 잡동사니 하나를 보태기 위해 아이패드로 미국 드라마를 한 편 보았다. 잠들기 조금 전에 바깥에서 작은 소리가 들렸다. 혹시 오스트리아 여자가 야음을 틈타 텐트로 슬그머니 들어와 나를 점령하기 위해 최후의 공격을 해오는 건 아닐까 겁이 났다. 하지만 바람이나 짐승이 지나가는 소리인 게 분명했다. 모든 것이 다시 고요해졌다. 우리 마음속에는 모순도 존재하는지라, 한순간 아쉬운 마음이 들기는 했다….

아침에 세나루사 수도원을 떠나면서 나 자신이 달라진 것을 느꼈다. 그곳에서의 휴식이 상황 적응과 자발적 고독으로 점철된 첫 일주일에 마침표를 찍어준 것이었다. 그 이후로 나는 사교적인 순례자의 단계로 옮겨갔다.

---

* 물집이 났을 때 붙이는 밴드.

그렇다고 해서 다른 사람들과 무리를 지어 출발할 정도까지 간 것은 아니었다. 더구나 카미노 북쪽 길에서는 각자가 자신의 동반자가 되어 걷는다. 순례자들은 매일 밤 숙박할 도시와 알베르게에서 다시 만나게 된다. 그러나 낮 동안에는 호주에서 온 친구들처럼 처음부터 함께 출발한 경우가 아니라면 대체로 혼자 걸으며, 설사 새로 무리를 지어 다니게 되더라도 일시적인 연합의 형태를 취할 뿐이다. 나는 나중에 다른 구간에서 오스트리아 친구들을 다시 만났는데 그때는 세 사람이 뿔뿔이 흩어져 걷고 있었다.

나는 항상 혼자서 걸었지만 여행 초반의 며칠 동안 그랬던 만큼 고독이 필요하지는 않았다. 나는 내가 카미노에 제대로 적응했으며, 순례자라는 내 새로운 자아와도 충분히 조화를 이루어 여러 만남을 받아들이고 하나 같이 달랐던 내 동료 인간들과 우호적으로 지낼 수 있게 되었다고 느꼈다.

마라톤과 산티아고,
똑같은 전투!

순례 초반에 갑작스러운 상황 변화가 부른 신체적 고충은 아주 사라지진 않았지만, 이제 어느 정도 제한되었다. 모든 것이 양쪽 엄지발가락 조금 아래쪽 발바닥의 끔찍한 통증으로 압축되었기 때문이다. 물론 그것 역시 무척 참기 힘들었지만, 그래도 거기서는 어떤 진전이 보이는 것 같았다. 나는 제대로 잠들지 못하는 밤들, 근육통, 배고픔, 목마름 같은 온갖 불편이 먼저 다리로 옮겨갔다가 발 아래로 내려갔다고 확신했다.

순례자의 발! 극히 하찮은 주제지만 카미노에서는 상당히 중대한 비중을 차지한다. 각 구간의 숙박지는 우리가 평소에 중요하게 여기지 않았던 그런 문제들을 열심히 해결할 기회를 준다. 어떤 순례자들은 자신의 발 때문에 악몽을 경험하면서 다른 이들도 그 악몽에 동참하게 만든다. 그런 극심한 고통을 혼자만 간직할 수 있는 사람은 드물기 때문이다. 수치심 때문에라도 쉽게 노출하지 못하는 더 은밀한 신체 부위들과 달리 발은 충분히 자발적으로 사람들 앞에 내보일 수 있다. 건강한 사람들의 의견을 들어보기 위해, 혹은 물집이나 찰과상, 건염을 바라보는 동정 어린 시선이 고통을 누그러뜨리는 효과를 불러올지도 모른다는 희망을 품고서 사람들의 면전에 발을 내놓는 것이다. 카미노의 상점들, 특히 약국들은 신발을 벗고 상처 입은 발을 보여주는 것이 최초의 응급 처치라고 믿는 사람들로 혼잡하다. 한번은 바스크 지방에서 분명 기업이나 대학에서 중요한 직위에 있을 듯해 보이고 다른 곳에서라면 상당히 점잖게 행동했을 제법 나이든 이탈리아 남자가 약국 판매대 위에 피 묻은 발을 올려놓겠다고 고집을 부리는 모습을 본 적이 있다. 땀과 때로 꼬질꼬질해진 반창고 조각들이 보호해주기에는 역부족으로 엉망이 된 상처들에서는 고약한 냄새가 풍겼다. 불쌍한 여자 약사들은 그를 만류하기 위해 스페인어로 고함을 질러댔다. 그들의 얼굴에는 재앙이 끊이지 않는 그 길 주변에서 일하게 된 비참한 운명을 원망하는 절망감이 강하게 드러났다. 신발을 벗어던지지 않고 자신의 문제를 설명할 수 있는 점잖은 도보 여행자에게 소독제를 팔 때는 그래도 괜찮았다. 그러나 카스티야어로 자신을 표현할 줄 모르는 사람들은 몸을 이용하는 만국 공통어에 의지하기 때문에 판매대 앞에서 피고름을 휘두르게 되고, 결국 약사들에게 더이상

감출 수 없는 혐오감을 확실히 심어주게 되는 것이다. 약사들이 할 수 있는 유일한 대답은 점점 더 큰 소리로 반복해 숫자를 외치는 것이었다. 하지만 그 의미를 이해하지 못한 이탈리아 남자는 판매대 위의 발을 점점 더 앞으로 내밀었고, 그러는 통에 향수 샘플들과 식물을 주성분으로 한 비만 치료제품들을 뒤엎어버렸다. 결국 나는 약사들이 외친 숫자가 병원으로 가는 버스가 가장 빨리 출발하는 시간이라고 통역해주어야 했다.

순례자가 그런 근심거리들을 이겨내게 되었을 때, 그리고 발바닥 아래 각질이 축복받은 단계에 이르렀을 때, 그는 매일 밤 숙소에 도착하자마자 조심조심 신발을 벗으면서 힘겹게 도달한 이 새로운 상태를 지키려 노력한다. 숙박지에서 저녁식사 후 산책하다 마주치는 자케들은 반드시 슬리퍼나 샌들이나 크록스를 신은 모습이다. 심지어 그들이 서로를 알아보는 것도 그 덕분이다. 나는 아직 그 단계까지 이르지 못해서 물집 때문에 끔찍하리만치 고통스러웠다. 등산을 다닌 경험이 내게 오만의 죄를 범하게 했다. 산에 다니면서 한 번도 물집이 생긴 적이 없었기에 산티아고 길에서도 그럴 위험이 전혀 없다는 지극히 잘못된 결론을 내린 것이다. 심각한 착각이었다. 등산화는 얇은 가죽으로 되어 있고 첨단 재료로 안을 덧대었으며 오르막길이나 내리막길 같은 경사진 곳에서 사용된다. 게다가 산에 갈 때는 아주 장시간 동안 등산화를 신을 필요가 없으며 걸음의 리듬도 느리다. 하지만 카미노에서는 문제가 완전히 달라진다. 몇 시간 동안 빨리, 그것도 평지를 걸어야 한다. 날씨도 덥다. 매일 아침 이제 겨우 가라앉으려 하는 상처를 디디며 여덟 시간에서 열 시간 동안 똑같은 고행을 반복하기 위해 다시 출발한다. 한술 더 떠서 나처럼 출발하기 바로 전에 신발을 구입하고 그것을 발에 길들이지 않은 바보짓을 했을 때의 결과는 재앙 수준이다. 내가 선택한 모델은 너무 작고 불편했다. 내가 태평스러웠고 오만했으며 인색했음이 입증된 것이었다. 러시아에는 구두쇠는 항상 돈을 두 배로 쓴다는 말이 있다(내 아들이 내게 자주 하는 말이다). 바로 이번 경우가 그래서, 나는 길을 가다가 다른 신발을 사야 했다. 신발 교체를 감행한 곳은 게르니카였다. 수난의 도시가 나의 고통을 이해하고 그것을 덜어주는 것처럼 느껴졌다. 새 신발은 훨씬 잘 맞았다(오늘 아침 이 글을 쓰면서도 여전히 그 신발을 신고 있다). 그렇지만 새 신발이 내 미래의 안녕을 준비한다고 해서 이전에 신었던 (그리고 게르니카 중앙시장에서 사람들이 쓰레기를 비우는 동안 그곳 커다란 쓰레기통에 슬그머니 밀어넣어버린) 신발이 저지른 만행을 즉시 바로잡아주는 능력까지 갖춘 것은 아니었다. 나는 내 불행을 견디고 발걸음을 옮길 때마다 몸 전체로 퍼지는 고통을 이겨내야 했다. 그럼에도 불구하고 내 안에 어떤 확신이 섰다. 계속 걷다보면 결국은 아픔이 새 신발의 바닥을 통과해 땅바닥으로 흘러가버릴 거라고. 중세에는 그렇게들 믿어서 개의 등 위에 맨발을 올려놓고 자면 류머티즘이 동물의 몸속으로 배출될 거라고 믿었다. 내 생각도 그런 믿음과 별로 다르지 않았다. 발걸음을 옮길 때마다 얼굴을 찌푸리고 절룩거리면서 걸었지만, 나는 오래지 않아 카미노가 내 불운의 마지막 흔적까지 흡수해줄 거라고 기대했다.

어느 일요일 아침 밝은 태양 아래 빌바오에 도착했을 때 나는 그런 상태였다. 걸어서 대도시에 접근하는 일은 항상 복잡하고 힘들다. 다음에 이쪽 길에 다시 도전할 때는 반드시 편법을 쓰지 않고 걸어갈 것이다. 그러나 이번에는 피투성이가 된 발바닥 때문에 빌바오를 조금 못 미쳐서 항복할 수밖에 없었다고 고백해야겠다. 걸어가다가 노선버스를 발견한 나는, 빌바오를 에워싼 공장들과 창고들의 미로를 통과하는 마지막 몇 킬로미터를 가기 위해 그 차를 탔다. 버스는 비어 있었다. 프랑스 여자 두 명이 다음 정거장에서 버스에 올랐다. 그들도 나처럼 순례자였다. 원숙한 나이의 자매였는데 아주 건강해 보였고, 성 야고보의 조가비를 잔뜩 매달고 있었으며 몹시 유쾌했다. 그들은 이번이 네 번째 카미노행이며 매번 다른 곳에서 출발했다고 했다. 심지어 세비야에서 출발해 에스트레마두라를 가로지르는 그 유명한 '은의 길Camino de la Plata'도 걸은 적이 있었다. 그러나 특이하게도 끝을 맺지는 않았다. 아직 한 번도 산티아고에 도착한 적이 없는 것이었다. 그들의 남편들이 두 주까지는 혼자 지내는 데 동의한 것 같았다. 그 기한이 지나면, 남편을 다시 보지 못하게 될까 두려워서였는지 아니면 남편의 애정이 애타게 그리워서였는지, 어쨌든 그들은 돌아가는 쪽을 선택했다.

그들의 이번 종착지는 산탄데르가 될 예정이었다.

나보다 훨씬 용감했던 그들은 아브릴 산 정상을 거쳐 빌바오에 진입하는 내리막길이 시작되는 정거장에서 내렸다. 나는 발의 상처가 아무는 것을 위태롭게 만드느니 차라리 사기꾼이 되는 쪽을 선호했기에 자리에 그대로 앉은 채 두 자매와 작별했다. 내가 그들이 흘리고 간 작은 가이드북을 발견한 것은 이미 그들의 모습이 사라지고도 버스가 약간 더 간 후였다. 그것은 그동안 그들이 계속 가지고 다니면서 메모를 남긴 상세한 소책자로, 이후에 갈 곳들에 대한 안내도 있었다. 나는 감격하며 책자를 넘겨보았다. 순례자들은 다들 가이드북을 하나씩 가지고 다니는데 그것을 보면 그의 기질이 드러난다. 어떤 이들에게 과거는 곧바로 삭제된다. 나도 그런 부류에 속해서, 매일 가이드북에서 이미 지나온 길에 해당하는 부분을 찢어 버렸다. 그런 식으로 체계적인 망각을 실천하는 사람들에게 여행은 영원한 불균형이다. 그들은 다음날로 향하고 과거로부터 도망친다. 나는 여행하는 동안 아무것도 기록하지 않았고, 심지어 숙소에서 수첩에 급히 글을 써넣느라 명상에 잠길 소중한 순간들을 놓치는 순례자들을 보면 짜증스럽기까지 했다. 내게 과거는 변덕스럽지만 매력적인 기능, 오직 본인만을 위한 기능, 사람들이 기억이라고 부르는 기능에 맡겨야 하는 것처럼 보였다. 기억은 그것이 사건에 부여하는 중요도에 따라 선택하고, 버리고, 보존한다. 그 선택은 사람들이 사건 당시에 내리는 판단과는 거의 관계가 없다. 그렇기 때문에 당신에게 특별하고 소중하게 여겨졌던 장면들이 아무 흔적도 남기지 않고 사라지는 반면, 아무 생각 없이 겪은 별것 아닌 순간들에 감정이 담겨 있어 오래 남아 있다가 어느 날 갑자기 다시 태어나기도 한다.

그런데 두 자매처럼 나와 반대쪽에 속하는 사람들에게는 지나간 시간도 미래만큼 소중하다. 그 두 시간 사이에는 강력하면서도 덧없고 밀도 높은 현재가 존재하며, 그 은혜를 유지하려면 가이드북을 메모들로 뒤덮어야 한다. 자매가 잃어버린 작은 책자가 바로 그런 것이었기에 그들은 그것을 잃어버려서 몹시 애석해할 게 틀림없었다. 나는 그 귀한 문서를 챙겨가기로 마음먹었고, 그 문서는 나를 카미노의 또다른 깊은 곳으로 끌어들였다.

내가 탄 버스는 원래 빌바오 시내 중심가까지 가는 것이었지만 형광색 조끼를 입은 사람들 때문에 그전에 멈춰야 했다. 네르비온 강 강변도로가 마라톤 대회 때문에 봉쇄되었기 때문이었다. 결국 나는 차에서 내려 약간 절룩거리며 걸어가야 했다. 초현대적인 그 구역의 건물들이 햇볕에 반짝거렸고, 그 한가운데에 유리로 만든 꽃처럼 활짝 펼쳐진 구겐하임 미술관이 있었다. 분위기는 한층 더 두드러지게 포스트모던했다. 그곳에서 나는 지저분한 모습에 후줄근한 배낭을 메고 소위 중세풍이라 일컬어지는 길을 따라 절룩거리며 걸어가고 있었던 반면, 내 주변에서는 딱 달라붙는 형광색 옷에 나이키 운동화를 신고 가슴 근처에 휴대용 심전도 측정기를 매단 사람들이 유리와 강철이 만들어내는 풍경을 따라 가젤처럼 성큼성큼 달려가고 있었다. 인간이 자연에 대해 승리를 거두었으며 성스러운 것을 자신에게 맞게 길들였고, 중세시대가 성 야고보의 유해를 경배하러 감으로써 속죄하고자 했던 모든 상처들로부터 해방되었음을 충분히 입증해주는 풍경이었다.

경기 진행 요원들이 마라톤 주자들 때문에 통제 중인 보도에서 나를 거칠게 밀어냈다. 구시가지에 도착한 나는 그 사건들에 대해 깊이 생각해볼 시간을 가졌다. 그리고 내 시도가 뉴요커 같은 모습으로 자기도취에 빠진 마라톤 주자들의 시도와 본질적으로 그리 다르지 않다는 결론에 도달했다. 단지 내가 뛰어든 시합이 더 길고 규칙이 달랐을 뿐이다. 그것은 다른 윤리학과 미학을 전제로 했다. 그러나 솔직히 말해서, 내가 천 년 전의 진짜 순례자들보다 21세기의 조깅하는 사람들과 더 가깝다는 사실을 인정할 수밖에 없었다….

운동하는 사람의 은유를 통해 나는 확신에 다다르게 되었다. 만일 내가 보도에서 달리고 있는 내 이웃들처럼 42킬로미터가 아니라 '순례'라 불리는 시련이 요구하는 대로 800킬로미터를 완주할 컨디션을 유지하고 싶다면, 일주일의 행군 이후 도착한 이곳 빌바오야말로 내게 완벽한 휴식지가 되리라는.

빌바오에서의 첫 유혹

일주일간의 행군은 아직 산책에 불과하다. 확실히 길고 고통스럽고 평소와 달랐지만, 일주일은 한 번의 휴가 일정에 해당하는 시간이다. 그것을 넘어서면 완전히 새로운 공간으로 들어서게 된다. 연속되는 하루하루, 지속되는 노력, 피로의 누적으로 그 길은 비교 불가능한 경험이 된다. 빌바오에서 그런 일주일의 경계를 넘어선 순간 나는 현기증에 사로잡힌 느낌이었다. 다 그만두고 싶다는 유혹이 굴뚝같았다. 무엇보다 볼 만큼 다 보지 않았는가. 순례라는 게 뭔지 충분히 알 것 같았다. 기간을 연장하는 것은 똑같은 나날을 되풀이하는 것일 뿐 다른 아무런 의미도 없을 것 같았다. 그 시간을 아껴서 할 수 있을 다른 모든 일들이 나를 유혹했다. 발의 상처도 아직 다 아물지 않았다. 그 발이 예정보다 일찍 돌아가는 핑계거리가 될 수 있었다. 더 잘 준비해서 카미노의 나머지 구간들을 나눠 걸으면서 부분부분을 이어 전체 경로를 삼 년이나 사 년에 걸쳐 완주하기 위해 나중에 다시 찾아올 가능성은 항상 열려 있었다.

나는 샤워시설과 침대를 이용할 목적으로 빌바오 중심가에 있는 작은 호스텔에서 아주 작은 방을 하나 얻었다. 아래 골목길에서는 소나기가 쏟아져 모든 사람을 몰아낼 때까지 일요일의 군중이 웃고 소리치고 있었다. 나는 집에 돌아간다는 달콤한 생각에 잠겨 반쯤 졸고 있었다. 내일 아침이 되자마자 프랑스로 돌아갈 기차 시간을 알아보러 가야지. 벌써 국경을 향해 달려가는 열차 객실에 편안하게 자리잡은 내 모습이 보였다. 나는 슬며시 잠에 빠져들었다.

그러나 카미노는 유혹하는 그런 악마들보다 훨씬 강하다. 카미노는 능란하고 음흉하다. 카미노는 악마들이 자유롭게 자기 생각을 떠들어대며 본모습을 드러내고 승리를 확신하게 내버려두다가, 갑자기 잠자는 사람을 깨워 식은땀을 흘리며 침대에서 몸을 일으키게 한다. 무지막지한 침입자 카미노는 거기 서서 당신을 향해 비난의 손가락질을 한다. "뭐라고? 슬쩍 빠져나가서 창피하게시리 중간에 집으로 돌아가겠다고! 진실은 네가 겁쟁이라는 거야. 무서운 게지. 네가 뭘 무서워하는지 알아? 너 자신이야. 넌 네 가장 큰 적이야. 항상 더 노력하지 못하게 방해하는 적이지. 넌 자신을 믿지 않아. 봐, 나 산티아고가 너에게 그 족쇄들을 벗어던지고 너 자신과 맞서고 자신을 넘어설 특별한 기회를 주는 거라고."

그러면 욕실로 가서 얼굴에 찬물을 끼얹고 다시 한번 카미노의 의지에 굴복하게 되는 것이다.

바로 이런 일이 내게 일어났고, 다른 많은 사람들도 마찬가지였을 거라고 생각한다. 나는 고작 그날 하루 내게 휴가를 주겠다고 마음먹는 데 그쳤다. 다음 날 아침 다시 출발하는 대신 도시를 돌아다니고 잠을 자면서 하루 더 머물기로 했다. 그렇게 결심하고 나는 거리로 나섰다.

스페인 사람들은 같은 순간에 다 함께 똑같은 일을 하기를 좋아하는데, 그 때문에 스페인 도시들을 산책할 때면 상당히 대조적인 상황과 맞닥뜨리게 된다. 예를 들면, 카스코 비에호의 한가운데 자리잡은 누에바 광장은 일요일마다 입추의 여지도 없이 붐빈다. 그런데 갑자기 광장이 텅 비고 어망에 걸려든 가재들처럼 관광객들만 남는 순간이 있다. 베고냐 바실리카로 올라가는 계단들은 오후가 끝날 때까지 인적이 없고 산티아고 대성당도 저녁 미사 때까지 텅 비어 있다. 하지만 내가 대성당을 찾아간 시간에는 아직 기도하는 신자들과 엄청나게 많은 관광객들이 들고 나는 중이었다. 내가 앞에서 걸어가는 순례자 두 명을 발견한 것은 성당 내진을 성큼성큼 걸어들어가 후진의 제실들을 보고 감탄하고 있을 때였다. 앞에서 말했는데, 도보 여행자는 숙박지에 도착하면 제일 먼저 신발을 벗으려고 애를 쓴다. 아무리 넓은 곳이라 할지라도 산티아고와 관련이 있는 도시에서 발가락을 내놓고 걸어다니는 사람은 누구든 순례자일 가능성이 아주 크다. 내 앞에 정확하게 그런 부류에 속하는 두 사람이 있었다. 가까이 다가가면서 그들이 여자라는 사실을 알게 되자 관심이 두 배로 커졌다. 마침내 그들 앞으로 가서 돌아선 나는 마지막 의혹을 씻어냈다. 노선버스 안에서 만난 두 자매였다. 그들도 나를 알아보고 환호성을 질렀고, 우리는 몹시 즐거워하며 성당에서 나왔다. 기적이 존재한다고 믿게 하는 그런 종류의 우연이었다.

나는 그들과 함께 내가 묵는 호스텔에 가서 그들의 소중한 가이드북을 돌려주었다. 자매는 기쁨의 탄성을 질렀다. 나는 그들이 약간 부러웠다. 내 체계 안에서는 그런 행복을 만날 일이 없기 때문이었다. 나는 과거의 흔적을 전혀 간직하지 않는 사람이라 어느 날 누군가 다가와 "여기요, 내가 당신의 기억을 발견했어요"라고 말해줘야 그런 일이 가능해진다. 그러나 그 기적을 일으킬 사람은 오직 나 자신밖에 없다. 가끔은 나도 누군가 내게서 그런 수고를 덜어주었으면 하고 바란다.

우리는 이번 일을 축하하기 위해 카페테라스로 갔다. 벌써 우리가 서로 잘 알고 지내는 사이인 듯한 느낌이 들었다. 그들은 자신들의 삶에 대해, 즉 그들이 걸었던 길에 대해 내게 좀더 이야기해주었다. 앞서 말했다시피 순례자들은 일반적으로 자신의 삶에서 오직 그 부분에 대해서만 이야기한다. 나도 그들의 호기심에서 벗어나려 애쓸 필요가 없었는데, 그들이 오직 내 여정에 대해서만 물었기 때문이다. 자매는 다음 날 아침 다시 출발했고, 우리는 두 번 다시 만나지 못했다.

빌바오에서 맞은 두 번째 날은 내게 그 도시의 부지런한 얼굴을 보여주었다. 점심 시간이 되자 식당들은 넥타이를 맨 정장 차림의 직장인들로 가득해졌다. 파리 8구의 모습과 비슷한 분위기의 상업 지구였다. 나는 호스텔에 배낭을 두고 나왔다. 그러나 해변용 샌들과 지저분한 바지 때문에 외계인처럼 비치기에는 충분했다. 그렇지만 대도시의 장점이 무엇이던가. 모든 것을 묵인하는 것이다. 순례자는 그곳에서 이물질 같은 존재이긴 하지만 아무도 그를 눈여겨보지 않아 유령처럼 어디든 돌아다닐 수 있다. 그럼에도 불구하고 산티아고 가이드북에서는 "상인들이 순례자들을 환영하지 않는" 일부 세련된 거리들은 피하라고 조언한다. 파리에서도 마찬가지로 지금의 나처럼 꾀죄죄한 도보 여행자가 몽테뉴 가를 휘젓고 다니고 샤넬 매장에서 신발을 사려 한다면 똑같이 환영받지 못할 것이다.

나는 그런 대범한 시도를 하지 않도록 조심하면서 꼭 가야 할 박물관과 성당을 찾아다닌 후, 모로코인이 운영하는 과일가게에서 사과 1파운드를 사는 것 외에 다른 어떤 구매도 시도하지 않고 호텔로 돌아갔다. 과일가게의 모로코인이 프랑스어를 할 줄 알기에 나는 빌바오에도 북아프리카에서 온 사람들이 많은지 물었다. 그는 불쾌한 표정으로 "여긴 여기저기서 온 사람들이 다 있어요"라고 대답했다. 나는 그에게서 불법 이민에 대해 불평하는 소리를 듣게 될까봐 바로 가게를 나왔다….

혼자 방에서 충분히 휴식을 취한 덕에 몸이 가뿐해진 나는 다음 날의 여정을 살펴보았다. 솔직히 말하자면, 그 구간은 내가 마음 편히 빌바오를 떠나지 못하게 하는 최후의 난관이었다.

포르투갈레테까지 가는 짧은 구간은 실제로 상당히 맥을 빼놓을 것으로 예상되었다. 가이드북에는 "마구잡이로 지어놓은 화물 창고, 황폐한 공업단지, 불법 거주지가 된 노동자 주거지역을 피해가는 것은 불가능하다"고 적혀 있었다. 그리고 그럼에도 도보 여행자가 그 14킬로미터를 가는 동안 서약을 지키도록 하기 위해 이렇게 덧붙여져 있었다. "순례자는 그런 환경에 있는 것이 부적절하다고 생각하거나 자신이 길을 잃었다고 느낄 수도 있겠지만, 두려워할 것은 아무것도 없다. 지금 우리는 뉴욕 브롱크스에 있는 것이 아니다." 오랫동안 편히 쉬어서 중압감도 줄어들어 이제 다시 걷기 시작하려는데 그런 전망은 이상적이지 않았다.

그래도 마음을 정리하고 아침에 출발하려던 차에 비가 내리기 시작했다. 이번에는 소나기가 아니라 세차게 계속 내리는 차가운 비였다. 나는 카운터에서 요금을 지불하면서 시간을 끌었고 바깥으로 나가기 위해 전혀 서두르지 않았다. 바로 그때 호텔 문지기가 내게 어떤 정보를 주었고, 나는 마치 물에 빠진 사람이 지푸라기라도 붙잡는 심정으로 그것을 받아들였다. 처음에 그는 음울하게 내게 물었다.

"포르투갈레테로 가십니까?"

터무니없이 많은 수의 순례자들이 왕래하는 바람에 카미노 주변 도시의 거주자들은 그들에게 거의 관심도 보이지 않았다. 남자가 내게 질문을 던진 것은 그 나름의 예의였다. 아마도 아직 불도 켜지 않은 그 초라한 호텔에서 우리가 유일하게 깨어 있는 사람들이라 그랬으리라. 나는 전혀 서두르지 않고 그렇다고 대답한 후 대화를 이어가기 위해 그에게 길을 물어보았다.

"첫 번째 오른쪽 길이요. 그다음에 계단을 내려가세요. 승강장 혼동하지 마시고."

"승강장이요?"

"이곳 지하철은 노선이 두 개거든요."

지하철이라고! 온갖 생각을 다 했어도 그 도시에 지하철이 있을 거라는 생각만큼은 못했다. 나를 위해 특별히 지하철을 건설해두다니 구세주의 섭리 같다는 생각이 들었다. 그리고 나의 새로운 처지에 생각이 미쳤고, 곧 그 사회기반시설 속에서 나를 지켜주는 성 야고보의 너그러운 손길이 느껴졌다.

그렇지만 진정한 순례자는 그런 모든 부정직한 교통수단들(버스, 택시, 기차, 비행기)을 엄격하게 배척한다는 사실을 알아야 한다. 진정한 자케는 걷는 것밖에 모르고, 다른 방법이라면 거들떠보지도 않는다. 나는 이미 노선버스를 타면서 규칙을 위반했지만, 그때는 발가락에서 피가 난다는 핑계거리라도 있었다. 그런데 이번에는 충분히 쉬었기 때문에 다시 한번 현대판 세이렌의 노래에 굴복하도록 허락해줄 핑계거리는 그 어디에도 없었다. 만일 그가 이야기한 것이 기차였다면 나는 그 기회를 거부했을 것이다. 그러나 지하철이라지 않는가. 나는 오랫동안 파리에서 살아서 그 교통수단에 익숙했다. 지하철은 내게 도시에서의 이동과 동의어다. 지하철을 타는 것, 그것은 엄밀히 말해 카미노의 그 어떤 것도 훼손하지 않으며 같은 도시에서 출발점을 바꾸는 일일 뿐이었다. 겉만 번지르르해 보일 수 있는 논증이긴 한데, 사실 이론의 여지없이 그렇다. 그렇기는 해도 순례자의 생각은 평범한 인간의 생각과 다르다. 그는 그 특유의 즐거움과 고통을 겪었다. 그가 스스로에게 강요하는 노력들은 한곳에 정착한 사람이 용인하는 것과는 비교도 되지 않는다. 마찬가지로 그의 기쁨들, 혹은 강제 노역자의 용어를 계속 사용하는 쪽이 괜찮다면 그의 감형은 아주 사적인 형법에 의해 규제된다. 지하철의 경우에는, 각각의 순례자가 자기 내면에 간직한 법정에서 즉석 판결이 선고된다. 나는 그런 편의시설을 이용해도 좋다는 허가를 받았다. 카미노 전 구간을 걸으면서 나는 인도주의적인 수단을 오직 두 가지만 누렸다. 빌바오로 들어가는 버스와 그곳에서 나오는 지하철이 그것들이다. 그리고 나는 그렇게 한 것을 후회하지 않는다.

그렇게 해서 나는 바스크 지방 사람들이 일하러 가는 시간에 근사한 새 지하철의 승강장에 앉아 있게 되었다. 그러면서 방랑자라는 새로운 처지에 내가 얼마나 깊숙이 들어가 있는지 실감했다. 예전이었다면 배낭을 메고 게르니카에서 구입한 군화를 신은 차림으로 말쑥하고 잠이 덜 깬 직장인들 속에 있다는 사실이 거북살스러웠을 것이다. 그러나 실제로 일어난 일은 그 반대였다. 나는 완벽하게 편안했고 그들의 차림새를 호기심 있게, 심지어 일말의 연민까지 느끼면서 주시했다.

지하철에서 나왔을 때도 비가 계속 내리고 있었다. 포르투갈레테의 명소로 꼽히는 매달린 다리*, 두 자매가 나에게 추천하기도 했던 그 유명한 다리는 비의 장막에 가려 보이지 않았다. 나는 그 다리에 가보지 않기로 하고서 유명한 비데고리bidegorri, 즉 붉은 길** 쪽으로 방향을 잡았다. 나는 배낭에서 방수 바지를 꺼내기 위해 공업용 접착제 공장의 창고 안으로 몸을 피했다. 어떤 장비가 적절하다고 확인하는 것은 드문 행운이다. 나는 별것 아닌 그 옷 덕분에 몸이 건조하게 잘 유지된다고 느끼는 즐거움을 누렸다.

장대비는 멈추지 않았다. 바스크 지방을 지나는 마지막 구간에서 나는 비 덕분에 아주 가까이서 자연을 지켜볼 특권을 누렸다.

---

* 빌바오 북서쪽 네르비온 강 어귀에 놓인 세계 최초의 가동교 비스카야 대교를 이른다. 높이 매달린 곤돌라를 통해 사람과 차량을 운반한 최초의 교량인데, 그곳 사람들은 '푸엔테 콜간테(매달린 다리)'라고 부른다. 유네스코 세계유산에 등재되었다.

** 붉은색을 칠한 자전거 전용 도로를 이른다.

바라보는 이 하나 없이 텅 비고 느슨한 자연이었다. 바위 언덕도, 맑은 날 쉬러 나온 사람들을 맞이하기 위한 장비와 파라솔이 갖춰진 해수욕장도 몹시 춥고 황량했으며, 마치 침대 시트로 벌거벗은 몸을 가리고 잠든 미인들처럼 물의 베일에 감싸여 있었다.

순례자는 햇볕이 내리쬐는 날의 화사한 색채 앞에서보다 돌풍과 짭짤한 물보라와 차가운 비가 내리는 악천후 속에서 더 큰 감동을 경험한다. 거친 자연의 일원이 되어 그 속에 녹아든다는 느낌, 만일 자연이 고집한다면 별수 없이 파도에 휩쓸려가거나 돌풍에 떠밀려갈 것을 알면서도 거기에 저항한다는 느낌은 흔치 않은 쾌감을 선사한다. 아마 모두가 그런 감정을 느끼는 것은 아니겠지만 궂은 날씨를 즐기는 순례자 부류는 확실히 존재하며, 나 자신 그 일원이 되는 특권을 누렸다.

의식하지 못하는 사이에 나는 바다 위로 솟아오른 절벽의 급경사지 위에서 어떤 경계에 가까이 다가갔다. 이제 바스크 지방을 떠나 칸타브리아 지방으로 접어든 것이었다. 내가 바스크 지방에서 본 마지막 광경은 오직 카미노만이 보여줄 수 있는, 시간을 초월한 풍경이었다. 한순간 화살표들이 고속도로 근처로 나를 이끌었다. 순환고속도로가 두 개의 언덕 사이에 놓인 고가 다리로 이어졌다. 수십 미터 높이의 거대한 시멘트 교각들이 다리의 상판을 떠받치고 있었다. 오솔길은 언덕을 내려가 고속도로 아래로 지나갔다. 고속도로 덕분에 그 바로 아래에는 비가 들이치지 않았다. 비를 맞지 않아도 되는 오솔길의 그 지점에서 두 남자가 말을 옆에 세워두고 서서 얘기를 나누고 있었다. 그들 중 한 명은 농부였고, 다른 쪽은 헐렁한 가죽바지에 둥근 모자를 쓰고 기수 옷을 입은 차림이었다. 그는 말에서 내려 고삐를 쥐고 있었다. 그들의 대화가 나한테까지 들리지는 않았지만, 비로 흠뻑 젖은 언덕의 초록색 배경 위로 그들이 만들어내는 그림은 무리요의 팔레트에서 막 튀어나온 것 같았다. 장소는 어디라고 해도 상관없었겠지만 시간은 아주 오래전, 말이 인간의 탈것이었던 시대, 땅이 농부에 의해 경작되고 기사의 보호를 받던 시대였다. 하지만 한 걸음 한 걸음 자신의 중세를 재구성해나가는 순례자에게 그 두 남자는 동시대인이었다. 그 와중에도 머리 위 먼 곳에서 화물차들이 고속도로 위를 전속력으로 질주하고 차축이 거대한 다리의 접합부를 두드리는 소리가 들려왔다. 무엇도 시간의 집적을 이보다 더 잘 구현할 수는 없을 터였다. 현대적 의식의 지층 속에 가장 최근에 형성된 층이 이전의 지층들 위로 솟아올라 있었다. 그러나 그렇다고 해서 그것이 과거와의 단절을 의미하지는 않는다. 그저 과거의 지층들 속에 무엇이 묻혀 있든 손대지 않고 그대로 내버려두었을 뿐이다.

기수가 다시 안장 위로 올라탔다. 나는 성 야고보의 푸른 조가비들을 따라서 언덕을 내달리듯 내려갔다. 그가 흙길로 접어들더니 물에 젖어 반짝이는 커다란 나무들에 둘러싸인 새하얀 집들이 있는 쪽으로 올라가는 모습이 보였다. 길을 걷는 행복은 바로 그런 순간들로 이루어진다. 저기 위쪽 차도 위에서 현재라는 장애물 없이 전속력으로 차를 몰고 가는 사람들은 영원히 알 수 없을, 그런 순간들 말이다.

칸타브리아 지방의 여객선 위에서

지금 바로 말해두는 편이 낫겠다. 나는 칸타브리아 지방이 마음에 들지 않았다. 더 정확히 말하자면, 나는 칸타브리아 지방을 관통하는 카미노의 긴 부분 중 일부만 높게 평가했다(다른 곳, 특히 유명한 피코스 데 에우로파*를 둘러싼 배후지 안에는 사람의 발길이 닿지 않아 눈부시게 아름다운 자연이 보존되어 있음을 알고 있다). 그 지역에서 자케가 지나가게 되어 있는 길은 내 눈에 단조롭고 맥빠지고 잘못 만든 것처럼 보였다. 차도를 끼고 걷는 경우가 너무 많았고, 너무 많은 공업단지를 거쳐가야 했고, '매물'이라 적힌 표지판이 곳곳에 꽂혀 있는 텅 빈 건물이 너무 많았다….

* 스페인 북부의 산맥들로 이루어진 국립공원.

그렇다 해도 순례자는 관광객이 아니다. 그 사실을 잊지 말자. 그에게는 숭고한 풍경이 계속되어야 한다고 요구할 권리가 없다. 설사 바스크 지방의 변함없는 아름다움에 그의 기대치가 높아졌다 해도, 그것이 스페인의 다른 모든 지역에서도 그만큼의 아름다움을 요구할 권리가 있다고 믿을 이유가 되지는 못한다.

그럼에도 몹시 아름다운 순간들이 있어 내가 칸타브리아 지방을 지나가면서 느낀 서글픔과 지루함 위로 아주 또렷하게 부각되었다. 칸타브리아 지방에는 화려한 도시들이 제법 있고 카미노는 그 중 몇 군데를 거쳐가게 되어 있다. 그 첫 번째가 라레도다. 라레도에 가기 위해서는 고속도로 분기점을 힘겹게 벗어나서 위쪽에서부터 접근해야 한다. 아래로는 구시가지의 빨간 기와지붕들이 보기 좋은 무질서를 이루며 촘촘하게 서로 맞닿아 있다. 우리 같은 보행자는 그 집들이 있는 곳까지 천천히 내려간다. 그는 시간을 들여 종탑이니 좁은 골목길들이 만들어내는 멋진 그림과 광장들을 바라보며 감탄한다. 그리고 마침내 결코 끝나지 않을 것 같은 계단에 이끌려 무대장치 안으로 들어간다. 그는 상점가에 이르고, 행인들은 어딘지 알 수 없는 곳에서 온 그가 도착하는 모습을 바라본다. 그는 마치 텔레비전 퀴즈 프로그램 무대 위 쏟아지는 조명 속으로 걸어들어가는 사람처럼 약간 위축된 모습이다.

라레도의 구시가지는 매력적이어서 그것만으로 순례자는 만족할 것이다. 불행하게도 그곳은 이미 오래전에 부동산 개발업자들의 탐욕에 넘어간 휴양의 땅 칸타브리아 지방에 속한다. 저 옛날 도시를 따라 펼쳐졌던 드넓은 해변은 오랜 시간 동안 인적이 드문, 그래서 대단히 시적인 장소로 남아 있었지만 이제는 끝없는 해변 도로로 바뀌었다. 호화 별장부터 겉창을 닫아놓은 임대 아파트까지, 가장 어울리지 않는 건축물들이 한곳에 모여 못난이 경연대회 일등 자리를 놓고 머리 아프게 경쟁한다. 보행자는 차려 자세로 늘어선 거대한 벽들을 차례로 지나가면서 고통을 느낀다. 날씨 좋은 주말이나 방학 때면 도시 전체가 조금 더 활기를 띠기는 할 것이다. 해변을 따라 난 산책로에도 분명 아이들이 뛰어다닐 것이다. 여기저기 놀이터가 보인다. 그러나 내가 지나가던 순간에는 아무도 없었다. 기껏해야 나이 지긋한 부인 몇 명이 작은 개들을 산책시키고 있을 뿐이었다.

이따금씩 보이는 해변 도로 위의 산티아고 길 표지들만이 저 옛날 순례자들이 모래언덕을 따라 걸으며 그 적막한 곳 위를 날아가는 바닷새들을 바라보았던 지난날의 기억을 간직하고 있다. 그런데 세상에, 그 해변이 얼마나 긴지. 게다가 걸어갈수록 더 끔찍한 모양의 건물들이 나타났다. 그런 건물들을 떠나 바다와 강 사이로 뻗어 있는 모래사장의 끝을 향해 나아가면서 마음이 가벼워지는 것이 느껴졌다. 거기서 갑자기 여객선을 타고 건너야 하는 황량한 강어귀가 시작된다. 배에 접근하게 해주는 부교는 없다. 배가 방향을 돌려 측면을 갖다 대면 트랩 위로 배에 오르는 식이다. 낡은 배의 모터를 제외하면 중세 이래로 바뀐 것은 하나도 없는 듯했다. 다른 모든 것을 잊게 해주는, 그래서 강을 건너는 그 십 분 동안만이라도 칸타브리아 지방을 사랑하게 만드는 드문 조화의 시간이었다. 그 배 위에서 나는 두 달 전 오트사부아에 있는 자기 집에서 출발했다는 남자를 만났다.

그러나 행복은 오래가지 않는다. 우리는 곧 다시 국도를 따라 걷게 된다. 그 길이 호수 주변을 지나간다는 사실은 위로가 되어주기는커녕 오히려 그 반대였다. 도보 여행자는 호수를 떠다니는 오리나 물고기와 같아서, 전속력으로 달리는 차들이 부르릉거리는 소리에 괜히 기분만 더 상하기 때문이다. 차도와 나란히 뻗은 오솔길에는 금속 캔, 기름 묻은 종이, 담뱃갑 등 자동차 운전자들이 버린 쓰레기들이 곳곳에 흩어져 있다. 칸타브리아 지방에서 보행자는 처음으로 자기도 쓰레기라는 사실을 자각한다. 자신의 느림 때문에 그는 평범한 삶에서 추방되어, 사람들이 흙탕물을 튀기고 귀가 멍하도록 경적을 울리고 필요한 경우 납작하게 짓눌러버리는, 전혀 중요하지 않은 물건이 되어버린다. 바스크 지방에서는 부랑자가 되는 것만으로 충분하지 않았다. 훨씬 더 밑으로 내려가 멸시받는 물건이 되어 오물들 사이를 헤치고 나아가야 했다. 그 경험이 유쾌했다고 한다면 거짓이겠지만 그런 고행 속에도 어떤 기쁨이 존재한다. 수평으로 아주 느리게 나아가는 발걸음에 그런 하락이 더해진다. 하지만 자신이 볼 때 — 더 정확히는 다른 사람들이 볼 때 - 그 하락 역시 앞으로 나아가는 것이다. 진부하게 들리겠지만 사실 극단적인 겸손은 오만에 이르는 길이다(그러나 그것을 직접 경험하는 일은 무척 드물다). 순례자는 처지가 내려갈수록 자신이 더 강하다고, 심지어 천하무적에 가깝다고까지 느낀다. 전능함은 결코 가장 철저한 고행과 무관하지 않다. 그 사실을 깊이 숙고함으로써 우리는 카미노의 비밀에 다가가게 된다. 비록 그 진정한 비밀을 알아내려면 아직 시간이 더 필요하지만.

칸타브리아 지방은 우리를 지혜의 길로 나아가게 하는 가차 없는 스승이다. 그러나 그 스승이 상을 줄 때도 있다. 긴 아스팔트길 끝에서 다시 강어귀와 여객선이라는 위안거리를 선사하는 것이다. 마지막이 가장 아름다웠는데, 바로 산탄데르로 가는 뱃길이었다.

부두에 도착하기 전 마지막 한 시간 동안 나는 혼자 걸어가는 한 순례자 뒤에서 멀찌감치 떨어져 걸었다. 그는 다들 메고 다니는 평범한 배낭이 아니라 중세시대의 바랑처럼 보이는 것을 메고 있어서 눈에 띄었다. 손에는 굵은 막대기를 쥐고 있었는데, 옛 판화에서 볼 수 있는 전통적인 순례자 지팡이보다 훨씬 더 짧고 작달막했다. 어쨌든 그는 독특했다.

선착장에 도착하기 전의 수백 미터는 늘 그렇듯 비어 있는 바캉스용 임대 주택들의 미로였다. 물론 다 잠겨 있었다. 곧바로 기묘한 감정을 불러일으키는 경관이었다. 마치 알랭 로브그리예의 영화 속으로 걸어들어간 느낌이었다. 낯설고 수수께끼 같은 한 순례자의 뒤를 쫓아간다는 사실이 그 장면에 기괴함을 더했다.

마침내 바랑을 지고 가는 남자를 따라잡아서 가까이서 관찰할 수 있게 되자 나는 더욱더 놀랐다. 멀리서 그의 실루엣을 보았을 때는 그가 과거에 대한 향수에 젖은, 카미노의 온갖 전통적인 소품들을 거의 변장 수준으로 주렁주렁 걸치고 있을 거라고 상상했다. 그런데 정반대로 남자는 가방과 지팡이를 제외하고는 청바지에 1960년대 스타일의 방수 점퍼, 도시에서 흔히 신는 구두 등 전적으로 평범한 복장이었다. 길모퉁이 가게에서 담배를 사려고 잠시 외출했다고 해도 믿을 정도였다.

배에 오른 우리는 다른 순례자들과 함께 뱃머리에 자리잡았다. 그들은 GPS와 최신 모델의 고어텍스 신발을 갖춘 최첨단 등산객 부류에 속하는 이들이었다. 나는 오트사부아 남자의 바랑에 대해 찬사를 늘어놓으면서, 그가 유일하게 바랑이라는 진정한 순례자 전통을 계승했다고 농담조로 지적했다. 사람들이 배낭을 만들기 위해 바랑에 질빵을 추가하기까지 수 세기를 지배했던 전통 말이다. 남자가 말했다.

"이걸 바랑이라고 부르나요?"

그는 기운 없이 자신의 마대를 바라보더니 말을 이었다.

"솔직히 말해서 나는 깊이 생각해본 적 없어요. 그냥 집에 있기에 이걸 들고 출발한 거죠."

대화를 나누면서 나는 그가 진지하다는 사실을 깨달았다. 상상과 달리 그는 자기 겉모습에 어떤 특별한 의도도 없었다. 그는 그저 아무런 불안 없이, 따라서 아무 준비도 없이 카미노를 걷기 시작한 사람—이후 다시는 그런 사람을 만나지 못했다—이었다. 단순히 문제가 있을 거라고 생각하지 않았을 뿐이었다. 그는 실제로 소지품 세 가지와 마대 하나만 가지고 집에서 나왔고, 걷기 시작했다. 그게 전부였다.

그런데 그는 아주 조직적이기도 했다. 배가 목적지인 산탄데르 선착장에 가까이 다가가는 것을 보고 우리는 숙소에 대해 얘기하기 시작했다. 그는 벌써 호스텔에 방을 예약해놓은 상태였다. 배가 도착하면 바로 어디로 가야 할지 알고 있는 사람은 그밖에 없었다. 그러나 그는 그런 모든 것을 전적으로 초연한 태도로 말했다. 나는 그때까지 이 세상에 존재하는지도 몰랐던 새로운 유형의 인간을 마주한 기분이었다. 순례를 떠난 효율적이고 현실적이고 진지하고 유능한 기업 관리자라고나 할까. 그가 뭘 하는 사람인지 궁금했다. 그러나 그때쯤에는 나도 사람들이 그런 질문을 던지지 않는다는 걸 알 만큼 충분히 분위기를 파악하고 있었다.

그의 매끈한 외모에서 유독 튀어 보이는 물건이 막대기였다. 가까이서 보니 그것은 순례자의 지팡이와 아무 상관이 없었고, 우리 대부분이 가지고 다니는 줄였다 늘였다 할 수 있는 지팡이와는 더

더욱 관련이 없음이 분명했다. 그것은 들판에 있던 말뚝이었다. 다듬지 않은 나무로 조잡하게 만든 것이었는데, 뾰족한 끝부분도 도끼로 아무렇게나 잘라 타르를 발라놓았다. 너무 호기심이 강했던 나는 결국 그걸 어디다 쓰는지 물어보고야 말았다.

"개들에게 공격을 받았거든요. 달려서 도망쳐야 했는데, 나를 지키기 위해 찾아낸 유일한 물건이 바로 이 말뚝이었어요."

그 후 그는 그냥 그 말뚝을 계속 가지고 다녔고, 크로마뇽인에게나 어울릴 법한 그 도구를 손에 들고 대도시 안에서도 돌아다닐 생각이었다. 그런 식으로 선조 대대로 물려받은 개에 대한 두려움은 기묘한 순례자의 인격 속에 있는 지극히 21세기적인 무심함에 신석기 시대부터 전해진 재미있는 소품을 추가시켜놓은 것이었다.

출발하기 전에 카미노에 대한 자료를 모으면서 나는 개들에 대한 염려스러운 증언들을 숱하게 읽었다. 어떤 순례자들은 돌아온 후에 그 동물들과 마주쳤던 무시무시한 경험을 기록하기도 했다. 나는 그 생존자들이 마주쳤다고 주장한 몰로세르 견들이 나타나면 어떻게 대응해야 할지 많이 생각해둔 터였다. 내가 운이 좋았던 걸까, 아니면 그들이 과장했던 걸까? 카미노를 걷는 내내 개 짖는 소리를 자주 듣긴 했지만, 실제 모습은 대개 짖는 소리보다 훨씬 덜 위협적이었고 대부분의 개들은 철망이나 담장 뒤에 갇혀 있었다. 대신 비쩍 마른 잡종견과 가소로운 발바리와 늙은 개들은 놀라울 정도로 자주 마주쳤다. 위험한 개들은 모두 너무 많은 순례자를 잡아먹은 바람에 소화불량으로 사망한 게 아닐까 싶을 정도였다.

송유관의 신

산탄데르는 순례자에게도 쾌적한 도시다. 경사진 골목과 역사적인 건축물들이 있는 그곳은 인간적인 규모를 갖춘 곳이면서도 익명성이 철저하게 지켜질 만큼은 충분히 크다. 그런 곳에서는 자신이 침입자라는 느낌 없이 군중 속에 섞일 수 있다. 야영과 쾌적한 시설을 번갈아 옮겨다니는 나의 리듬을 따를 때, 그곳에서는 다시 방다운 방을 얻어 휴식할 차례였다. 나는 안내서에서 펜션 하나를 찾아 전화를 걸었다. 그리고 빈 방이 있다는 말에 그곳으로 갔다.

내가 호텔일 거라고 생각했던 곳은 항구에서 멀지 않은 저지대의 커다란 광장에 있었다. 책에 적힌 주소와 일치하는 번지에는 주거용 건물 하나밖에 없었다. 펜션은 4층에 있었다. 나는 벨을 울렸다. 우아한 옷차림에 머리를 멋지게 손질한 연로한 부인이 문을 열어주었다. 잘못 찾아온 줄 알았는데 맞게 찾은 것이었다.

건물주—바로 그녀였다—는 자신이 소유한 넓은 아파트의 방 몇 개를 임대하고 있었다. 관광객들이 묵는 방 서너 개를 제외하고는 벽에 걸린 채색 판화, 입구의 피아노, 식탁에 깔린 작은 레이스 깔개 등 아무것도 바꾸지 않고 그대로 두었다. 들어서면 왼쪽에 위치한 그녀의 거실은 자질구레한 장식품들이 믿을 수 없을 정도로 잔뜩 쌓인 진열장, 벨벳을 씌운 안락의자, 벽난로 앞면을 덮고 있는 태피스트리 등으로 장식되어 있었다. 만일 장식이라는 단어를 그런 데 사용하는 게 적절하다면 말이다.

작고 아담한 거실을 지나가다보니 새삼 내 모습이 촌스럽게 느껴졌다. 그러나 여주인은 친절하게도 그런 걸로 기분 상해하지 않았다. 그녀가 방을 임대해서 생기는 소득의 증가는 냄새가 고약하고 텁수룩한 외모를 가진 사람들을 자신의 고치 속으로 들이는 불편함을 상쇄해주었다. 그녀는 자신의 행동에 자신 있어 보였고, 이런 시련이 언제나 자신에게 이익을 가져다준다는 것을 알고 있었다. 문명이 야만보다 훨씬 강한 것으로 드러났다. 한 시간 뒤 순례자는 깨끗이 씻고 면도하고 향수를 뿌리고 자기 방에서 나왔다. 내가 한 행동이었다.

산탄데르는 상점이 많은 골목길, 타파스 바, (프랑스 사람에게는) 이국적인 상품들로 가득한 식료품점들이 있는, 마음에 꼭 드는 곳이었다. 나는 그곳에서 고장 난 사진기를 대신할 작은 코닥 디지털 카메라를 아주 싼 가격에 구입했다. 지금도 그 사진기를 갖고 있는데, 비록 그사이에 그걸 만든 유명한 제조회사는 파산했지만 기계는 완벽하게 작동한다.

기분 좋은 그 도시에서 하루 쉴 수 있었다면 좋았겠지만 이미 빌바오에서 하루를 지체한 터였다. 카미노가 나를 기다리고 있었다. 내 안에서 신경을 건드리며 나를 부르는 카미노가 느껴졌다. 만일 기어코 하루 더 머물겠다고 결심했다면 카미노는 내 안에 가책과 죄의식이 자라나게 해 나를 박해했으리라. 그 즈음 나는 카미노가 자기만의 법칙을 정했으며 거기에 저항하려 해도 아무 소용 없다는 사실을 분명히 깨닫고 있었다.

펜션에 돌아가 보니 집주인은 거실에서 친구들과 차를 마시고 있었다. 그들은 무척이나 자비로워서, 출입구의 페르시아 융단 위를 슬그머니 지나 그날 밤 자신에게 주어진 골방으로 들어가는 좀비는 거들떠보지도 않았다. 이른 새벽 나는 피아노 위에 건물 열쇠와 방 값을 올려놓고 나왔다. 그리고 시에서 고용한 사람들이 물을 잔뜩 뿌려가며 청소하고 있는 거리를 떠났다.

당신에게 숨기지 않겠다. 나는 칸타브리아 지방을 지나가는 것이 진저리나게 지겨웠다.

카미노의 이 구간과 관련된 기억을 떠올릴 때도 나는 똑같은 지루함을 느낀다. 하긴 내게 남아 있는 그곳의 기억이랄 것도 별로 없다. 언제나 훌륭한 재판관인 나의 기억이 따분한 해안 일색이던 그 구간을 서둘러 지워버린 것이다. 기껏해야 불확실하고 산발적인 추억만 몇 가지 남아 있는데, 그 시기도 제대로 구분하지 못하겠다.

산탄데르에서 나가는 길은 꽤 상세하게 기억한다. '비르겐 델 마르(바다의 성모)'라고 불리는 성지 때문이다. 나는 끝없이 이어지는 아무 매력 없는 교외 지역을 지나가면서 누군가를 마주칠 때마다 바다의 성모에게로 가는 길을 집요하게 물었다.

내 목적지는 단순히 장소라는 부분에서만 어긋난 것이 아니었다. 내가 물어보았던 사람들의 미심쩍어하는 눈길에서 나는 성모 마리아를 모신 그 성지가 예전에는 고대 신앙행위의 장소였지만 오늘날에는 지역 거주민들의 일상적 관심에서 상당히 벗어나 있음을 느꼈다. 비르겐 델 마르가 어디 있는지 아직 알고 있는 사람들은 내게 버스를 타고 가라고 권했다. 그곳까지 걸어가려는 고집을 정당화하기 위해 나는 앞으로 걸어가야 할 길이 아직 600킬로미터나 남아 있기 때문에 어떤 거리도 내게 멀게 느껴질 수 없다고 털어놓았다. 그러면 놀라움 대신 지독한 불신의 표정이 떠올랐고, 심지어 풀려난 정신병자들이 떼로 몰려올 때나 지을 것 같은 거부감이 담긴 표정도 볼 수 있었다. 어떤 곳에서는 순례자와 중세의 관련성 때문인지 나를 오늘날 코미디 영화에 나오는, 쇠사슬 갑옷을 입고 자동차들 사이로 걸어다니는 기사와 비슷한 존재로 여기기도

했다. 산탄데르 교외 지역이 딱 그런 곳이었다.

비르겐 델 마르를 지난 이후의 칸타브리아 지방에 대한 나의 모든 기억은 혼란스레 뒤섞여 있다. 몇 가지 일화는 기억 속에 남아 있지만 순서가 뒤죽박죽이다. 솔직히 말하자면, 내 눈에 칸타브리아 해안이라는 긴 묵주에 꿰여 있는 묵주 알들은 서로 교체 가능한 것들로 보인다. 나는 그것들을 기억에 의지해 떠올리지만, 어쩌면 내가 순서를 뒤바꿔놓았는지도 모르겠다.

칸타브리아 지방의 카미노를 생각하면 떠오르는 첫 번째 이미지는 차도 가장자리이다. 바스크 지방은 순례자가 숲속을, 광야를, 들판 한가운데를 지나가도록 한다. 칸타브리아 지방은 순례자가 고속도로와 교차로, 철길을 물리도록 경험하게 한다. 이런 표현은 분명 아주 부당하며, 거리를 정확히 계산해보면 내 느낌이 틀렸을 수도 있다. 그렇다 해도 내게 칸타브리아 지방이 아스팔트로 뒤덮인 땅이라는 점은 변함이 없다.

보행자의 의향을 반영해 만든 길이 아닌 탓에 순례자는 차도에서 열등 인간이 된다. 현대의 도로는 엔진과 타이어를 위해 건설된다. 인간의 다리와 신발 바닥은 거기서 환영받지 못한다. 차도를 따라 걸어야 한다는 사실을 보면 카미노의 경로가 역사에 부합하지 않는 건 아닌가 느껴지기도 한다. 그러나 현실은 그 반대이고, 가이드북마다 빠짐없이 그 사실을 강조한다. 칸타브리아 지방의 카미노는 중세 순례자들의 경로를 상당히 정확하게 따른 것이다.

문제는 그 경로가 오늘날에는 차도로 덮여버렸다는 데 있다. 사람들이 따라 걷고 있는 카미노는 원래대로인 동시에 알아볼 수 없을 정도로 달라졌다. 거기에는 꿈이 들어설 자리가 전혀 없다. 심지어 장소에 따라서는 카미노가 보여주는 것이 악몽일 수도 있다. 모그로 근처에서는 카미노가 화학공장으로 이어지는 거대한 철관을 끼고 이어진다. 몇 킬로미터를 걷는 동안 순례자는 세상의 종말을 연상시키는 배경 속에서 직선의 철관과 나란히 길을 간다. 성 야고보의 표지들은 그 철관 위에 300미터 간격으로 그려져 있는데, 따라가야 할—어차피 단 하나뿐인—방향을 알려주기 위해서라기보다는 보행자에게 그가 환각을 보고 있는 게 아니라고 확인시켜주기 위해서인 것처럼 보인다.

그리고 산티아고의 신성불가침한 노란 화살표에 싫증이 날 때쯤이면 간간이 하얀 페인트로 써놓은 예언의 문장이 나타나 주의를 환기시키는 역할을 한다. 철관 위에는 '예수님이 구원하시리라!'라는 문장이 두꺼운 글씨로 적혀 있었다. 그곳에서 그리스도의 가호를 받는다는 말은 오히려 순례자의 모든 희망을 앗아가기에 딱 좋다. 그리스도가 그를 구할 유일한 방법은 지평선까지 이어지는 석면시멘트 관들 바로 옆에 있는 맥빠지는 상황에서 그를 빼내주는 것일 테니까.

보행자의 사기를 떨어뜨리는 작업을 완벽하게 마무리하기 위해 시멘트 관 옆에는 칸타브리아 지방의 또다른 명물이 나란히 줄지어 서 있다. 바로 텅 빈 분양 주택들이다. 스페인의 부동산 붐은 건설 열기를 동반했고, 그것은 특히 이 해안 지역에 큰 영향을 미쳤다. 주차장이 딸린 방 세 개짜리 주택이 수백 가지 다른 양식으로 지어졌다. 어디에서나 지극히 개성적인 해석을 바탕으로 한 연속 주택* 건축 설계안들이 작성되었다. 그 결과물 중 상당수는 스페인 건축가들의 재능을 잘 보여주는 탁월한 작품들이었다. 문제는 불행하게도 그 작은 요새들의 집단이 하나의 일관된 도시계획을 보여주지 못한다는 데 있다. 허허벌판이나 오래된 마을 근처에 자리잡은 소규모 빌라촌은 서로 조화를 이루지 못했다. 언덕 꼭대기에는 여러 세기에 걸쳐 형성된 작고 예쁜 마을이 있었는데, 그 주변 경사지에 훨씬 더 넓게 자리잡은 현대식 분양 주택들이 천 년 된 그 마을을 에워싼 광경은 이제 흔히 보이는 풍경이다. 이런 새로운 건축 건설 붐이 일정 규모의 인구를 수반했더라면 상당히 유쾌한 일이 되었을지도 모른다. 불행히도 그 벌집 구멍의 대다수는 비어 있다. 그곳의 모든 것이 예정대로 진행되었는데 단 한 가지 예외가 있었으니 바로 거주자였다. 발코니마다 '매물'이라고 적힌 플래카드가 펄럭인다. 겉창까지 닫혀 있다. 군데군데 사람이 살고 있는 집이 하나씩 있어서 잔디밭에 장난감도 떨어져 있고 창가에 빨래가 걸려 있지만, 그것이 오히려 주택단지 전체

* 경계가 되는 벽을 공유한, 2주택 이상의 주택이 연속되는 저층 거주 형식.

의 황량함을 부각시킬 뿐이다.

마침내 송유관과 이별이다 싶을 때 화학공장이 앞에 나타난다. 그래도 좀 살 것 같다는 생각은 들 것이다. 적어도 다른 인간들을 다시 만나게 된 덕분이다. 화물차들이 지나간다. 굴뚝마다 공중으로 매운 연기를 내뿜고 있고 그것이 유독하리라는 것은 쉽게 알 수 있다. 결코 유쾌하지 않다. 더 나은 꿈을 꿀 수도 있었을 것이다. 하지만 삶을 위해 준비했건만 죽음의 침묵만 감도는 지역의 황량함에 비하면 무엇인들 더 나아보이지 않겠는가.

세속의 아름다움

여러분 중에 관광객으로 칸타브리아 지방의 해안을 찾은 적이 있는 사람들은 아마 내가 앞에서 쓴 부정적인 소개에 분개할지도 모르겠다. 그들은 내게 외치고 싶을 것이다. "산티야나 델 마르가 있잖아요! 코미야스도 있고! 콜롬브레스는 또 어떻고요!" 칸타브리아 지방에는 역사적으로 의미 있는 장소들, 마땅히 건축의 보물로 간주될 만한 마을들도 그만큼 많기 때문이다.

그런 장소들은 아름답다. 나도 인정한다. 하지만 나 자신 그 일원이기도 했던 도보 여행자의 입장에서만 바라본다면, 공업단지의 단조로운 풍경을 만회할 수 있는 것은 그 어디에도 없다. 내가 그 지방을 방문한 시기가 좋지 않았던 것은 확실하다. 한산한 겨울이었다면 분명 구름 장막에 덮여 마치 시간의 흐름을 벗어난 듯 시적인 분위기를 풍겼으리라. 유감천만이다! 따뜻한 태양이 비치는 6월에는 그 같은 유적지들이 엄청난 수의 관광객들에 온통 뒤덮힌다. 주변에 주차된 관광버스들에서는 전 세계에서 온 방문객들이 쏟아져나온다. 골목길은 공중에 우산을 치켜들고 고래고래 소리 지르는 관광 안내원들이 이끌고 다니는 구경꾼들로 혼잡하다. 빵집이나 식료품점은 찾기 힘들고, 조잡한 장식품들을 늘어놓은 끔찍한 진열대로 오래된 돌 건물을 뒤덮은 기념품 가게들만 잇따른다. 광장은 플라스틱 의자와 코카콜라의 신에게 바치는 파라솔들에게 점령당했다. 8유로짜리 오늘의 메뉴와 보카디요(스페인식 바게트 샌드위치)들이 커다란 석판 위에서 매력을 뽐낸다.

고독에 취해 있던 순례자는 그 난장판 속에서 반쯤 넋을 잃는다. 카미노에서 사람을 거의 마주치지 못했던 그는 골목길마다 성 야고보의 조가비나 카미노의 다른 상징물들을 주렁주렁 달고 다니는 사람들이 급격히 많아진 것을 보고 깜짝 놀란다. 물론 그 중에는 진짜 도보 여행자도 좀 끼여 있다. 그렇지 않은 사람들, 무리의 대부분을 차지하는 이들은 가죽 모카신이나 캔버스화를 신고 있다. 그들의 우아함, 그들의 청결함, 그들의 생기발랄함은 카미노의 피로와 썩 양립 가능해 보이지 않는다. 다시 관광버스에 오르는 모습을 보고야 그들이 차를 타고 다니는 순례자 부류에 속한다는 사실을 깨닫는다. 여행업자들이 산티아고 관광 상품을 판매했고, 고객들을 태우고 다니면서 '흥미로운' 장소들마다 잠시 들렀다 가는 것이다.

도보 순례자는 그런 방식에 몹시 분개하지만, 어쩌면 상당히 부당한 생각일 수도 있다. 어찌 되었든 그렇게 해서 수천 킬로미터를 걸을 시간이 없거나 그럴 수 있는 나이가 아닌 사람들도 순례에 참여할 수 있기 때문이다. 그러나 가치 판단의 문제를 떠나서 생각해 볼 때, 그런 관광객 무리의 존재가 유적지를 차분하게 돌아보는 데 방해가 되는 것은 사실이다. 칸타브리아 지방에서 도보 여행자는 딜레마에 빠진다. 먼저 그는 침묵과 고독을 실컷 누릴 수 있는데, 그 대신 매력 없는 풍경을 지나가고 단조로운 차도를 끼고 걸어야 한다. 그러다가 훌륭한 건축물들이 그의 눈앞에 펼쳐지지만, 그가 그것들을 미처 알아보기도 전에 비디오카메라가 눈을 대신하고 버스가 다리를 대신하는 시끄러운 인간들 한가운데서 정신줄을 놓게 된다.

나는 도망쳤다. 장 폴 사르트르가 '유럽에서 가장 아름다운 마을'이라고 한 산티야나 델 마르—그런데 사르트르는 거기서 뭘 했을까?—때문에 마음이 십 분간 흔들리기는 했다. 그 십 분은 한 식당 안뜰에서 오렌지주스를 마시면서 보낸 시간이었다. 내가 물어본 여종업원 중 아무도 그 마을을 알지 못했다. 그들은 모두 피서철에 대비해 다른 지역에서 새로 뽑아서 데려온 사람들이었다. 이미 관광객들과 차를 타고 다니는 순례자들로 꽉 들어찬 그곳에는 어느 의학회 회원들 한 무더기와 그들이 타고 온 관광버스들까지 추가되었다.

나는 아무 미련 없이 그곳을 떠났다. 멋진 건축물들은 이미 단순한 무대장치로 바뀌어 내 눈에는 더이상 현실처럼 보이지 않았다. 단체 관광이라고 명명된 현대 비극의 무대장치였다.

카미노의 침묵으로 돌아오자 마치 난파선을 빠져나온 느낌이 들었다. 게다가 산티야나를 지나자 평온한 아름다움을 간직한 풍경이 이어졌다. 언덕 꼭대기의 버려진 에르미타*는 도시의 군중에게 시달린 눈에 고마운 위로가 되었다. 어쩌면 은둔자들에게도 조금 전 우리를 북새통으로부터 도망치게 한 바로 그 장애가 있었던 건지도 모른다는 생각이 들었다. 카미노의 정신은 바로 여기, 세상에서 도망치기 위해 세상을 두루 돌아다니려 하고 사람이 아무도 없는 곳에서 타인들을 다시 만나고자 하는 욕망 안에 존재한다. 알퐁스 알레**는 이렇게 썼다. "사람들은 사막에서 함께 모이는 것을 좋아한다."

코미야스는 관광객으로 붐비는 정도가 약간 덜했지만, 그래도 가우디의 별장 때문에 사람들이 많이 몰리는 편이라 나는 교황청 대학교의 신고딕 양식 건물들과 잇닿아 있는 인적 없는 드넓은 잔디밭에 몸을 누일 때 외에는 평화를 누릴 수가 없었다. 콜롬브레스

---

* 마을에서 멀리 떨어져 있는 소규모의 예배당.

** 알퐁스 알레(Alphonse Allais,1854~1905)는 19세기 말 유럽에서 발흥한 벨에포크 문화를 대표하는 프랑스의 시인이자 작가이다.

얘기를 하자면, 그곳은 남미로 가서 재산을 모아 돌아온 스페인인들이 대저택을 지으려고 선택한 지역의 진원지다. 내가 그곳에 도착했을 때에는 비가 억수같이 내리고 있었다. 나는 인디아노 박물관*의 차양 아래로 몸을 피했다. 열대지방에서 돌아온 탕자들이 지은 건물들 중 하나였다. 장대비가 그곳 거주민들과 방문객들을 모두 몰아내서 과거의 매력을 약간이나마 되찾은 듯했다.

콜롬브레스는 엄밀하게 말해서 산티아고 순례길의 세계에 속하지 않지만 그 연장선상에 있다고 볼 수 있는 또다른 모험, 이민자들이 산티아고 데 콤포스텔라를 지나 서쪽으로 더 멀리까지 나아가 대양을 지나 아메리카 대륙에 이르렀던 길에 대한 증언이 담긴 곳이다. 거기에는 다른 감수성과 다른 역사가 깃들어 있는데, 그 순간에는 내 흥미를 끌지 못했다. 비어 있는 그곳의 저택들은 카미노 순례자들로 바글거리는 중세 건축물들보다는 그 지역 도시와 촌락을 흉하게 만드는 텅 빈 분양 주택들과 더 비슷해 보였다. 나는 다시 국도로 돌아가야 한다는 점 외에는 다른 어떤 아쉬움도 없이 콜롬브레스를 떠났다. 비가 너무 세게 쏟아져서 장거리 화물차 운전자들을 위한 모텔에 방을 잡았다. 그 밤 내내 물기둥을 일으키며 질주하는 화물차 소리가 자장가가 되어주었

* 남미에서 많은 부를 축적한 후 스페인으로 다시 돌아온 스페인인을 인디아노라 일컫는다.

다. 사람은 상황에 맞춰 살게 마련이다.

끔찍한 경험으로 혼이 난 터라 유서 깊은 도시더라도 덜 유명하고 사람들이 덜 찾는 곳으로 가야 행복을 찾을 수 있을 것 같았다. 그리고 비가 많이 내리던 어느 날 오후 다시 해가 비치기 시작하는 순간에 나는 그런 곳에 도착했다.

산비센테 데 라 바르케라는 강 하구에 자리잡고 있다. 순례자는 차가 다니는 긴 다리를 건너면서 멀리서부터 그 도시를 보게 된다. 항구 주변 지역은 아직 제철이 아닌 낚시와 해수욕 관광을 위한 곳이라 마음을 끄는 구석이 거의 없었다.

길 잃은 방문객들이 상점가의 아케이드 아래를 거닐고 있었다. 그들이 찾아낸 유일한 위안은 산책하면서 맛보는 커다란 아이스크림이었다. 그들의 행복한 표정을 믿고 나도 하나 사먹었는데 역시 실망스럽지 않았다. 산딸기와 카시스 아이스크림을 얹은 콘을 손에 들고 저지대를 떠나 성채로 이어지는 골목길을 올라가기 시작했다. 경이로운 곳이었다. 상당 부분 복원되었지만 지나치게 다듬어놓지 않고, 고요하지만 황량하지 않으며, 중세의 기억들로 가득한데도 사람이 살고 활기가 넘치는 산비센테의 역사 지구는 절망에 빠진 순례자를 위한 사탕 과자였다. 카미노의 역사적인 기념품들 앞에서는 꿈쩍도 않았던 도보 여행자는 결국 향수 놀음에 걸려들고야 만다. 순례자는 수 세기 동안 같은 길을 걸었던 수백만 명의 다른 순례자들이 남긴 발자취 속에 자신의 발걸음을 이어간다고 느끼는 것이 좋다. 바로 그런 까닭에 기회만 주어진다면, 그리고 산비센테가 그 기대에 응답한다면, 순례자는 자신의 발아래서 돌바닥이 진동하는 것을 느끼고 싶어 한다. 그는 상상력에 기대어 시대를 거슬러 올라가 움베르트토 에코의 소설《장미의 이름》시대로 돌아갔다고 착각하면서 비할 데 없는 기쁨을 느낀다. 산비센테의 성채는 칸타브리아 지방을 지나가면서 잇따라 마주치게 되는 괴사에 빠진 도시들과 달리 살아 있는 장소로 남아 있다. 그래서 그곳에서는 현재가 영원으로 바뀌는 전환이 일어난다. 나는 아이스크림을 다 먹어치우고 나서도 오래도록 그 경이로운 도시의 매력에 사로잡혀 이곳저곳을 걸어다녔다. 밤이 내리기 시작했다. 나는 그토록 다정하게 내게 말을 거는 그 성벽 안에서 하룻밤 휴식을 취할 장소를 찾기로 했다.

도인의 동굴

그렇게 해서 나는 옛 시청 근처 건물에 있는 사설 알베르게를 찾아갔다. 알베르게 입구는 길 쪽으로 나 있지 않고 더 아래에 있었다. 지하주차장 문이 입구인 것이었다. 선반에 정성스레 줄 세워놓은 워킹화들이 냄새나는 발의 왕국에 잘 찾아왔다고 알려주고 있었다. 나도 이제 그 왕국의 일원이었고, 그 문제와 관련해 모자람이 있는 부류는 결코 아니었다. 진열된 잡다한 군화 무리에 게르니카에서부터 나의 충성스러운 동반자 노릇을 하는 군화를 보탠 후 안으로 들어갔다.

처음 들어간 방은 상당히 넓었고, 거대하고 독특하고 아주 길쭉한 탁자가 놓여 있었다. 벽에는 셀 수 없이 많은 엽서와 사진과 신문기사들이 핀으로 고정되어 있었다. 오랫동안 햇볕을 쬐어서는 아닐 테고—지하라서 볕이 든 적이 없을 테니까—좀 희박하긴 해도 주변 공기 중의 산소 때문에 종이 색이 바랜 듯싶었다.

부엌의 열린 문으로 역겨운 음식 냄새가 새어나왔다. 알베르게 관리인이 나타나기를 기다리며 서 있는 동안, 독일인이긴 하지만 윗대에 다양한 혈통이 섞인 듯 보이는 순례자 두세 명이 그 방을 지나갔다. 튜턴족 동지들은 내게 정답게 인사를 건네고는, 우리 사이에 순도 높은 공모의 분위기를 형성하기 위해 식도락가가 낼 법한 '흐음!' 소리를 내면서 기름 탄내가 가득한 공기를 들이마시는 시늉을 했다. 그들의 관대함은 나를 깜짝 놀라게 했고, 무엇보다 지금 만들어지고 있는 요리가 주차장 입구에 묶여 있던 개를 위한 것이 아니라 정말로 순례자들을 위한 것임을 알려주었다.

그때 한 청년이 가가멜의 동굴에서 나와 내 쪽으로 다가왔다. 그가 내게 한 첫 마디는 5유로(하룻밤 숙박료)와 크레덴시알을 내놓으라는 말이었다. 내가 가방을 뒤지는 동안 그는 비웃는 눈초리로 나를 보았다. 그의 태도는《만딩고Mandingo》라는 끔찍하고 인상적인 미국소설의 주인공을 떠올리게 했다. 그 소설에는 미국 남부에서 노예농장을 운영하는 부자父子가 등장한다. 대농장주들에게 팔기 위해 살찌워서 번식시킨 노예들은 그들의 가축이다. 아들은 어린 나이에도 불구하고 최소한의 동정심도 없이 노예들을 짐승처럼 대하고, 사슬로 묶고 채찍질하는 데 익숙하다. 한순간 나는 혹시 저 젊은 간수가 내 이를 살피는 건 아닌가 싶었다….*

돈을 바치고 나자 녀석이 나를 어두운 통로로 데려가 문 하나를 열었다. 예전에 차고나 지하저장고였을 공간에 이층 침대들이 간신히 지나갈 정도의 틈만 남기고 다닥다닥 붙어 있었다. 셔츠 차림의 바타비아인(네덜란드의 옛 이름)들과 한국인들을 함부로 밀치고 들어간 젊은 지배인은 손가락으로 침대 하나를 가리키면서 거기까지 나를 데려갔다. 그러고는 등을 돌려 나를 두고 가버렸다.

불빛이 약한 램프, 파이프들이 그대로 드러나 보이는 낮은 천장, 누르스름한 초벽, 이런 것들 때문에 그곳은 어쩔 수 없이 보스니아 전쟁 중의 사라예보의 체신부 건물을 떠오르게 했다. 다양한 국적의 국제연합군에게 점령되어 임시 칸막이로 나뉘어 사용된 그 건물은 야전침대, 간이 샤워시설, 하루치 휴대용 전투식량의 왕국과도 같은 곳이었다. 완벽하게 정직하기 위해서 고백하자면, 국제연합군의 시설이 이 알베르게보다는 좋았다.

나는 내게 배정된 매트리스 위에 가방을 내려놓았다. 매트리스가 작은 요람 모양으로 패였다. 내 몸을 누이면 그 부실한 침대 밑판이 어디까지 움푹 꺼질지 상상할 수 있었다. 아래쪽 침대는 자전거 타는 남자 차지였는데, 그는 침대 가장자리에 앉아 연고의 도움으로 발의 티눈을 마사지하느라 애쓰고 있었다. 남자의 발과 그가

---

*《만딩고》에는 노예시장에서 건강한 노예를 고르기 위해 노예들의 이를 살피는 장면이 나온다.

거기에 바르는 밤색 연고 중 어느 쪽에서 나는 냄새가 더 고약한지는 밝히기 어려웠다.

그는 나에게 "부엔 카미노"라고 인사를 건넸는데, 그건 상당히 부적절한 인사였다. 그 시간에 내가 더 갈 수 있는 길이라고는 위에 있는 매트리스로 올라가는 것밖에 없었기 때문이다. 남자의 콧소리 섞인 음성에서 나는 두 가지 가설을 세웠다. 하나는 그가 독일인이라는 가설인데, 그건 내게 아무래도 상관없는 문제였다. 그러나 더 중요한 것은 그가 방대한 규모를 자랑하는 국경 없는 코고는 사람 연합에 속할 거라는 가설이었다.

나는 이 알베르게에 머물면서 적어도 샤워를 하는 이점이라도 취하자고 마음먹었다. 욕실은 건물의 다른 쪽 구석에 숨어 있었는데, 공동 침실보다 특별히 더 환하지는 않았다. 순례자들의 과도한 물 소비를 막기 위해 수도꼭지는 누름단추로 바뀌어 있었다. 금속 버튼을 힘차게 누르면—손에 비누를 묻히는 순간 그렇게 하는 것이 불가능해지지만—미지근한 물이 잠시 폭포처럼 쏟아지다가 금방 멈춘다. 폐렴 환자의 인위적 양산을 위해 그토록 정밀하게 제작된 실험 장치는 맹세코 한 번도 본 적이 없었다. 다행히 나는 수용된 지 몇 분 안 됐는데도 모든 포로들에게서 볼 수 있는 반항 정신을 획득해, 비스듬하게 절단한 면봉으로 누름단추를 고정하는 방법을 개발했다. 운명이 그런 극한의 상황으로 몰고 갈 수도 있는 일이므로 만일을 생각해 여러분도 이 방법을 알아두는 게 좋겠다.

씻고 면도하고 이도 깨끗해진 나는 이제 탈주를 계획하기에 충분한 에너지를 얻었다.

나는 다시 옷을 입었고, 크레덴시알을 되찾기 위해 큰 홀로 갔다. 수첩은 이제 소중한 스탬프로 가득했고 나는 그것에 자부심을 느끼고 있었다. 사람들이 카미노를 걸을수록 이 소중한 문서를 채우는 일은 거의 그 자체로 하나의 목적이 된다. 도망치면서 그걸 버리고 간다는 건 말도 안 되는 일이었다. 홀에 들어가자 방금 지나온 어두운 통로와 비교되어서 그런지 그곳이 넓고 환하게 느껴졌다. 커다란 식탁 끝에 생기 있는 눈초리와 금욕적인 분위기를 가진 중년 남자가 당당하게 앉아 있었다. 아까 나를 맞았던 – 다른 적당한 단어가 떠오르지 않는다 – 청년의 아버지임을 알 수 있었다. 남자의 태도만 봐도 그가 영토 안에서 최고의 권한을 가지고 있음을 분명히 알 수 있었다. 거기 들어온 사람은 누구든 신발을 벗을 때 자신의 의지도 함께 벗어놓고 그 도인의 의지에 따라야 했다. 내게 여러 언어로 질문을 던졌지만 그는 내가 프랑스인인 것을 알고 있었다. 손에 내 크레덴시알을 들고 있었기 때문이다. 그의 제국이 알렉산드로스 황제의 제국처럼 지구 끝까지 펼쳐져 있으며, 한마디로 산전수전 다 겪었다는 사실을 보여주려는 거라고 나는 이해했다.

드디어 그가 내게 질문을 던졌다.

"파리 사람이요?"

내가 할 수 있는 일은 이미 알고 있는 사실을 시인하는 것뿐이었다. 내 주소가 크레덴시알 위에 큼직하게 적혀 있었으니까.

"나도 예전에 파리에서 살았어요. 파시에서요."

그가 내게서 눈길을 거두지 않고 털어놓았다.

"좋은 동네지요."

나는 꽤나 멍청하게 맞장구를 쳤다.

"그래요, 부자 동네! 하지만 난 부자가 아니었어요. 다락방에서 살았거든요."

나는 태연하게 보이기 위해 '전망은 좋았겠는데요'라고 대답하려 했다. 하지만 그 대답에서 빈정거림을 느낄 수도 있겠다 싶은 생각이 얼핏 들어 엘리베이터 없는 6층 방에 대한 의견을 속으로 되삼켰다.

"당신도 좋은 동네에 사시는구려. 하지만 다락방에 사는 건 분명 아닐 테고…."

그곳의 최고 결정권자가 말을 이었다. 나는 한 발에서 다른 발로 체중을 옮겼다. 상황은 걱정했던 것보다 더 심각했다. 분명히 이곳의 지배자는 순례자들 사이에서 지켜지는 과묵함의 미덕을 실천하지 않는 사람이었다. 그는 모든 것을 알고 싶어 했다. 심문이 길어질 경우 내가 용서받지 못할 잘못까지 고백하게 될 공산이 컸다. 나는 의사이자 작가로서 말이 불러일으킬 수 있는 효과에 대해 상상해보았다. 나는 1943년 강제수용소에 도착했을 때의 할아버지를 생각했다. 간수들에게 잘 보이는 것이 그에게는 생사가 달린 문제였다. 그 비교 덕분에 나는 제정신으로 돌아왔고, 그 두 상황을 갈라놓는 차이점을 따져보았다. 할아버지는 포로였고 그때는 전쟁 중이었다. 내가 아는 한 나는 아직 자유로웠고, 사라예보와 달리 산비센테 데 라 바르케라는 폭격을 당하지 않았다. 자긍심이 치솟으면서 다시 정신이 돌아왔다.

"실례지만, 제 크레덴시알을 찾아가고 싶은데요."

그 남자는 사람들이 자신에게 저항하는 데 익숙하지 않았다. 확실히 투숙객들은 그의 규칙을 따랐고, 심지어 그런 복종에서 어떤 쾌감마저 얻는 듯 보였다. 나는 다른 곳에서는 권위적이고 명령하는 데 익숙한 신사들이 점심시간이면 찾아가 무례하고 상스러운 주인에게 푸대접을 당하면서 마조히스트적 쾌감에 빠지는 파리의 비스트로들을 알고 있다. 그들은 식사를 하는 동안 무식한 주인이 퍼붓는 정신적 채찍질에 활력을 되찾아 오후에 아랫사람들을 고문할 에너지를 새로이 충전해가는 것 같았다. 나는 복종하는 것도 명령하는 것도 좋아하지 않기 때문에 그런 종류의 즐거움이 낯설었고, 지하의 도인도 그 사실을 알아차렸음에 틀림없었다.

그는 지연술을 시도했다.

"서두르지 말아요. 등록하면 돌려드리리다."

그가 크레덴시알이 수북한 장부 쪽을 턱짓하며 말했다. 하지만 나를 붙잡으려는 그 초라한 시도는 실패할 운명이었고 그도 그 사실을 알고 있었다. 그 후 우리 둘은 각각 충돌을 피하기 위한 안무의 암묵적 규칙을 준수했다. 나는 공동 침실로 돌아가서 내 배낭을 챙겼다. 다시 큰 홀로 갔을 때 알베르게의 책임자는 잠시 왕좌를 비웠고 홀에는 아무도 없었다. 나는 지배인이 다른 크레덴시알들과 함께 놓아둔 내 크레덴시알을 잽싸게 집어들고 신발이 있는 쪽으로 향했다. 서둘러 신발 끈을 졸라매자마자 밖으로 나왔다. 나는 숨을 깊이 들이마신 후 성채의 테라스까지 올라갔다. 신선한 공기와 오래된 석조 건물의 미덕은 울타리 친 곳, 추한 곳, 질식할 것 같은 곳이 존재할 수 있다는 사실을 바로 잊어버리게 만든다는 것이다. 도망친 것은 정말이지 잘한 일이었다. 그 알베르게에 대해 성급하게 내린 판단이 절대적으로 옳았다는 뜻은 아니다. 나중에 마주친 순례자들 중에는 그곳을 최고의 숙소로 꼽는 이도 있었다. 도인 같다고 생각한 사람은 밤늦게까지 손님들과 함께 노래를 부르며 즐거워하던 활력 넘치는 주인인 듯했다. 나는 뭔가를 놓친 것은 분명했지만 그래도 핵심을 건진 것이었다. 그 핵심이란 바로 그 추억의 장소가 불러일으키는 향수 섞인 시적 정취로, 그것은 민요의 후렴구보다는 고독을 요구했다.

그렇지만 내가 탈주의 대가를 치르지 않았다고는 말할 수 없다. 나는 스스로에게 호텔의 안락함을 금했고 심지어 갈리마르라는 이름이 붙은 펜션을 보고도 유혹에 넘어가지 않았는데, 그곳을 지나쳐간 후로 다른 숙소는 발견하지 못했다.* 밤이 되었다. 나는 모든 것을 우연에 맡기고 텐트를 세우기로 마음먹었다. 하지만 그곳은 칸타브리아 지방이었다. 우연이 내게 허락한 공간은 고속도로 쪽으로 기울어진, 풀이 무성한 경사지밖에 없었다.

나는 버너를 꺼냈고 그 약한 불로 별 특징 없는 잡탕을 끓여 먹었다. 그리고 대형 화물차들이 달려가는 소리를 자장가 삼아 내 얇은 텐트 아래에서 잠들었다.

---

* 갈리마르는 프랑스의 유서 깊은 출판사로, 저자 역시 그곳에서 많은 책을 출간한 바 있다.

해안이여, 안녕

칸타브리아 지방에 대해 간직한 최고의 추억들은 길을 잃고 헤매던 순간에 생겼다. 비가 내리던 어느 날 나는 오솔길이 교차하는 곳을 지나갔고 산속에서 길을 잃었음을 깨달았다. 통상적인 길이었다면 여전히 들판이나 차도 가장자리에 있어야 했는데, 비에 젖은 빽빽한 덤불숲 한가운데서 절벽 해안을 기어올라야 할 상황에 처한 것이었다. 나는 맨 꼭대기로 올라간 후 독일가문비나무와 유칼리나무가 심긴 긴 능선을 따라 걸었다. 때때로 바람이 안개를 흩어놓아 아래쪽 저 멀리로 해안이 드러나 보였다. 차도는 이제 목초지의 녹음 사이로 미끄러지듯 지나가는 어여쁜 검은 뱀에 지나지 않았다. 마침내 차도를 떠나 조용히 지내게 된 것이다! 맞은편으로는 이따금씩 구름 사이로 시커멓고 높은 산들이 보였다. 그런 식으로 두 번의 돌풍이 불어와 웅장한 피코스 데 에우로파가 가까이 있음을 알렸다. 그 덕분에 나는 칸타브리아 지방에 전혀 다른 모습도 존재한다는 사실을 깨달았다. 그것은 언젠가 꼭 직접 확인하고 싶은 모습이었으며, 안타깝게도 카미노는 보여주지 않는 모습이었다. 그날 아침 나는 자연 속에서 길을 잃는 행복을 맛보았다. 위치를 확인할 조가비도, 화물차 소리도, 텅 빈 분양 주택도 없었다. 산골 주민들이 직접 산이나 골짜기를 보고 가야 할 길을 찾는 것처럼 나는 시야에 잡히는 모든 것을 한 번에 조망하면서 방향을 잡았다. 내 목을 묶고 속박하던 카미노의 목줄을 푼 것이 자랑스러웠다. 숲속에서 긴 내리막길을 지나 나는 다시금 활기 없는 작은 마을에 접어들었다. 유일하게 생기 있는 곳이 몸을 말리러 들어갔다가 푸짐한 샌드위치를 게걸스레 삼킨 카페 겸 담뱃가게 겸 식료품점인 가게였다.

온통 검은 옷을 입고 주름진 얼굴에 반백의 머리를 틀어올린 한 여자 손님이 내게 혹시 프랑스인이냐고 물었다. 그녀는 프랑스어를 완벽하게 구사했는데, 파리 사람 특유의 비웃는 듯한 어조와 스페인어의 거칠거칠함이 섞인 억양이었다. 그녀는 바티뇰 지구를 그리워했다. 그곳에서 삼십 년을 사는 동안에는 산기슭에 있는 고향 마을을 그리워하지 않은 날이 하루도 없었다고 했다. 그리고 고향에 돌아온 후에는 밤마다 지하철과 클리시 광장, 오베르뉴의 비스트로들에 관한 몽상에 잠겼다.

그녀는 내 주변에서 파리의 공기를 들이마셨고, 그녀가 다니던 장소들이 혹시 변하지 않았는지 확인하기 위해 그곳 이야기를 들려달라고 청했다. 나는 중세의 순례자들이 수행했던 아주 오래된 역할을 되찾았다. 그것은 소식을 퍼뜨리고 세상 사람들을 이어주는 것이었다.

이윽고 나의 칸타브리아 지방 파리지엔은 내게서 뽑아낸 향수의 구슬 몇 알을 가슴에 꼭 품은 채, 빵과 포도주로 불룩해진 장바구니를 움켜쥐고 폭풍 속으로 사라졌다.

아스투리아스 주에 가까워질수록 기슭이 더 가팔라졌다. 파도가 만들어내는 물거품 위로 불쑥 튀어나온 검은 바위들과 선명한 초록색을 띠는 목초지 위로 폭풍우가 칠 때면 스코틀랜드 같은 분위기가 풍겼다. 마치 바다가 내가 곧 떠날 것을 느끼고 좋은 기억만 가져갈 수 있도록 숨김없이 매력을 보여주는 것 같았다. 바다가 고요하고 단조로울 때는 거의 관심을 기울이지 않았는데, 이제는 감격스레 바다를 응시하고 근처에 텐트를 세울 정도로 그 존재를 소중히 여기게 되었다. 폭풍우가 휘몰아치고 거센 파도가 몰려와 주변이 온통 물거품으로 감싸인 갑 위에서 나는 더없이 아름다운 밤을 보냈다. 그리고 황금빛 안개로 둘러싸인 황혼을, 갓 태어난 아이의 입술처럼 보랏빛을 띤 차분한 여명을 바라보았다. 항상 선잠을 자는 내 꿈속으로, 멀리 떨어진 농가의 강아지들이 낑낑대는 소리, 육지를 공격하려는 천년의 음모를 쉼 없이 실행에 옮기며 밀려오는 파도가 지근거리에서 웅얼거리는 소리가 섞여들었다.

해안을 끼고 있는 마지막 구간의 야성적인 기슭은 그 매력이 너무 엄청나서 나는 늘 다시 기슭으로 가기 위해 서둘렀다. 매력적이라고들 하는 도시를 지나가게 되어도 전혀 관심을 보이지 않고 지나쳐버렸다. 전형적인 해수욕장 건축물과 식당들, 생선통조림 가공공장과 독특한 시드르(사과 발효주) 제조장 같은 것들은 이미 실컷 보았다. 크레덴시알에 스탬프를 찍고 10유로짜리 그날의 메뉴, 가끔은 경제 위기에 대처하기 위해 마련된 8유로나 7유로짜리 메뉴를 집어삼키는 시간이 지나면 나는 다시 조가비 표지들을 되짚어 연안 지대로 돌아가기에 바빴다. 나는 항상 바다와 아주 기묘한 관계를 유지해왔다. 세네갈에 있을 때는 매일 아침 창문 아래로 평온하고 변함없이 푸르른, 카누가 지나간 자국이 남아 있는 바다가 보이는 것이 짜증스러웠다. 그런데 지금 그곳의 바다를 생각할 때면 우기의 바다가 떠오른다. 대양에서 불어오는 돌풍이 휘몰아치는 고레 섬, 바람의 신경질적인 손가락이 할퀴고 간 바다, 그 끝으로 이는 고운 거품. 그리고 나는 무엇으로도 달랠 수 없는 향수를 느낀다.

칸타브리아 지방에서도 그런 거부와 애착의 교차를 똑같이 경험했다. 나는 환상이라고는 찾아볼 수 없고, 감히 그렇게 말해도 된다면 대화도 없는 바다를 계속 바라봐야 하는 상황이 견디기 힘들고 짜증이 났다. 그런데 막상 바다를 떠나야 할 순간이 찾아오면 바다와 멀어진다는 생각만으로도 고통을 느낄 만큼 바다에 집착하는 마음이 생겼다. 카미노가 나를 바다와 떨어뜨려놓기 전에도 그랬다. 바다 옆에서 보낸 마지막 밤들이 너무 좋아서 고통스러울 지경이었다. 여기서 비밀을 털어놓자면 그 역설은 내 평생 반복되는 역설이다. 어떤 존재나 물건이 우리를 떠나는 순간이 되어서야 그것을 좋아하게 되는 것이 나만은 아니리라. 하지만 나는 그 악덕이랄까 탐욕이랄까 하는 것을 다른 사람들보다 더 멀리까지 밀고 가, 심지어 내게 소중한 것의 가치를 확인하기 위해 그것을 멀리하는 일도 종종 있다. 그것은 많이 딸 수도 있지만 더 많이 잃을 수도 있는 위험한 게임이다.

칸타브리아 지방을 떠나기 전 나는 마지막으로 한 번 더 위험에 맞서야 했다. 녹음이 우거진 구간을 지나가는 중간에 카미노가 잔디를 입히고 정성스럽게 관리해놓은 공간으로 접어들었다. 처음에는 자연의 예기치 않은 선물이라고 여겼다. 그렇지만 꽤 빨리 그 자연이 자연스럽지 않음을 깨달았다. 중간에 골프장을 통과해야 하는 구간이 있었던 것이다. 골퍼들이 캐디들을 이끌고 돌아다니는 중이었다. 도보 여행자의 마음속에 의혹이 자리잡을 무렵, 표지판 하나가 모든 모호함을 걷어준다. '공 조심.' 그제야 자신이 아무런 보호

장비 없이 골프장 한가운데를 걸어간다는 사실을 깨닫는다. 그곳 지역 주민들이 순례자들에게 보여주었던 호의를 떠올린 그는 문득 골퍼들이 그런 불청객을 정확하게 맞춰 쓰러뜨림으로써 자신들에게 핸디캡이 되는 상황을 개선하려는 유혹을 느낄 수도 있겠다는 생각을 하게 된다. 나는 십오 분도 넘게 전속력으로 달려 그곳을 벗어난 후에야 평정을 되찾을 수 있었다.

기어이 이별의 시간이 왔다. 카미노가 완전히 해안을 벗어나 내륙으로 들어가는 순간이었다. 그 비극적인 사건은 내게 별다른 추억을 남기지 않은 라이슬라 마을 근처에서 일어났다. 멀어짐은 점진적으로 이루어진다. 오랫동안 계속해서 절벽의 끝부분이, 작은 만의 일부가, 수평선이 언뜻언뜻 시야에 들어온다. 그러다가 모든 것이 끝나고, 당신은 평야 한가운데 있다. 이제 아스투리아스 지방에 들어선 것이다.

절제의 학교
칸타브리아 지방

길을 이 정도 걷고 나자 나는 순례자로 완벽하게 거듭났다. 그것은 몇 가지 외적 표지로 드러나기도 했지만 특히나 정신적인 면에서 새로운 상태였다. 도보 여행자의 지저분함에 대해서는 앞에서 언급한 바 있다. 그 지저분함은 피할 수 없는 것도 아니고 절대적인 것도 아니다. 일부 품위 있는 순례자들은 그들을 위해 알베르게에 마련되어 있는 샤워실의 성실한 이용자다. 일반적으로 순례자들이 지고 다니는 옷은 그리 많지 않아서 매일 빨아야 하기 때문에 그들은 숙소에 도착하자마자 빨래에 돌입한다. 그러나 알베르게 주변에 널려 있는 세탁물을 보면 각자 자기만의 위생 관념을 갖고 있으며 그것이 완벽한 경우는 드물다는 사실을 깨닫게 된다. 티셔츠는 상당히 보편적으로 매일 주의를 기울이는 대상이다. 순례자들이 점령한 참호진지 입구에서 가장 많이 펄럭이는 깃발이 바로 티셔츠들이다. 그다음은 신발이다. 다른 옷들은 빨랫줄에 걸려 있는 일이 드문데, 그 사실로부터 그 다른 옷들은 빨지 않은 채 매일 착용한다는 결론에 손쉽게 도달할 수 있다.

혼자 다니는 순례자는 당연히 몸단장을 하느라 애쓸 동기가 제일 부족하다. 나는 이미 내가 얼마나 빠른 속도로 천상의 부랑자로 변모했는지 강조했다. 칸타브리아 지방의 여정은 나 자신을 무관심 속에 방치하는 일을 최종적으로 완성시켜주었다. 덥수룩한 수염, 얼룩이 묻은 바지, 땀에 젖었다가 햇볕에 마른 셔츠, 나는 마치 갑옷을 두른 듯 그런 것들의 보호를 받는 기쁨을 경험했고 그 속에서 편안함을 느꼈다. 집도 차도 없이 세상에 던져졌을 때, 주변 풍경의 무한함을 온몸으로 느낄 때, 그가 바라보는 곳을 기점으로 그 무엇도 시선을 가로막지 않을 때, 길이 앞뒤로 한없이 길게 이어질 때, 그럴 때 사람들은 자기 냄새에 둘러싸여 걸어야 안심이 되는 듯하다. 그 냄새에는 아직 자신에게 남은 모든 것이 집약되어 녹아 있기 때문이다. 순례자들은 서로 마주쳤을 때 무의식적으로 상대와 거리를 유지한다. 설혹 그들이 상대에게 다가가려 해도, 상대의 곰팡내가 가로막으며 그런 행동은 너무 조심성 없는 짓이라고 일러준다. 두 걸음 더 다가가는 것은 남의 집에 불쑥 쳐들어가는 행동과 똑같다고 말이다.

바스크 지방의 아름다움을 접한 후 만나는 칸타브리아 지방의 카미노에는 또다른 장점이 하나 있다. 완성을 향해 나아가는 순례자에게 겸손이라는 추가적인 교훈을 주는 것이다. 초반에 그는 하마터면 길이 그를 위해 존재하며 그의 눈을 만족시키기 위해 펼쳐져 있는 거라고 믿을 뻔했다. 수십 킬로미터나 이어지는 아스팔트 길은 아직도 지나치게 단단한 그의 육신을 더 연하게 길들인다. 길이 마음에 들든 들지 않든, 그곳 풍경에 만족하든 만족하지 않든, 순례자는 오로지 걷기 위해 거기 있다! 시멘트 송유관과 공장, 텅 빈 분양 주택, 고속도로의 긴급 대피로, 회전교차로와 교외 공업단지는 관광과 관련한 모든 요구를 내려놓고 진짜 순례자가 되기 위해 꼭 필요한 것들이다. 그런 시련들에 호되게 얻어맞은 도보 여행자는 처음에는 충격으로 비틀거린다. 하지만 곧 자신의 운명을 달게 받아들이게 되고, 그제야 카미노의 새로운 단계가 시작된다. 그것은 더이상 열광이 아닌 습관과 규율을 필요로 하는 단계다. 순례자는 이제까지 부지불식간에 그랬듯 카미노에 복종하지만, 이번에는 투덜거리지 않고 그렇게 한다. 임자를 만난 것이다. 사람들이 매일 아침 작업복을 입듯이 그는 신발을 신는다. 그의 발은 신발 안창에 잘 적응했고, 근육은 긴장이 풀어졌으며, 피로도 그에게 복종해서 예정한 거리를 다 걷고 나면 곧 사라진다. 석공이 돌을 쌓듯이, 선원이 바다로 떠나듯이, 빵집 주인이 바게트를 굽듯이, 순례자는 순례를 떠난다. 그러나 대가로 임금을 받는 다른 직업들과 다르게 순례자에게는 기대할 보수가 전혀 없다. 그는 돌을 깨는 강제 노역자이자 우물가를 빙빙 도는 노새다. 인간은 정말이지 역설로 이루어진 존재이고, 고독은 그 역설을 고찰하도록 해주는 듯하다. 아닌 게 아니라, 자케는 그런 속박 속에서 전대미문의 자유를 발견하고 황홀경에 빠지지 않는가.

강제 노역자는 잠시 쇠사슬을 풀어주기만 해도 몹시 기뻐하며, 노새는 사람들이 평탄한 길로 끌고 가는 것만으로도 아주 행복해한다. 마찬가지로, 최악의 상황에 처한 순례자는 최소한의 위로에도 만족한다. 차도 가장자리로 걸어가다 웅덩이에 빠져 뼛속까지 흠뻑 젖어도 한줄기 햇살이 비쳐 몸을 말릴 수 있게 된다면 그는 행복에 젖는다. 주유소 근처 형편없어 보이는 비스트로에 들렀는데, 웬일인가! 햄이 맛있고 빵도 부드럽다면 그는 또 황홀해진다. 한낮의 태양을 피하게 해줄 나무를 찾아내고 뒤쪽 농가에서 죽어라 짖어대는 개들이 튼튼한 울타리 안에 갇혀 있는 것까지 확인하고 나면 그는 행복에 겨워 눈을 감는다. 칸타브리아 지방은 이렇게 절제를 가르쳐서, 도보 여행자가 아무 매력도 없어 보이는 현실에서도 행복한 웃음거리와 예기치 않은 친절이라는 꽃을 찾기 위해 감각을 더 예리하게 갈고닦게끔 한다.

하루는 더위로 녹아들 것 같은 직선의 차도 위를 한없이 걷는 여정을 마치고 스탬프를 찍기 위해 어느 마을의 읍사무소로 들어갔다. 노련한 순례자라면 자기 배를 채우기 전에 크레덴시알부터 채워야 한다는 것을 알기 때문이었다.

사무실에는 사람은 없고 서류들만 널려 있었다. 등에 배낭을 메고 복도를 걸어 들어가노라니 점점 더 잘못된 곳으로 가고 있다는 자각이 들었다. 갑자기 나는 한 여직원과 마주쳤다. 그녀는 당황했다. 그리고 순례자들이 이곳에 들른 적이 한 번도 없다고 내게 설명했다. 순례자들을 위한 도장은 없었다. 나는 그녀에게 실례했다고 말하고는 도망칠 준비를 했다. 그러나 그녀는 나에게 기다리라고 권하더니 이 책상 저 책상을 뒤졌다. 드디어 그녀가 뭔지 모를 스탬프를 찾아냈다. 스탬프 패드를 찾는 데 또 똑같은 과정이 반복됐다. 그녀가 사라졌다. 나는 꼼짝 않고 그 자리에서 기다렸다. 수북이 쌓인 서류들이 나를 엄하게 바라보면서 이 아름다운 사무실을 불결한 발과 땀에 전 티셔츠로 더럽힌다고 말없이 나무라고 있었다. 마침내 여자가 돌아왔다. 그녀는 스탬프를 찍은 내 크레덴시알을 돌려주면서 다른 손으로 그 도시의 문장 모양으로 만든 작은 열쇠고리를 내밀었다. 나는 사람들이 전쟁이 끝나서 집으로 돌아가는 포로들에게도 똑같이 행동하지 않았을까 상상했다. 우리가 제라르 우리 감독의 영화에 등장하는 사람이 된 것 같아서 나는 〈파리 대탈출〉의 주인공 앙드레 부르빌처럼 미소 지으려고 노력했다. 그 만남에는 따뜻하면서도 강렬한 뭔가가 있었다. 한순간이지만, 내게 친절을 베푼 여자를 껴안아주고 싶은 마음이 들었고, 그녀의 마음속에도 같은 생각이 스쳐갔을 가능성이 전혀 없지는 않을 터였다. 한낮에 당신의 삶을 스쳐간 자유로운 남자가, 설령 좀 지저분하긴 했어도, 아니 어쩌면 — 누가 알겠는가? — 바로 그렇기 때문에 시청 여직원에게 불순한 욕망을 불러일으켰을 수도 있는 것이다. 그러나 나는 곧 내가 탈출한 강제 노역자에 불과함을 떠올렸다. 카미노가 내 어깨를 붙잡아 다시 끌고 갔다.

나는 그 열쇠고리를 배낭 고리에 매달았다. 그것은 지금도 거기 달려 있다.

카미노의 증류기 안에서

그러나 순례자의 육체적 변화는 그의 영적 변화에 비하면 아무것도 아니다. 아스투리아스 지방의 문턱에 도착했을 때 그의 영적 변화는 상당히 진척되어 있었지만 완성되려면 아직 먼 상태였다. 도보 여행자는 벌써 수백 시간의 고독을 겪었다. 아직은 막연히 추측하는 단계에 지나지 않았지만 그는 꾸준히 '위대한 비밀'을 향해 나아가고 있었다.

이 느린 과정을 어떻게 요약해야 할까? 육체적 시련에서 발생하는 모든 정신적 변화가 그렇듯이 그것을 부분으로 나눠서 설명하는 것은 불가능하다. 입문식의 원리가 그렇다. 그렇지만 그런 변화의 과정에서 몇몇 굵직한 단계를 뽑아낼 수는 있다.

카미노를 걷기 시작할 때 사람들은 엄청나게 많은 생각을 한다.

알고 있던 모든 지표는 사라지고, 너무 멀어서 접근이 불가능해 보이는 목적지를 향해 나아가고 있으며, 주변을 둘러싼 공간의 광막함 때문에 마치 자신이 벌거벗은 것처럼 느껴진다. 이 모든 상황은 오직 야외에서만 가능한 독특한 형태의 자기 성찰에 적합하다. 그럴 때 우리는 홀로 자신을 대면한다. 친숙한 것이라고는 생각이 유일하기 때문이다. 생각은 대화를 재현하고 추억을 되살려주며, 우리는 그 속에서 어떤 반가운 존재와 가까워짐을 느낀다. 그렇게 해서 도보 여행자는 오래전부터 알던 사람을 갑자기 마주치기라도 한 듯 감격스레 자신과 다시 만난다. 낯설고 외지고 인적 없고 느리고 단조롭고 끝없이 이어지는 길에 내던져진 그는 자신의 생각이 깊숙한 곳까지 스스로 파고들게 내버려둔다. 추억, 계획, 생각, 모든 것이 감탄스럽고 아름답다. 사람들은 자기도 모르게 혼자 소리 내어 웃고 있음을 깨닫는다. 간혹 얼굴에 이상한 표정이 떠오르기도 하지만 유일한 동반자라고 해봐야 나무들과 전봇대밖에 없기 때문에 누가 보라고 짓는 것은 아니다. 걷는 일이 마치 크랭크축처럼 생각에 영향을 미친다는 사실은 잘 알려져 있다. 걷기는 생각을 자극해 생각을 시작하게 하지만, 거꾸로 생각에서 에너지를 얻기도 한다. 사람들이 생각의 속도에 맞춰 앞으로 나아가기 때문에 생각이 전속력으로 내달릴 때면 실제로도 거의 달리다시피 걷게 된다. 내가 초반의 구간들을 놀라운 속도로 지나간 기억이 난다. 기록을 세우겠다는 야심이 있었던 건 아니다. 흔히들 말하듯이 '신이

나서 발에 날개를 달고' 걸었던 것이다. 그 시간은 아주 짧으니 잊지 말고 그 순간을 만끽해야 한다. 흥분은 오래가지 않는다. 몰려오는 생각은, 속도가 빠를 때는 물 위를 달리다가 항구가 가까워지면 다시 천천히 수면으로 내려오는 쾌속정과 비슷하다.

걷는 사람은 몇 시간 지나면 또다른 존재를 의식하게 된다. 바로 그의 육체다. 평소에 아무 소리 없이 지내던 도구가 삐걱거리기 시작한다. 복잡한 기관을 구성하는 다양한 부위들이 하나씩 차례대로 시끄러운 소리를 내며 자기를 내보이고 호소하기 시작하다가 결국에는 다 같이 요란하게 울부짖는 소리를 낸다. 제일 먼저 자기 주장을 펼치는 것은 잘 알려진 무기들을 갖고 있는 소화기관이다. 배고픔, 목마름, 꾸르륵거리는 배, 뒤틀리는 창자, 이런 것들이 쉬었다 가라고 요구한다…. 근육은 그다음에 등장한다. 평소에 이런 저런 운동을 하는 사람들도 있겠지만 그런 운동으로 단련된 근육은 여기서 아무 소용이 없다. 힘든 운동을 많이 해봤다고 교만한 마음으로 카미노에 뛰어든 사람들은 오히려 남들보다 더 빨리 온몸이 쑤시는 걸 깨닫고 놀란다. 한편 보통 때는 의식조차 되지 않았던 피부는 이제 도보 여행자가 자신이 갔던 모든 장소를 떠올릴 때마다 어딘가 부어오르고 쓸리고 따끔거리고 패였던 모습으로 함께 기억될 것이다. 평소에 무시하고 지냈던 기관들, 생리적 욕구, 불쾌감은 육체의 계단을 밟고 올라가 결국에는 중요한 지위를 차지한다. 그리고 초반에 마음껏 빠져들었던 상상과 꿈의 세계로 가는 즐거운 여행을 가로막는다.

그럴 때 순례자는 독단적인 행동을 시도한다. 아랫것들의 요구—그렇다 해도 그가 실질적인 해결책을 내놓을 수밖에 없는—를 물리치기 위해 그는 스스로에게 생각을 강요하기로 결심한다. 그런 것을 성찰이라고 부른다.

성찰은 이미 노력이 개입된 행위지만 그래도 행복감을 준다. 도보 여행자는 그동안 이런저런 생각들이 머리를 스쳐가는 것으로 만족했지만 이제는 진지한 질문들을 체계적으로 다룰 때가 되었다고 생각한다. 다음날로 결정을 미뤄뒀던 문제들, 충분한 시간을 내어 따져보지 못한 계획들, 한 번도 붙잡고 생각할 용기를 내지 못했던 형이상학적 질문들 등등, 누구나 머릿속에 민감한 주제와 관련된 다양한 질문들을 과도할 정도로 많이 담아두고 살지 않은가.

그리하여 개인에 따라 다소간의 차이는 있지만 오랜 집중의 시간이 시작된다. 그 시간 동안 사람들은 자신이 정한 화두를 이어가려 애쓴다. 개인적으로 나는 그리 오래 버티지 못했다. 걸으면서 산만해지지 않기란 지독하게 어렵다는 것을 다들 금방 깨닫는다. 순례자를 위한 표지도 찾아야 하고 자동차도 피해가야 하고 개들도 곁눈으로 지켜보며 조심해야 할뿐더러, 발바닥에서부터 배낭의 하중에 눌리는 허리까지, 해를 받아 뜨거워진 머리통에서부터 배낭의 가죽끈 때문에 떨어져나갈 듯 쑤시는 어깨까지 신체 곳곳에서 보내오는 온갖 경고 신호들이 우리의 주의를 돌려놓는다. 물론 조금만 더 무리한다면 결국 생각이 떠오르기는 할 것이다. 문제가 자명하게 드러나고 심지어 어렴풋하게나마 해결책이 떠오를 수도 있다….

그러나 갑자기 어느 마을을 지나가게 되어 수통을 채우러 급수장에 들를 수도 있고 길 가던 사람과 얘기를 나누게 될 수도 있다. 그러다보면 모든 것이 단번에 사라진다. 좀 전에 얼핏 떠올랐던 해결책, 그 해결책이 필요했던 문제, 아니 그런 주제 자체까지 모든 것이…. 당황한 마음으로 황량한 들판을 걷는 동안, 다 나았다고 믿었던 발뒤꿈치 물집이 화끈거리는 것만 느껴진다.

이렇게 생각을 놓치면 급격하게 진짜 우울증에 빠져들게 된다. 무익한 경련을 일으키듯 순례자는 체념과 필사적인 분발 사이에서 동요한다. 어느 날 아침, 무슨 일이 있어도 그날 하루 걷는 동안 예전에 쓰려고 기획했던 소설의 뼈대를 완성하겠다고 결심했던 기억이 난다. 그날 나는 외진 골짜기를 지나갔다. 가이드북에 따르면 바스크 지방에서 경치가 가장 야생적이고 가장 아름다운 곳이었는데, 합당한 평가였다. 그 마을에는 집이 세 채 있었고 그중 하나가 바bar였다. 아침 열 시였다. 나는 바에 들어갔다. 매력적인 여종업원이 점심때를 대비해서 홀을 정돈하고 있었다. 그녀가 음향 장치의 음량을 최고로 키워놓아서 귀가 먹먹해질 정도로 큰 록음악에 창문의 화강암 상인방이 떨릴 정도였다. 홀은 가장 전형적인 바스크 지방 농가식으로 꾸며져 있었다. 온통 오래된 나무와 단련한 구리, 왁스를 먹인 육각 타일이었다. 문 너머로 바로 옆에 있는 예배당 내진의 성모마리아 석고상이 언뜻 보였다. 음악 소리가 너무 커서 평화로운 실내에 전투 분위기를 조성했다. 여종업원에게 헤비메탈 음악의 데시벨은 일종의 무기 같았다. 아름답고 젊고 아직 꿈 많은 시골 아가씨가 낡은 벽과 시골의 고독과 종교적 온화함에 정면으로 맞서서 사생결단의 전투를 벌이고 있었다. 나는 카운터에서 커피를 마셨는데, 그녀가 미소를 지으며 오븐에서 꺼낸 케이크 한 조각을 나눠주었다. 내가 음악 소리를 낮춰달라고 요구하지 않은 것이 고마웠던 게 틀림없다. 그 전투에서는 중립파가 설 자리가 없었다. 어느 편이든 한쪽을 택해야 했고, 나는 그녀 편이 되기로 했다. 다시 출발했을 때 내 머릿속에는 음악 소리가, 내 기억 속에는 여종업원의 다소 체념 어린 미소가 박혀 있었다. 천국처럼 보였던 그 골짜기가 갑자기 다르게 보이기 시작했다. 그곳이 순전히 지옥처럼 보이는 단계까지 간 것은 아니었지만, 사람들이 그곳에서 도망치고 싶어 할 수도 있다는 사실을 이해하게 되었다. 길을 벗어난 김에 나는 카미노를 가로지르며 흐르는 시내까지 갔다. 그곳에 발을 담그자 정신이 돌아왔다. 그러고는 내가 아침에 세웠던 계획을 지키기 위해 애써 끌고 가던 생각들이 하나도 기억나지 않는다는 사실을 깨닫고 망연자실해졌다. 더 심각한 문제는, 그런 생각들을 다시 떠올리고 싶은 마음도 전혀 들지 않았다는 것이다.

그날 나는 시골 식당 여종업원에 버금가게 절망하면서, 하지만 음악은 틀지 않고 그 구간을 마쳤다.

순례의 종교적 차원에 매달리고 싶은 마음이 가장 커지는 것이 바로 이렇게 고뇌에 빠지는 순간이다. 사실을 말하자면, 대부분은 순례의 종교적 차원 같은 것은 잊고 지냈다. 적어도 순례자의 왕래가 적은 북쪽 길에서는 전반적인 분위기가 세속적인만큼 누구건 그런 이야기를 꺼내는 일도 드물다. 그렇지만 순례 초반에 활기차던 과거 회상의 소재가 고갈되고 진지한 목표를 설정해서 생각을 통제하는 데 실패하면, 요컨대 공허감이 위협적으로 다가오고 그와 함께 권태와 자잘한 육체적 불편의 승리가 임박해오면 영성이 최후의 수단처럼 보일 수 있다. 영성은 그곳 풍경이 제공하고 있음에도 사람들이 거의 관심을 기울이지 않는 다양한 종교적 관련성에 의해 뒷받침된다는 점에서 세속적인 생각보다 훨씬 유리하다. 다들 가지고 다니면서 새 구간을 걷기 전에 꼭 읽어보는 가이드북에는 카미노에서 마주치게 되는 수도원, 대성당, 십자가의 길, 작은 예배당, 에르미타 등등에 대한 세밀한 설명이 실려 있다. 여기까지 오는 동안 어떻게 그런 것에 그토록 무관심할 수 있었는지 스스로도 놀랄 지경이다. 그러고는 이 순례길이 우리를 신앙으로 이끌기 위해 예기치 않았던 방향 전환을 감추고 있었음이 분명하다고 생각한다. 한 발만 더 나갔어도 기적을 외칠 뻔했다. 이제껏 등한시했던 역사적 설명을 갈구하게 되는 순간이다. 그 길을 지나간 순례자들의 천년을 이어온 흐름이 마음속에 영적인 표지를 새기기 시작한다. 순례 초반에는 걷는 일에 내포된 그런 측면에 의욕이 샘솟은 적이 거의 없었지만 이제는 거기서 즐거움을 얻는다. 그는 신앙을 너무 구체적으로 위협해오는 동물적 퇴행에 대한 해결책인 양 느끼게 된다. 인간됨이란 신을 안다는, 적어도 신을 찾으려 한다는 의미다. 동물은 먹이를 쫓아다닌다. 하지만 인간은 자신의 구원을 추구한다. 모든 것이 명백하지 않은가.

그런 발견은 온 힘을 쥐어짜 생각을 이어가려 했지만 성공하지 못한 도보 여행자의 마음속에 시기적절한 카타르시스를 안겨준다. 돌연 그는 두려움 없이 전투를 포기할 수 있을 것만 같다. 마음은 비워져 육체와 생리적 욕구들에 사로잡혀버리고, 공연히 모습을 달리하는 풍경은 우리가 최소한의 저항도 못한 채 불쾌한 비나 한낮의 태양에 굴복하도록 하지만, 어느 것도 크게 문제가 되지 않는다. 1킬로미터 혹은 10킬로미터만 가면 성당이 우리에게 서늘한 둥근 천장을 안식처로 내주고, 돌의 위로를 전하고 신성의 불가사의한 현존을 느끼게 해줄 것임을 이제는 잘 알기 때문이다. 기독교 신자든 아니든 그는 자기 영혼이 그 맑은 물에 젖어들게 둘 것이고, 그의 존재 깊은 곳으로 깃드는 초월성의 현현이 그 자체로 세례를 이루는 독특한 세례식을 경험하게 될 것이다.

그 순간 그때까지는 가상의 정보에 불과했던 것, 즉 그가 오랜 세월 동안 그 길을 걸은 순례자들의 거대한 계보에 놓여 있다는 사실은 구체적 확실성으로 육박해오며, 몸에서 나온 것이기도 하고 세상에서 온 것이기도 한 그 확신은 그의 온 마음을 지배한다. 절망에 빠질 뻔했던 순례자는 마치 그곳을 거쳐간 이들의 영혼이 그를 지지하고 칭찬하고 그에게 힘과 용기를 주러 오기라도 한 것처럼 어느 순간 그 보이지 않는 다수에게 구조된다.

나에게 그런 변화가 일어난 것은 칸타브리아 지방의 여정 막바지, 해안을 떠나 내륙으로 들어가면서 거의 오비에도에 이르렀을 때였다.

먼 옛날의
아스투리아스 지방

산티아고 데 콤포스텔라가 내 여정의 세속적 목적지였다면 오비에도는 종교적 부분에서 절정부를 차지했다. 의욕이 점점 약해진다고 느끼기 시작한 순간에 카미노의 영적 차원을 새로 발견한 나는 아스투리아스 지방부터는 거쳐가는 성지들을 체계적으로 탐색하는 데 기쁜 마음으로 몰두했다. 그러나 우리의 식욕이 그 정도일 때 시골의 작은 예배당, 십자가의 길, 에르미타 등등은 전채 요리 정도에 불과하다. 신비주의 시기에 접어든 순례자가 느끼는 허기는 그런 하찮은 과자 부스러기로 달래지지 않는다. 그런 것들은 오비에도라는 성지가 내놓는 영혼의 주요리를 기다리는 동안 참고 기다리게 만드는 역할밖에 하지 못한다.

중세 순례자들은 오비에도를 반드시 거쳐가야 할 곳으로 여겼다. "살바도르를 거치지 않고 산티아고로 가는 사람은 종복을 숭배하느라 주님을 포기하는 것과 같다"고 단언한 유명한 옛말도 있지 않은가.*

성 야고보는 오비에도의 산살바도르 성당이 헌납된 구세주 그리스도보다 훨씬 중요하지 않은 인물이다. 따라서 오비에도에 도착하면 순례의 첫 관문을 통과한 셈이다. 거기부터 또다른 여행길인 프리미티보 길이 시작되는데, 많은 순례자들이 그 길을 걷는 것만으로도 만족해한다. 험준한 산세 덕에 아랍의 침략을 피할 수 있었던 아스투리아스 왕국의 알폰소 2세는 8세기에 산티아고 데 콤포스텔라에서 성 야고보의 유해가 발견되었다는 이야기를 듣고 직접 그 기적을 확인하러 가기로 결심했다. 그는 오비에도에서 출발해 최초의 순례길을 열었다. 오비에도에 도착하는 것은 어떤 의미에서 하나의 여행을 끝내고 새로운 여행을 시작할 준비가 되었다는 것이다. 나의 경우, 오비에도는 내 (짧은) 기독교 성지순례의 정점을 의미했다. 물론 오비에도까지 가는 카미노가 강렬하고 아름다웠으며, 초반의 세속적 구간들이나 오비에도 이후에 계속될 구간들과 퍽 달랐다는 점 역시 부정할 수 없는 사실이다.

어떻게 보면 모든 것이 결합되어 카미노의 그 구간이 감탄스러

---

* 오비에도의 산살바도르 성당은 매우 중요한 기독교 유적지로, 중세의 순례자들은 그곳을 방문하기 위해 레온에서 일부러 우회해 오비에도를 거쳐서 갔다.

운 곳이 된 것인지도 모르겠다. 첫째는 내가 칸타브리아 지방과 그 해안을 떠나, 그때까지 일종의 기준점이자 지침이 되어주었던 바다에서 멀어졌다는 것이다. 해안을 끼고 있는 비탈길을 포기함으로써 순례자는 어른의 도움 없이 첫 발걸음을 뗀 어린아이의 자부심을 다시 느낀다. 성 야고보의 표지 때문에 좀 덜하긴 해도 그 미지의 땅은 해안과 작은 만이 오래 반복되는 길보다 훨씬 흥미롭다.

그다음은, 내가 아스투리아스 지방의 매력에 흠뻑 빠졌다는 것이다. 그 지방의 카미노도 바스크 지방에서와 마찬가지로 세심하게 만들어져 보행자는 차도에서 벗어나 고대의 칼사다스(포석 길) 위를 걷게 된다. 아스투리아스 지방에 들어서자마자 곧바로 거칠고 원초적이면서도 동시에 커다란 기품이 느껴지는 뭔가가 나를 사로잡았다. 그 지방 어디에서나 볼 수 있는 작은 건축물, '오레오 horreo'라고 불리는 상징물이었다. 먼 옛날부터 내려온(처음 생긴 것이 신석기시대라고 한다) 오레오는 기둥 위에 만들어놓은 곡식 창고다. 원반 형태로 재단한 커다란 박석들을 쌓은 건물을 돌기둥들 위에 만들어 설치동물이 안으로 침입하는 것을 막는다. 본디 오레오는 짚으로 덮여 있고, 목재 회랑이 둘러싸고 있어 그곳에서 풀과 이삭, 꽃 따위를 말렸다.

이렇게 초라한 오레오들은 자주 콘크리트 계단이나 기와 지붕, 양철 지붕, 창문 등이 추가되면서 그 모양이 흉측해졌다. 그중 많은 수가 차고나 닭장, 헛간으로 변경되었다. 그러나 아무리 변장해도 그 아래에는 금세 알아볼 수 있는 모습이 그대로 남아 있다. 그리고 개중에 완벽하게 보존된, 돌기둥 위에 세운 몇몇의 오레오들은 수천 년을 헤아리는 과거를 당당하게 증언한다. 다행스럽게도 오레오의 투박한 단순성은 해안 풍경을 훼손하는, 언젠가 사라졌으면 하는 분양 주택들의 인위적 거만함과 대조를 이룬다.

보석상자 안에 담긴 듯한 그 근사한 산악 지역에서는 자케들의 기억과 숭배의 장소들도 독특한 힘을 갖는다. 왜냐하면 아스투리아스 지방에는 로마 지배 이전의 성지들이 있기 때문이다.

그중에는 발데디오스 수도원에 인접한 교회당처럼 잘 복원되어 있는 곳도 있지만, 간신히 서 있는 수준의 건물들도 있다. 어느 마을에서 그런 교회당을 하나 발견한 적이 있는데, 그때 그곳은 폐쇄된 것처럼 보였다. 그런데 건물 주변을 어슬렁거리는 나를 본 나이든 부인이 내게 신호를 보내는 것이었다. 머리 위에 비딱하게 가발을 얹은 그녀는 흔히들 그렇듯 당황스러울 정도로 자신과 닮은 개를 조용히 시키더니, 커다란 열쇠를 움켜쥐고 나를 교회당으로 데려갔다. 나는 카미노가 그곳에 이르러서야 베풀어준 은혜에 감격했고, 그렇게 둘러본 예배당에 깊은 인상을 받았다. 로마 지배 이전의 건축물들은 아직 교차궁륭으로 된 천장을 만들 수가 없어서 벽을 뚫린 공간 없이 가득 메우고 총안銃眼 크기의 좁은 구멍만 드문드문 만들어놓은 것이 특징이다. 실내는 온통 어둠으로 덮여 있었다. 이런 건물들은 지상에 있음에도 그곳에 들어간 사람들에게 마치 지하묘지를 방문한 것 같은 인상을 준다. 벽에는 조각 장식은 없었지만, 대신 거기에 만들 수 없었던 기둥과 창문을 흉내 낸 프레스코화가 그려져 있었다. 내 안내자가 휘두르는 램프의 흐릿한 불빛에 수염을 기른 얼굴, 늘어진 옷자락, 독수리 날개나 황소의 뿔 같은 이미지들이 드러났다. 복음서에서 영감을 얻어 그런 그림을 그린 거라는 건 알고 있었지만, 교회보다는 동굴에 더 어울릴 법해 보이는 우둘투둘한 내벽에 황토로 그린 그 인물들은 몇천 년은 족히 되는 세월을 지나온 듯 보였다. 차라리 오레오가 처음 만들어진, 오래전 선사시대를 살았던 사람들과 닮은 모습이었다. 이처럼 아스투리아스 지방에서 나는 가장 원초적 형태의 영성과 연결된, 생각지도 못했던 기독교의 깊은 뿌리를 발견하게 되었다. 그리고 그 계기로 그 지역에 한층 매혹되었다.

건물에는 종탑으로 통하는 계단 하나가 있었다. 분명 17세기에 추가된 것으로 보였다. 나는 안내인에게 이 유감스러운 개조가 이루어진 시기를 물어보았다. 그녀는 아주 오래전에 개조된 것이 확실하다고 대답하면서, 자신의 단정에 근거를 대기 위해 덧붙였다. "계단이 내가 태어났을 때도 거기 있었거든요." 그러고는 자기 나이를 알려주었다. 나와 동갑이었다. 갑자기 확 나이를 먹어버린 느낌이 들었다.

엉성하게 덮어쓴 가발, 무도병 환자 같은 움직임, 불안정한 발걸음을 보이는 그 불쌍한 여인은 건강 상태가 가히 좋지 않아 보였다. 그녀는 그 장소에 쇠약함을 더했고, 그녀 덕분에 그곳을 방문하는 일은 죽음에 대한 냉엄한 준비가 되었다. 부활한 그리스도의 승리에 찬 모습이 한결 설득력 있게 다가왔다. 나는 십자가 아래 몸을 던져 부디 이 세상에서는 건강을, 저세상에서는 영원한 삶을 누리는 은총을 베풀어달라고 신께 간청하고 싶은 강렬한 욕망에 사로잡혔다. 그처럼 나는 중세인들, 특히 고통에 짓눌려 힘겹게 카미노를 걸어와 오직 그런 성소의 어둑한 포근함 속에서만 희망을 찾을 수 있었던 순례자들과 똑같은 상황에 놓인 것이었다.

나의 안내인은 내가 건물의 어떤 구석진 곳도 빼먹고 지나치도록 두지 않았다. 가끔은 갓을 씌우지 않고 줄에 매달아놓은 전구의 도움을 받기도 했다. 그녀가 커다란 베이클라이트 스위치를 작동시켜 불이 들어오게 하자 거기서 내 어린 시절을 상기시키는 낮으면서도 귀에 거슬리는 소리가 났다.

불쌍한 여인이 놀랍도록 민첩하게 행한 유일한 몸짓은 건물을 나오면서 보여준 손의 작은 움직임이었다. 그녀는 동전을 받기 위해 손바닥을 펴서 방문객 쪽으로 내밀었고, 그 동전들은 곧바로 로마 지배 이전부터 존재했을 듯한 수놓은 앞치마의 어두운 주름 사이로 사라졌다. 떠나기 전에 나는 혹시 그 예배당에서 지금도 미사를 드리는지 물었다. 그녀는 주임신부가 일요일마다 미사를 집전

한다고 대답했다. 그러고는 아마도 평생 그녀의 삶을 환하게 비춰 주었을 것이 분명한 긍지 어린 어조로, 그 주임신부가 바로 자신의 오빠라고 말했다.

바쿠스와 성 바오로

아스투리아스 지방을 걷다보면 몇 킬로미터도 채 가기 전에 금방 접했던 토속적이고 원시적이고 가난한 기독교 건축물과 극명한 대조를 이루는 부유한 수도원들의 성대한 의식을 접할 수 있다. 발데디오스에서는 마치 수르바란*의 그림에서 곧장 걸어나온 것 같은 수도사들이 보석상자처럼 근사한 바로크 양식 제단에서 저녁 미사 노래를 불렀다. 늙은 주임신부와 장애가 있는 여동생이 지키는 시골 교회의 투박한 신앙심과 비교하자니 그 그림은 전혀 다른 종교를 보여주는 것 같았다. 그러나 그토록 상반되는 영성의 그 엄

* 프란시스코 데 수르바란(Francisco de Zurbarán, 1598~1664)은 17세기 스페인의 화가로 성직자, 수도원 생활을 소재로 그림을 그렸다.

청난 편차를 껴안는 데 기독교의 진정한 힘이 있다. 수도원이라 불리는 성스러운 성에 있는 수도사들과, 대성당보다는 건초 창고와 더 비슷해 보이는 간소한 교회에 머무는 젊은 시골 신부들 같은 평민층 사이에는 똑같은 상징물, 똑같은 의식이라는 견고한 다리가 놓여 있다. 기독교는 수 세기 동안 유럽에 권력과 영광을 가져다주었지만, 그 대가로 신이 창시한 질서로 여겨지던 엄청난 보수주의를 사회적으로 감수해야 하는 일이 잦았다. 그런 사회에서는 각자 자신에게 주어진 자리가 있다. 기독교 교단은 모든 변혁을 죽음 이후로 미루고, 그때가 오면 나중된 자가 먼저된 자가 되리라 약속하고, 신의 심판이 될 단 한 번의 최후의 심판을 기다리며 모든 불의를 견디라고 타이르면서 유럽, 특히 레콘키스타Reconquista* 시기의 가톨릭국가 스페인에 촘촘한 그물망을 쳤다. 그 안에서는 모두가 어디에 있든 통발 속의 물고기처럼 느꼈다. 이제 그 그물은 찢어졌다. 이성과 진보와 자유가 튀어나왔고, 그런 것들이 만들어낸 작품이 바로 지금 우리가 살아가는 세상, 마법에서 풀려난 세상, 물질주의의 세상이다. 그 안에서는 모두가 만인에 대한 평등을 주장하면서 타인을 착취하려고 혈안이다.

순례는 영광스러운 기독교 왕국이라는 사라진 세상의 유물들을

* 8세기 초 이슬람교도들이 이베리아 반도를 침략하자 반도 북부의 기독교국가들이 15세기 말까지 약 7세기 반에 걸쳐 전투를 벌여 영토를 회복한 과정을 이른다. 레콘키스타는 스페인어와 포르투갈어로 '재정복'을 뜻하며, '국토회복운동'이라고도 한다.

보여줄 뿐만 아니라 과거에 그것이 어떠했을지 경험할 특별한 기회를 준다. 성소와 에르미타에서, 수도원과 작은 예배당에서, 도보 여행자는 아무것도 달라지지 않았다는 환상을 품을 수 있다.

동시에 그는 그 신성한 장소들을 덮고 있던 막이, 그토록 오랫동안 유럽 전체를 감싸고 있었던 기독교라는 덮개가 사실상 그 야성을 전혀 잃지 않았던 사람들과 장소들을 살짝 가려놓았을 뿐이라는 사실을 거의 온몸으로 깨닫는다. 그리스도의 영광을 기리는 종교적 건축물의 대부분은 훨씬 더 오래된 성소 위에 세워졌고, 그중 일부는 선사시대까지 거슬러 올라간다. 오늘날 교회나 십자고상이 세워진 곳 아래에 고대 로마나 켈트족, 신석기인들의 오랜 예배지가 감춰져 있다는 것은 고고학적 발굴을 통해 입증되었다. 그러나 도보 여행자는 누가 그런 사실을 이야기해주지 않아도 저절로 그것을 감지한다. 거기까지 걸어오면서 멀리서부터 대지의 존재를, 마법의 향기를, 골짜기 깊은 곳에 숨겨진 샘이나 숲의 장막 위로 모습을 드러내는 바위산 봉우리에서 풍겨나오는 영혼의 일렁임을 느끼기 때문이다. 협곡 아래로 내려가거나 반대로 봉우리를 향해 올라가면서, 그는 사람들이 벌거벗고 다니고 야생동물과 벼락과 페스트의 위협을 받았던 시대에는 분명 열 배는 더 컸을 신성한 공포를 접한다. 땅의 정령이나 하늘의 정령이 살고 있을 것만 같은 그 땅에서 기독교 건축물을 마주치게 되어도 이제 그는 놀라지 않는다. 그것은 위기가 닥쳤을 때 산천초목에 도움을 청하기 위해 찾아갔던 성소들의 긴 사슬을 이루는 마지막 고리이기 때문이다.

기독교가 억압의 수단으로 변하기 전에는 원래 놀랄 정도로 해방적인 역할을 수행했음을 내가 깨달은 것은 바로 그런 경험들을 통해서다. 신들에 대한 인간의 두려움만 표현하고 그들의 자비를 얻기 위해 공물을 바쳤던 원시종교들과 달리, 기독교는 죽음을 무찌르기 위해 인간에게 주어진 강력한 무기로서 무대에 등장했기 때문이다. 부활의 빛에 둘러싸인 그리스도는 자연으로부터 신자들을 지키기 위해 그들의 머리 위로 휘둘러진 양날의 검이다. 그는 기독교인들이 위협적인 정령들을 내몰고 주술을 무시하고 가장 외진 곳에서조차 용감히 위험에 맞설 힘을 준다. 어떻게 보면 기독교는 구름과 산, 숲과 샘에 깃들어 살던 온갖 신들을 자연에서 몰아냄으로써 스스로 인류를 지킬 책임을 떠맡고 인류에게 온 세상을 내주었다. 그 후 인류는 새로이 탐험하는 장소마다 그리스도가 보초를 설 수 있도록 잊지 않고 신성한 안식처를 추가하면서 한없이 영토를 확장해왔다.

그러나 도보 여행자는 이 기독교의 그물이 골수까지 이교도로 남아 있었던 사람들을 얼마나 통발 속에 집어넣을 수 있었는지도 직접 확인하게 된다. 발데디오스 수도원을 떠나면서 나는 그것을 경험했다.

수도원에서 멀어지자 길이 구불구불 산속으로 접어들었다. 시야가 지역 전체를 조망할 수 있을 정도로 넓어졌고, 저 위쪽에서 작고 푸른 골짜기 사이로 보이는 수도원은 평화와 조화의 장소다운 모습이었다. 능선에 도착하면 다시 화물차들이 다니는 국도로 들어서게 된다. 발데디오스 수도원의 모습이 더이상 보이지 않게 되었을 때 나는 점심식사를 하러 운전 기사들과 농민들이 주로 이용하는 간이식당에 들어갔다.

넓은 실내는 믿을 수 없을 정도로 시끄러웠다. 탁자들마다 쉰 목소리로 고함치듯 나누는 대화로 활기가 넘쳤다. 넘치도록 쏟아부었을 포도주 때문인지 사람들의 얼굴은 불그스레하게 빛나고 있었다. 몇 유로 하지 않는 정식 메뉴로 제공되는 돈육 가공식품 요리, 마요네즈에 잔뜩 버무린 야채, 기름진 소스를 끼얹은 구운 고기가 구미를 돋우면서 칼로리 과다 섭취를 부추겼다. 아무도 문 근처 빈자리에 앉은 순례자에게 관심을 두지 않았다. 다들 눈을 반짝이며 새로운 음식물을 집어삼키기 위해 이미 음식물이 가득한 입을 커다랗게 벌리고, 소스만큼이나 걸쭉한 웃음을 터뜨려댔다.

꽤 젊고 통통한 여종업원 둘이 짧은 옷 차림으로 진땀을 흘리며 손님들 사이를 돌아다니고 있었다. 그들은 술꾼들의 몸에 걸려 접시가 뒤집어질까봐 접시를 머리 위로 아주 높이 들어올리고 다녔다. 그러다보니 여자들의 몸 뒤쪽이 무방비 상태였고, 남자들의 손이 그 위를 거침없이 오갔다. 거칠거칠하고 기름때가 묻어 시커먼 손 한 쌍이 종업원의 풍만한 엉덩이 곡선을 따라 슬며시 움직였다.

다른 손 한 쌍은 알코올의 영향으로 더욱 자유분방하고 거리낌 없이 포동포동한 엉덩이를 움켜쥐고 꼬집더니, 주변의 웅성거리는 소리를 누를 정도로 요란하게 찰싹 때리기까지 했다. 종업원들이 비명을 지르자 사람들의 즐거움은 갑절로 커졌다. 어느 순간 종업원 하나가 식사하는 사람들 중 한 명에게 항의했다. 그가 암묵적 규칙을 어기고 허용된 영역을 넘어 손가락을 놀린 것이 틀림없었다. 처녀가 고함을 질렀고, 신이 난 남자는 그녀가 요리를 날라다 준 홀 구석에서 나가지 못하도록 막아 섰다. 그렇게 말다툼이 계속되는 동안 불쌍한 처녀 뒤에 있는 다른 사람들이 비겁하게 그녀의 엉덩이를 공격했고, 그 바람에 그녀가 뒤로 돌아섰다.

그 그림은 폭력적이면서도 야만적이었고, 믿을 수 없을 정도로 원초적이었다. 그리고 그와 동시에 일종의 동물적이고 바쿠스적이고 이교도적인 기쁨을 발산하고 있었다. 그리 멀지 않은 곳에서 섬세한 금박을 입힌 당초무늬 장식 아래서 시편을 노래하던 천상의 목소리와 수도원의 침묵을 접하고 온 참이었다. 그런데도 그곳이 얼마나 멀게 느껴지던지. 실제로 두 공간이 상당히 가까이 있다는 사실로 미루어 기독교 교단이 대중의 이교도적 천성에 대항하기 위해 성대한 의식과 기독교 도덕을 무기로 수 세기 동안 얼마나 필사적으로 싸움을 벌여야 했을지 어렴풋하게나마 느낄 수 있다. 교회의 지배와 권력과 영광을 강제로 받아들이게 할 순 있었지만 인간 내면 깊은 곳의 본성까지 바꾸지는 못했던 것이다. 심지어 속세에서 물러난 수도사들의 삶을 극단적으로 상징하는 그리스도의 평화와 단순하고 난폭한 열정에 빠져든 대중의 삶 사이에 일종의 공생 관계가 만들어지기까지 했다. 노동과 재생산이라는 고된 임무를 수행한다는 조건으로 속인들은 육체와 음식과 포도주에서 기쁨을 얻는 것이 허락되었다. 그렇게 수도원의 수도사들과 싸구려 식당의 여종업원들도 역설적이긴 하지만 서로 견고한 한 쌍을 이루어 수 세기 동안 스페인의 시골 구석에서 무사히 살아남은 것이었다.

그 한 쌍에게 유일하게 이질적인 요소, 그것은 바로 나였다. 양손을 점잖게 탁자 위에 올려두고 부드러운 목소리로 정중하게 종업원들에게 말을 걸었더니, 그들은 나의 예의에 고마워하기는커녕 무시하는 눈초리로 바라보더니 다시 웃으면서 넓적다리를 꼬집히러 돌아갔다.

당장에는 그런 반응이 놀라웠는데, 곰곰 곱씹어보니 그것이 아주 자연스럽다는 결론에 다다르게 되었다. 수도사의 열정과 거친 욕망, 양쪽 모두와 똑같이 거리가 먼 나 같은 유형의 사람들은 기독교적 질서의 붕괴에서 태어난 존재다. 더 나쁜 것은, 우리가 동시에 그 붕괴의 원인이기도 하다는 점이다. 자유로운 양심은 종교의 지배에 맞서 싸우면서 한편으로는 신앙심과 종교의식과 계율들로부터, 그리고 다른 한편으로는 원초적인 본능과 난폭한 욕망, 힘의 지배로부터 벗어났다고 주장하는 교만하기 짝이 없는 새로운 인간을 출현시켰기 때문이다.

그런 근대적 인간이 증식을 거듭해 이제 그의 도구들, 즉 과학과 미디어와 돈이 지배하는 제국이 기독교 제국을 대체하게 되었다. 그가 과거의 체제를 없애버린 것이다. 그런데 이 새로운 체제에서는 시골 사람들도 수도사들만큼이나 설 자리가 없다. 그러니, 바로 나 같은 인간들 때문에 여종업원들은 그들의 세상에서 고아나 다름없이 된 것이다. 나는 그들이 나를 무시한 것이 당연하다고 여기지는 않았지만 이해할 수는 있을 것 같았다….

기독교의 아름다운 단면

이 시기 내내 나는 지나가는 길 근처에 있는 모든 에르미타에 들르고 예배당이나 성당에서 열리는 저녁 미사에 꼬박꼬박 참석하면서 영적 경험을 확장했다. 그러면서 오늘날 기독교라는 작은 세계가 특히 스페인에서 구체적으로 어떤 상황에 놓여 있는지 살펴볼 수 있었다.

주일 미사는 아직도 많은 사람들이 참석하지만 저녁 미사에 관심을 보이는 것은 아주 나이든 사람들뿐이었다. 마치 사제가 거행하는 의식이 노년층만을 위해 마련된 것처럼 느껴질 정도였다. 참석한 신도가 너무 적어서 자기 재능을 허비한다는 생각에 짜증이 났는지 일을 서둘러 해치우는 성직자들을 본 적도 여러 번이었다.

어떤 곳에서는 빈자리가 많았음에도(어쩌면 바로 그 때문에) 그 열정이 인상적으로 남았다. 어느 저녁 바스크 지방의 한 성당에서 있었던 일이 기억 난다. 실내가 눅눅하고 소박한 연철 십자가로 장식된 곳이었다. 무척 젊은 한 여인이 r 발음을 굴리면서 성모송을 외우기 시작했고 참석자들의 거친 응답이 이어졌다. 마치 돌멩이들이 와르르 밀려오는 듯한 느낌이었다. 단순하고 간결한 기도 문구가 반복될수록 성당 안의 긴장이 높아지는 것이 느껴졌다. 모인 신자의 수가 비교적 적었음에도 불구하고 그곳은 영적 에너지로 충만한 것 같았다. 마침내 신부가 내진에 모습을 드러냈을 때 그의 존재는 진정한 카타르시스를 불러일으켰다. 아마도 여기저기서 더 은밀하게 흥분한 사람도 좀 있지 않았을까 싶다.

예배의 장소를 옮겨다니던 순례자는 그 지방 기독교의 다양한 지층을 통해 진정한 지질학적 단절을 경험한다.

그는 화려한 대성당에서 엘리트 성직자들, 즉 가장 성스럽거나 가장 능란한 사제들을 만난다. 그들은 아직 자줏빛 망토나 넉넉한 성직록, 안락한 교구는 갖추지 못했지만 자기 배船를 끌어와 자신이 가장 뛰어난 사제로 여겨지도록 할 줄 아는 이들이었다. 한편 반대쪽 끝에 있는 외딴 시골에서는, 맞서 싸워야 할 이교도 풍습을 오히려 가까이 하는 성직자 한 명 정도만 겨우 살아남는다. 우리는 바로 이런 룸펜-성직자에게서 그리스도의 성흔聖痕이기도 한 가난과 난혼과 유혹의 결과를 확인하게 된다. 무능하고 간혹 알코올중독이기도 하고 어쩌면 간음죄를 범했을지도 모르는 사제들이 불쌍한 시골 신부들 중 하나로 발령이 나면, 용서까지는 아니더라도 최소한 너그럽게 평가될 수도 있을 것처럼 보인다. 그들은 자신의 악덕을 유복한 자의 특권으로 발전시키기보다는 오히려 비참한 삶을 살아가는 자신에게 제공되는 예외적 위로로 이용한다. 그러나 그들은 바르베 도르비이*보다는 그레이엄 그린**이 그린 인물들과 더 가깝다.

가끔은 그런 시골 사제의 대열에 인생행로 자체가 수수께끼로 남은 더 현대적인 인간들이 슬그머니 끼어들어가 있는 것을 보기도 한다. 어느 일요일 칸타브리아 지방에서 만났던 사람이 바로 그렇게 분류하기 힘든, 알 수 없는 부류였다. 그 전날 밤, 나는 푸른빛의 거대한 수도원에 있는 순례자 숙소에 들었다. 두 명의 한국 여자들이 들어오기 전까지 방 안에는 오랫동안 나 혼자였다. 그들은 나를 보더니 공동침실의 제일 구석 쪽으로 들어갔다. 그 덕에 나는 그간 너무 외모에 신경 쓰지 않았음을 자각했다. 며칠 낮밤을 걷고 야영하며 보낸 후라 좀 위협적으로 보였을 수도 있고, 그 정도는 아니더라도 충분히 수상쩍어 보였음에 틀림없었다. 도착하자

* 바르베 도르비이(J. Barbey d'Aurevilly, 1808~1889)는 프랑스의 소설가, 평론가이다. 일상에서는 모습을 드러내지 않는 인간의 악마적 속성을 파헤치는 소설들을 썼다.
** 그레이엄 그린(Graham Greene, 1904~1991)은 영국의 소설가, 극작가, 평론가이다. 추리 기법으로 본격 소설을 집필해 대중 소설과의 경계를 모호하게 했다. 가톨릭 신자였으나, 한 타락한 사제의 도피와 고뇌를 그린 《권력과 영광》 때문에 교황청과 충돌했다.

마자 제일 먼저 자기 온몸은 말할 것도 없고 신발까지 문질러 닦는 아시아인들에게는 더욱더 그랬으리라.

일요일이던 그다음 날 수도원의 예배당에서 미사가 열렸다. 나를 맞아주었던 수도사들의 열정과 인간미가 인상적이었던 터라 예식에 참석하고 싶었다. 그런데 맙소사, 실리적인 고민 끝에 결정을 내린다는 것이 그만 일이 틀어지게 했다. 수도원의 미사는 늦게 시작했다. 그래서 나는 그쪽보다 아침 일찍 집전되는, 약간 더 위쪽에 있는 교구 성당의 미사에 참석하기로 했다.

그곳은 회벽이 벗겨지기 시작한 거대한 건물이었다. 하느님을 만나기 위해 찾아온 신자가 가까운 시일 내에 자기 머리 위에서 교회 천장이 무너지는 꼴부터 보게 되지나 않을지 걱정스러웠다.

그 장소에 깃들어 있을 얼마 안 되는 영성이나마 느껴보려 노력하면서 자리에 앉는데, 포치 아래 열 명 정도 되는 아낙네들이 서 있는 모습이 보였다. 그들은 목청껏 외치고 웃으면서 얘기를 나누었다. 시간이 흘렀다. 갑자기 수다를 떠는 높은 목소리들 사이로 낮고 멋진 바리톤의 음성이 울려퍼졌다. 그것은 분명 자기 목소리에 자부심을 가진, 그리고 그것으로 온갖 화음을 연주하는 수컷의 것이었다. 돌아보니 건장하다 싶은 체격에 수염을 기른 40대 남자가 아주 우아하게 차려입고 여신도들 사이를 거들먹거리며 걷는 모습이 보였다. 여자들이 나들이옷을 차려입은 것은 오직 그에게 잘 보이기 위해서인 것 같았다. 열 살쯤 되어 보이는 약간 뚱뚱한 아이 하나가 아낙네들에게 떠밀려 앞으로 나왔다. 머리카락이 검고 소를 닮은 아이였다. 첫영성체에 대해 말하는 소리가 내가 앉아 있는 자리까지 어렴풋하게 들렸다. 신부는 새 신자를 얻게 되어 기쁜 듯 아이의 뺨을 톡톡 치고는 두피를 주무르더니 그다음에는 어깨를 두드렸다. 아이는 계속 기운 없는 표정으로 그가 하는 대로 내버려두었다.

나는 미사가 얼마나 늦어질지 계산해보았다. 일부러 그곳까지 올라왔는데 크게 얻는 것이 없었다. 수도원에서는 미사 시작 시간을 늦추지 않았을 것이니 만일 저 아래에서 미사를 보려고 그냥 기다렸다면 오히려 시간을 덜 허비했을 것이었다. 신부는 아직도 외출복 차림이었다. 그가 제의로 갈아입을 때까지 또 기다려야 한다. 그는 여자들과 스무 가지도 넘는 주제로 열정적인 대화를 이어가면서도 아까의 사내아이를 꽉 붙잡아 자기 앞에 세우고 신도석을 지나갔다. 마침내 그가 인질의 보호를 받으며 제의실 안으로 사라졌다.

정말 놀랍게도 그는 거의 곧바로 다시 튀어나왔다. 원래 입고 있던 정장 위로 중백의를 아무렇게나 걸친 모습이었다. 그는 마이크 쪽으로 걸어가면서 지체 없이 청중에게 말을 걸었다. 입을 열기 전 허둥지둥 그었던 성호가 없었다면, 그 지루한 장광설을 정치인들이 집회에서 떠들어대는 연설과 구분할 수 없었으리라.

복음서 해설 따위는 아예 없고, 알아볼 수 있는 전례 절차도 전혀 없고, 복음서를 인용하는 일도 없었다. 한없이 긴 시간 동안 신부가 우리에게 떠든 이야기는 이런저런 뉴스들, 금융 위기, 리비아 전쟁, 사파테로 정부,* 중국의 경제적 약진, 야생동물의 왕래, 하이브리드 자동차의 미래, 유로화의 건실함, 해일 예측, 지방 공원의 존재 이유 등에 관한, 계획도 목적도 없는 허튼소리였다.

그가 쏟아내는 말은 끊어질 줄 모르고 이어졌다. 신부는 그렇게 대중 앞에 나섰을 때 느끼는 극도의 쾌감을 온몸으로 표현하고 있었다. 그는 소매나 턱을 이용해 연설 효과를 키우는 틈틈이 마치 증인을 내세우는 양 복사를 꽉 움켜잡았다. 폭력적인 현상을 언급할 때면 아이의 등을 툭툭 치거나 귀를 주물럭거렸다. 그러다가 또 마음을 진정하면서 아이의 머리를 덮고 있는 텁수룩한 곱슬머리를 부드럽게 쓰다듬기도 했다. 아이는 손바닥으로 치건 쓰다듬건 줄곧 아무런 반응을 하지 않았다. 다소 애매한 그런 행동에 누구 하나 기분 나빠하는 것 같지도 않았다. 사람들이 비단뱀에게 살아 있는 생쥐를 던져주는 것과 좀 비슷하게, 마을 전체가 주임신부에게 온순한 먹잇감을 넘겨주었음이 분명했다.

나는 줄곧 안달하며 손목시계로 눈길을 던졌다. 삼십 분이 지났는데도 미사를 집전하는 사제는 여전히 미사의 고전적인 구성 요

---

* 호세 루이스 로드리게스 사파테로. 스페인의 정치가로 2004~2011년까지 총리를 역임했다.

소 중 하나라도 시작할 마음이 없어 보였다.

꼼짝 않고 의자에 편안히 앉아 있는 여신도들은 간간이 고개를 끄덕이며 이야기에 귀를 기울였지만, 언어의 포병이 쏘아보내는 말의 대부분은 그냥 그들의 머릿속을 스쳐 지나가버렸을 것이다. 아마도 처음에는 유별나게 느껴졌을 사태, 즉 그 외향적인 신부의 미사가 미사처럼 보이지 않는 문제와 관련해 그들은 나름대로 입장을 정리한 것 같았다. 어찌 되었든 신부의 미사는 그들의 텔레비전 화면을 점령한 토크쇼들과 상당히 비슷했기 때문에 그들에게 낯설지 않았다.

나는 그 신부가 끝없는 장광설을 마친 후에 그래도 성찬식은 날림으로나마 진행했을 거라고 생각한다. 하지만 그때까지 기다리기에는 내 인내심이 턱없이 부족했다. 그가 푸틴의 독선을 징벌한 후 유럽 축구선수들의 이적이라는 민감한 사안으로 넘어가는 순간 나는 벌떡 일어나서 밖으로 나왔다. 신부가 잠시 말을 끊는 것이 느껴졌다. 앞에 있는 아이의 양어깨를 꽉 움켜잡은 그는 그 짧은 침묵을 통해 자신이 주저 없이 공격하는 적들에 대한 명백한 승리의 증인으로 회중을 끌어들였다. 아낙네들의 시선이 짧은 미소와 함께 문까지 나를 따라왔고, 나는 다소 불편한 마음으로 조금 전 신부가 단호한 태도로 용감하게 성소에서 몰아냈던 악마의 역할을 떠맡았다.

밖으로 나온 나는 다시 예전 같은 순례자로 돌아갈 수 있었지만, 약간 녹초가 된 순례자였다. 가늘게 비가 내리고 있었다. 그 일화는 내 종교 기간을 마감하는 사건들 중 하나였다. 원래가 신앙심이 얕은 사람이었던 나는 어쨌든 신문에서 읽을 수 있는 것을 성당까지 가서 들을 필요는 없다고 판단했고, 나 스스로 강제했던 기독교 과다 복용의 부작용을 느끼기 시작했다. 종부성사와 너무 비슷해 보이는 저녁 예배에 참석하고 싶은 마음이 점점 사라졌다. 더이상 예배당이나 수도원을 찾아 달려가지도 않았다. 똑같은 초를 켜놓고 똑같은 꽃다발이 시들고 있을 무수히 많은 에르미타들 중 하나를 찾아가기 위해 길을 둘러가는 것도 지겨워졌다.

순례를 시작한 지 삼 주 만에 마지막까지 덮고 있던 최후의 덮개까지 벗어던진 나는 마침내 온전히 벌거벗고 카미노의 진실을 받아들일 준비가 되었다. 처음에는 꿈을 벗어던졌고, 그다음에는 생각을 벗어던졌고, 이제는 신앙까지도 벗어던졌다. 이 연속적인 허물벗기 후에 내게 남은 것은 무엇이었을까? 언덕길이 점점 가팔라지고 공기는 점점 쌀쌀해지는 가운데 나는 곧 그것을 발견하게 되었다.

알폰소 2세와 붓다를 좇아서

오비에도에서는 성당, 대성당, 거리, 포치, 건물 전면부 등 모든 것이 고상하다. 당연히 땅바닥에서도 가장 호화로운 순례자 표지들이 길을 안내한다. 화강암 포석에 청동 조가비를 박아놓은 것들이다. 그 조가비들을 따라가면 가장 눈에 띄는 바닥 표지판 앞에 서게 된다. 대성당에서 멀지 않은 곳에 있기 때문에 우연히 보게 될 가능성도 있다. 반짝이는 금속으로 된 그 직사각형 표지판은 카미노의 중요한 분기점을 표시한다. 구불거리는 좁은 내리막길로 접어들어 곧장 걸어가면 히혼 방향으로 가게 된다. 그 길은 해안을 끼고 있는 카미노의 연장이다. 한편 다른 화살표를 따라가기로 하면 프리미티보 길에 해당하는 큰 가로수 길로 접어들어 바로 산 쪽으로 내닫게 된다.

나는 이미 하루 전에 도시를 두루 다니면서 갈림길의 위치를 확인해둔 터였다. 다음 날 새벽에 길을 나섰을 때 그곳 거리와 광장은 텅 비어 있었다. 불경한 운동화로 감동적인 청동 표지판을 더럽히고 지나가는 분별 없는 관광객은 아직 한 명도 없었다. 나는 그 역사적인 갈림길 위에 똑바로 섰고, 천천히 그리고 충분히 의식하면서 서기 9세기에 알폰소 2세가 남긴 자취를 좇아 나를 이끌고 갈 첫 걸음을 내디뎠다. "한 인간의 작은 발걸음이 인류에게는 커다란 발걸음이 된다."

확실히 산티아고 데 콤포스텔라에서 성 야고보의 유골을 발견했다는 주장은 별로 신빙성이 없다. 이베리아 반도 제일 끝자락에 사도 야고보가 있었다는 사실 자체가 말 그대로 이상한 일이기 때문이다. 그는 그곳과 아무런 상관이 없었다. 그래서 그의 유해를 실은 작은 배가 스페인 쪽으로 떠내려갔다는 기상천외한 이야기를 만들어내야 했을 것이다. 예루살렘에서 죽은 남자의 시체가 팔백 년 뒤 거기서 3000킬로미터 떨어진 곳에서 발견될 수도 있음을 이해시켜야 했으니 말이다. 이 문제는 그냥 넘어가기로 하자. 크레도 키아 압수르둠Credo quia absurdum(부조리하기 때문에 나는 믿는다). 어찌 되었든 옛날이야기를 듣는 건데 못마땅하게 여길 건 없다. 모든 것이 의심스러울 때 그것을 믿는 것은 각자의 주권에 달려 있다. 거기서 보이는 진실이 내 마음에 든다면….

그러나 역사적으로 근거도 빈약하고 신빙성 없는 것으로 남아 있는 해명이 사실 탁월한 정치적 행동이었다. 서쪽으로 순례길을 여는 것은 그때까지 동쪽에 있는 두 성지 로마와 예루살렘으로만 향하던 기독교 왕국의 균형을 되찾는 일이었다. 처벌 때문이든 서원 때문이든, 어쨌든 속죄의 길로 뛰어들게 된 신자들 무리•는 알폰소 2세의 뒤를 따라 동쪽에서 유럽의 피니스테레*, 태양이 대서양 바닷물 속에 빠지는 광경을 볼 수 있는 갈리시아 도시가 있는 서쪽을 향해 이동했다. 이런 순례 열풍이 아무데서나 통했던 것은 아니다. 그곳이 이슬람교도들에게 점령된 지역이었기 때문에 가능했던 것이다. 레콘키스타는 기복이 심한 지형 덕분에 기독교 왕국으로 남아 있었던 아스투리아스 지방에서부터, 바로 이런 교묘하고도 상대적으로 덜 공격적인 행위를 시작으로 일어났다. 성인의 유골을 참배하러 간다고 해서 아직 전투 대형을 갖춘 것은 아니었다. 순례

• 일부 중세 전문 역사학자들은 '가난한 순례자 무리'라는 개념에 의문을 제기한다. 그들은 중세의 순례자들이 대부분 귀족들과 상인들이었고, 오늘날 흔히 상상하는 대대적인 이동의 흔적을 보여주는 자료는 어디서도 찾을 수 없다고 주장한다. 다음 논문을 참조하라. Louis Mollaret et Denise Péricard-Méa, 《Le triomphe de Compostelle》, *SaintJacquesInfo*[En ligne], Histoire du pèlerinage à Compostelle.
그들은 산티아고 순례가 언제나 교회를 위한 정치적 모험이었다고 주장한다(그동안 이 주장에 대한 다른 연구자들의 반론도 많이 제기되었다). 예를 들어 처음 그 길이 생겨난 시기는 아랍인들이 스페인을 점령했던 시기와 일치한다. 19세기에 성 유골이 재발견되면서 교황 레오 13세가 산티아고 순례를 다시 활성화한 것도 그 시대의 세속적 압박에 대응하려는 의미가 있었다. 또 1937년에 산티아고 순례길이 새로이 각광을 받게 된 것은 내전 시대의 '스페인 가톨릭에 대한 프랑스 가톨릭'의 지지로 설명될 수 있다.
* 스페인의 지명으로, '세상의 끝'이라는 뜻.

자들로 이루어진 전위부대는 어떻게 보아도 민간 영역에 속하는 것처럼 보이는 최초의 선발대였다. 그 뒤로, 한참 더 늦게 카스티야 왕국의 대규모 전투부대가 몰려들었다. 산티아고 데 콤포스텔라로 가는 순례에 그레나다 침공의 싹이 내포되어 있었다고 말하는 것은 어쩌면 너무 앞서나간 것인지도 모른다. 아무튼 아득히 먼 훗날까지 이어질 역사가 알폰소 2세와 함께 시작되었음은 분명하다. 한편 성 야고보는 장소와 시대에 따라 약하고 무력하고 가난한 순례자의 모습으로 재현되기도 하고 사라센인을 단칼에 베어버리는 무시무시한 기사의 모습으로 재현되기도 한다. 후자의 이미지 때문에 그에게 '마타모로스Matamoros(용기를 과시하는 자)'라는 별명이 붙기도 했다.

몽롱한 상태로 길을 걸어가던 나에게 성 야고보의 서사시는 몽상 거리를 제공해주었다. 프리미티보 길을 출발하면서 나는 알폰소 2세의 호위대가 되었다. 나는 그의 눈으로 보고자 했고, 지금 지나가는 곳이 인도와 차도, 건물과 가게들로 혼잡하게 변하기 전에는 어떤 모습이었을지 상상했다. 스페인인들이 도시마다 열성적으로 세워놓은 실물 크기의 청동 인물상들이 왕국의 수도를 출발하는 알폰소 2세의 위풍당당한 모습을 조각상다운 부동자세로 바라보는 증인인 것만 같았다. 협곡에서 불어오는 서늘한 바람에 펄럭이는 깃발들, 환호하며 왕을 맞이하기 위해 모인 시골 사람들, 군주와 더 가까이서 말을 타기 위해 서두르는 신하들의 행렬….

내겐 이런 상상을 꽤 오랫동안, 어쩌면 두세 시간 넘게 이어가기 위해 필요한 몽상의 능력이 아직도 충분히 남아 있었다. 나는 그 신하들 같은 사람들을 많이 보았다. 살아오는 동안 그런 덩치 큰 동물들, 작은 고양잇과 동물이나 육식 맹수들을 가까이에서 관찰하는 특권을 누렸다. 약자를 멸시하고 권력을 쥔 자에게 아첨하는 습성이 있으며, 누가 뭐래도 삶이 모든 도덕보다 더 큰 보상이 되는 존재들. 그들은 저 먼 옛날부터 영원무궁토록 똑같이 재생산되고 있다. 지금 나는 영원히 사라지지 않을 무시무시한 아첨꾼들에 대해 말하고 있는 것이다.

그러나 생각에 일정한 방향과 형태를 부여하려는 내 필사적인 노력은 오래지 않아 체력을 고갈시켜버리고 말았다. 나는 카미노의 흐름을 놓쳐버렸고, 더이상 방향이나 지형을 알아보려 하지도 않았으며, 도보 여행자로서의 내 생존을 벽을 따라 새겨진 조가비들을 자동적으로, 그리고 얼마 안 가서는 무의식적으로 탐지하는 데 맡겨버렸다.

기묘한 평온함이 나를 지배했다. 그동안 100킬로미터 넘게 걸어오면서 단련이 되었는지 이제는 아무데도 아프지 않았다. 내 욕망은 몸무게보다 더 빨리 줄어들었다. 욕망은 몇 가지 야망으로 정리되었는데, 그중에는 먹고 마시는 것처럼 만족시키기 쉬운 것들도 있었지만 무척 이루기 힘든데도 꼭 달성하겠다고 마음먹은 것도 하나 있었다. 바로 잠자기였다. 나는 내 안에 달콤한 동반자가 있는 것을 감지하기 시작했다. 그것은 공백이었다. 내 정신은 더이상 아무 이미지도 떠올리지 않았고, 아무 생각도 품지 않았고, 계획은 더군다나 세우지 않았다. 나의 지식은, 물론 내게 그런 것이 있을 때 얘기지만, 머리 깊숙한 곳 어딘가로 사라져버렸고 그런 것에 기대야 할 필요성도 전혀 느껴지지 않았다. 이제 어떤 풍경이 눈에 들어와도 그것이 코르시카 섬이나 혹은 내가 알 수도 있는 다른 어떤 지역과 비슷하다는 생각조차 머리에 떠오르지 않았다. 나는 모든 것을 놀랄 만큼 신선하게 바라보았고, 파충류나 찌르레기의 것만큼 단순해진 뇌 속에 복잡한 세상을 받아들였다. 나는 기억과 욕망과 야망을 덜어낸 새로운 존재였다. 한 명의 호모에렉투스였지만 특이한 변종, 길을 걷는 호모에렉투스였다. 거대한 카미노 안에서 미미한 존재에 불과했던 나는 이제 나 자신도 다른 누군가도 아니었고, 오직 앞으로 나아가는 기계에 불과했다. 그것은 아마 생각할 수도 있고, 한 발을 다른 한 발 앞으로 옮겨놓는 것만이 궁극적 목적이자 그 덧없는 존재 자체를 구성하는 가장 단순한 기계였다.

그러자 깨우친 내 앞에 아스투리아스 지방이 그 매력을 한껏 펼쳐 보였다. 그 황홀했던 며칠 동안 야생의 골짜기와 화려한 능선, 훼손되지 않은 시골 마을, 신이 어루만진 흔적인 듯 산비탈을 지나가는 길들이 연주하는 파반느가 끝없이 이어졌다.

고지의 방목장처럼 녹음이 우거진 계절이었고, 그런 풍경들을 뒤덮은 강청색 하늘처럼 짙푸른 밤들이 이어졌다. 목마를 때 갈증을 풀어주는 샘의 투명함, 시골 빵의 달콤한 황금빛, 도보 여행자의 먼지로 뒤덮인 뻣뻣한 머리카락 사이로 손가락을 집어넣으며 관능을 자극하는 바람의 감미로움…. 이 모든 것이 강력하게, 생각이라는 매개 없이, 어떤 감정이나 초조함, 후회의 그늘 같은 것도 없이 그대로 내 안으로 들어왔다.

나는 숲을 지나고 고개를 넘었으며, 강둑에서 시커먼 강물을 건너뛰고 신화 속 네발짐승처럼 언덕 위에 서 있는 거대한 오레오들을 지나쳐 갔다. 끽끽거리는 풍력 터빈이 드리운 그늘 아래의 길을 걸어갔고, 침엽수와 털가시나무가 자라난 거대한 낭떠러지로 둘러싸인 바위투성이 곶 꼭대기에서 잠을 잤다.

바로 그곳, 그 장엄함 속에서 카미노는 내게 비밀을 털어놓았다. 카미노는 나에게 자신의 진실을 슬며시 알려주었고, 그것은 곧바로 나의 진실이 되었다. 그 깨달음을 받아들이는 방식에 따라 산티아고 데 콤포스텔라는 기독교 순례지가 아닌 훨씬 더 큰 것이 될 수도 있고 훨씬 더 작은 것이 될 수도 있다. 그 장소는 고유한 것으로서, 어떤 종교에도 속하지 않는다. 솔직히 말하자면 거기에 각자가 바라는 모든 것을 갖다 붙일 수 있다. 만일 그곳이 특정 종교와 가까워야 한다면, 그것은 종교들 중에서도 가장 덜 종교적인 종교, 신에 대해서는 아무 말 하지 않고 단지 인간이 자기 존재에 가까이 다가가도록 허용하는 종교여야 한다. 그렇다면 산티아고는 불교의 순례지다. 산티아고 길은 생각과 욕망에서 오는 고통을 덜어주고, 모든 허영심과 육체적 고통을 마음에서 지워주며, 사물을 둘러싸 그것을 우리의 의식과 분리시키는 완강한 껍질을 제거한다. 그리하여 자아가 자연과 공명하게 만드는 것이다.• 모든 입문식이 그렇듯이 자연은 육체를 통해 정신 안으로 스며든다. 그런 경험을 한 적이 없는 사람들과 그것을 공유하기는 쉽지 않다. 같은 여행을 하고 돌아왔어도 어떤 이들은 나와 똑같은 결론을 가지고 돌아오지 않을 것이다. 내 이야기의 목적은 설득하는 것이 아니라 그저 내게 그 여행이 어땠는지 묘사하는 것이다. 재미있어 보이는 경구로 표현하자면 이렇다. 산티아고를 향해 출발하면서 나는 아무것도 찾으려 하지 않았으나 그것을 발견했다.

• 이 순례지가 실제로 다시 알려지고 대중적으로 엄청난 성공을 거둔 것은 그런 오해와 무관하지 않다. 1960년대에 기독교인들이 만들어낸 현대판 카미노의 신화는 셀 수 없이 많이 생겨난 코스들, 중세 순례자 '무리'에 대한 언급들, 청빈이라는 이상과 결합해 가톨릭계를 훨씬 넘어서는 범위까지 큰 반향을 불러일으켰다. 산티아고 순례지는 더 혼합주의적이고 더 유동적이고 교회의 테두리를 훨씬 벗어난 이 시대의 영성과 잘 어울린다. 산티아고 길에 뛰어들었던 많은 이들이 절제, 자연과의 합일, 자아의 성숙 같은 가치에 이끌렸다. 이는 산티아고 데 콤포스텔라로 가는 순례가 처음 시작된 시대에는 전혀 고려되지 않았던 가치들이다. 이런 순례자들의 행보는 기독교적이라기보다는 포스트모던하다. 따라서 아마 다른 종교가 (아시아나 중동의 순례지 같은 이미지로) 산티아고를 내세웠더라도 그들은 똑같이 그곳을 찾았을 것이라고 가정할 수 있다…. 하지만 이것은, 설령 그렇게 할 필요가 있었다 해도, 기독교 세계에 결여된 영성을 동양의 종교에서 찾으려 할 필요가 없음을 증명한다. 달라이 라마는 티베트 불교에 입문하고 싶어 하는 서양인들에게 그들이 먼저 기독교 원전을 참조할 수도 있음을 빠뜨리지 않고 상기시켜준다.

만남

나의 새로운 상태는 고독의 동의어가 아니라 그 반대였다. 이런 변화 단계에 이른 산티아고 순례자는 그가 자연과 공명했던 것과 똑같이 편안하고 똑같이 자연스럽게 동료 인간들을 받아들이겠다고 결심한다. 다른 모든 것들에 대해서도 그렇듯 그는 욕망도 계획도 없이, 환상이나 속셈도 없이 그렇게 한다. 내게 가장 아름다웠던 만남들은 내가 그 같은 상태에 있을 때 찾아왔다.

내가 처했던 새로운 상태가 종교적인 형식이 아니라 철학적인 형식을 취했음을 밝히고 싶다. 불현듯 디드로의 운명론자가 자크라고 불렸던 게 우연이 아니라는 생각이 직관적으로 떠올랐다.*

---

* 프랑스의 작가이자 사상가인 드니 디드로가 쓴 소설 《운명론자 자크와 그의 주인》의 주인공을 가리킨다.

나는 세상에 대해 놀라면서 전 주인인 대위의 말을 끊임없이 되새기는 젊은 기사처럼 모든 것을 단순화하는 순진한 기질을 갖게 된 것 같아 기분이 좋았다. 나는 그 소설의 매력적인 첫 구절을 읊조리며 미소 지었다.

"그들은 어떻게 만났을까? 모두가 그러듯이 우연히. 그들의 이름은 무엇일까? 그게 당신과 무슨 상관인가? 그들은 어디서 오고 있는 걸까? 가장 가까운 곳에서. 그들은 어디로 가고 있었는가? 사람들은 자기가 어디로 가는지 알고 있을까? 그들은 무슨 말을 하고 있었는가? 주인은 아무 말도 하지 않았고, 자크는 대위가 '좋은 일이든 나쁜 일이든 여기 이곳에서 우리에게 일어나는 모든 일들이 저기 높은 곳에 적혀 있다'고 말했다고 했다."

그때 나는 그런 정신 상태 속에서 앞으로 걸어갔고, 그것이 내 안에 일으킨 좋은 기분 덕분에 다른 사람을 배려하고 마음을 열 수 있었다.

내게는 카미노의 이 새로운 단계를 상징하는 장소가 있다. 바로 코르네야나 수도원이다. 그곳에 도착한 것은 도중에 그라도를 거치는 아주 긴 구간을 걸은 끝이었다. 언덕 위에 위치한 도시 그라도에서는 생기가 넘치는 시장이 열린다. 그곳을 지나는데 마침 구시가지의 광장과 골목에 장이 서 있었다. 나는 아무것도 사지 않았지만 입에 행복한 미소를 머금고 매대들을 둘러보았다. 열심히 감탄했으나 식욕이 없었다. 잠시 후 나는 한 카페의 탁자 앞에 놓인 작은 의자에 자리를 잡았다. 무척 더웠고 광장에는 열정적으로 얘기를 나누는 사람들과 스페인 가족들로 가득했다.

가끔씩 그들이 하늘 쪽으로 근심스러운 눈길을 던졌다. 곧 그들이 걱정하던 비가 쏟아지면서 포석을 깐 길바닥이 굵은 빗방울로 얼룩졌다. 모든 손님들이 도망쳤다. 나는 홀로 광장에 남아 그 자리에 꼼짝 않고 앉아서 미소를 머금은 채 탁자 위의 넘쳐흐르는 빗물을 바라보았다.

그 순례자가 불교적 상태에 있었기 때문에 재빠르게 반응하지 못하는 상황이었음을 감안해야 한다. 지고의 행복감이 그에게서 모든 반항심뿐 아니라 자발성까지 앗아가, 그는 자칫 우둔해 보일 정도였다. 여종업원이 머리 위에 수건을 뒤집어쓰고 달려오더니 내가 마신 음료수 값을 계산하고 파라솔을 접었다. 그녀가 다녀간 덕에 나는 몸을 일으키기로 결심했다. 그리고 서두르지 않고 어느 집 처마 아래로 가서 비를 피했다.

그때 도보 여행자처럼 보이는 청년 한 명과 처녀 한 명이 일정한 발걸음으로 순례자 표지가 있는 높은 골목길로 들어섰다. 카미노와 이어진 길이 틀림없었다. 처녀가 나를 보더니 미소를 지었다. 그녀는 무척 아름다웠다. 나는 숲속에서 내 앞을 지나가는 암사슴에게 지었을 법한 미소로 소탈하게 그녀의 미소에 응답했다. 예전에는 그렇게 여유롭게 행동하지 못했다. 겉으로 보기엔 어쩌면 멍청하게 보였을지도 모르겠다.

드디어 비가 그쳤고 나는 그라도를 떠났다. 두 순례자는 오래전에 사라졌다. 그곳의 카미노는 그리 아름답지 않았다. 길이 국도를 끼고 있었고, 현대식 교차로들을 지나갔다. 내겐 아무래도 좋았다. 군데군데 노란 화살표나 조가비들이 내게 신호를 보냈다. 나도 그들의 언어로 말했다. 내게는 주변 환경이 거대한 성 야고보 랜드처럼 보였고, 그곳에서는 모두가 친절하고 각자 자기 길을 따라갔다.

보라, 조금 더 멀리 걸어가자 화살표들이 내가 강을 건너도록 이끌었고, 이윽고 나는 그 강을 따라 걷게 되었다. 강둑을 따라 산책로가 조성되어 있었다. 그 길을 따라 걷는데 바람을 쐬러 나온 스페인인들과 마주쳤다. 순례자를 본 그들이 환성을 질렀고, 나는 그들의 인사에 바보 같은 미소로 응답했다. 아마 그들은 내가 하시시를 대여섯 대쯤 피운 상태라고 생각했으리라.

마침내 산책로 끝에 이르자 거대한 코르네야나 수도원의 탑들이 보였다. 나는 빈자리만 있으면 거기서 하루 쉬었다 가기로 마음먹었다.

드디어 수도원 입구에 도착했을 때 내가 얼마나 놀라고 얼마나 실망했던지! 건물은 폐허가 되어 있었다. 교회의 조각된 돌 틈으로 풀이 무성하게 자라 있었다. 커다란 공동 숙소의 박공은 조각조각 떨어져나갔고, 창문들도 깨져 있었다. 세상 무엇도 인간이 그토록 많은 기도를 올렸으나 신이 그토록 잔인하게 무너지도록 내버려둔 장소보다 더 슬프지는 않으리라. 내가 종교에서 멀어진 지 얼마 되지 않은 때였으니, 참으로 제때에 찾아온 만남이었다. 신이 그처럼 배은망덕하다는 사실에 종교의식과 거리를 두려는 나의 마음은 더 굳건해졌다. 그럼에도 그곳에는 마음을 사로잡는 어떤 영성이 깃들어 있었다. 곰팡이 핀 벽과 침묵에서, 그리고 아마도 수세기에 걸친 기도와 내핍이 돌 위에 새겨놓았을 보이지 않는 흔적들에서 발산되는 영성이었다.

다시 길을 가려는데 '순례자들의 숙소'라고 적힌, 건물을 돌아오라고 표시된 작은 표지판이 눈에 들어왔다. 정말 건물 뒤에 마당이 있고 거기에 공동 숙소가 마련되어 있었다. 수염을 기르고 한없이 슬픈 표정을 한 알베르게 관리인이 나를 맞아주었고, 지친 몸짓으로 내 크레덴시알에 스탬프를 찍어주면서 원하는 자리를 정하라고 권했다. 한순가 나는 그 남자가 옛 수도원의 잔해에서 살아남은 수도사일 거라고, 그의 우울한 분위기는 그가 목격했을 수도 있는 재앙에서 비롯된 것이라고 믿었다. 그래서 정말 바보 같게도 늘 그랬듯이 저녁 미사가 몇 시에 시작되는지 물었다.

그가 의심스러운 눈빛으로 나를 바라보았다. 처음에는 농담을 한다고 생각하는 듯했다. 하지만 내가 진지하다는 사실을 확인하자 그는 고개를 젓더니 진저리를 치며 '아주 오래전부터' 이곳에는 수도사가 없다고 설명했다. 그러고는 돌아섰다. 나는 돈 카밀로의 집이 아니라 페포네의 집에 온 것이 확실했다.

나는 1층에서 마당 쪽을 향하고 있는 공동 침실들 중 하나에 들어갔다. 방은 비어 있었고 새 침구, 선명한 색의 철제문으로 장식된 개별 옷장, 얼룩 한 점 없는 흰 타일을 깐 바닥 등등 흠잡을 데 없이 관리되고 있었다. 지방자치단체에서 순례자들을 위해 운영하는 알베르게의 드물지만 아주 이상적인 사례를 그곳에서 발견한 것 같았다. 물론 그곳 공무원들이 좋은 의도로 자기네 지방에 그런 시설을 갖추기로 결정했다는 전제가 있어야 한다. 종교단체에 타격을 주는 재정적 근심에서 자유롭고 사설 알베르게 운영자들의 비인간적인 탐욕으로부터 피할 수 있는 그런 자치단체 운영 알베르게는 대체로 시설이 잘 구비되어 있다.

바로 얼마 전 폴라 데 시에로 시를 지나갈 때도 비슷한 경험을 했다. 나는 아주 근사한 새 알베르게에 도착했다. 그런데 시설을 관리하는 협회의 담당자들이 그곳이 비어 있는 줄 알고 서둘러 집에서 달려와 건물의 떡갈나무 문을 열어주었다. 재미있는 일은 우리가 알베르게 안에서 도대체 언제 들어왔는지 모를 독일인 부부를 발견했다는 것이다. 남편은 회색 턱수염을 배까지 내려오도록 길게 기르고 있었고 아내는 새하얀 백발이었다. 나와 마찬가지로 알베르게의 책임자들에게 제일 먼저 든 생각은, 우리가 지금 막 발견한 그 불쌍한 부부가 어쩌면 오래 잊혀 있었던 중세 사람들이고 우리가 요란하게 도착하는 바람에 프리드리히 바르바로사 모모 씨*와 그의 아내가 천년의 잠에서 깨어난 건 아닐까 하는 것이었다….

코르네야나의 알베르게에서 호기심에 다른 방들까지 둘러보면서 나는 방마다 오직 침대 하나씩만 사용 중인 것을 발견했다. 그곳을 숙소로 택한 몇 안 되는 순례자들은 확실히 안락하게 지내고 있었다.

나는 다시 마당으로 나왔다. 공동 숙소들 맞은편에 욕실과 세탁장, 부엌으로 통하는 문들이 늘어서 있었다. 지붕이 덮인 아담한 회랑이 더운 시간 중에는 그늘을 드리워주었다. 탁자 하나와 의자 몇 개가 그곳에 놓여 있었다. 나는 그곳에 앉았다. 어두워지는 하늘 위로 제비들이 파닥이며 날아갔다. 줄에 넌 양말들이 저녁 바람에 팔랑이는 소리를 냈다. 그 양말들은 비록 눈에 보이진 않아도 순례자 무리가 그곳에 묵고 있음을 알려주었다. 저녁 미사 노랫소리가 벽을 울리며 들려야 할 시간이었건만, 침묵만이 간헐적으로 들려오는 멧비둘기의 구구 소리와 함께 지는 해를 배웅하고 있었다. 울타리 바깥에서 사람들의 목소리가 들릴 때까지 얼마나 오랫동안 그곳에 앉아 몽상에 잠겼는지 모르겠다. 곧 순례자 몇 명이 마당으로 들어왔다. 나는 그라도에서 마주친 젊은 두 순례자를 알아보았다. 중년 남자 두 명이 그들과 함께 들어왔는데 한 명은 크고 한 명은 작았다. 그중 작은 쪽의 중년 남자가 몹시 빠르고 노래

---

* 신성로마제국의 황제 프리드리히 1세가 '바르바로사(붉은 수염)'라는 별명으로 불렸던 것을 빗댄 농담이다.

하는 것 같은 카스티야어 억양으로 아주 크게 말하고 있었다. 젊은 여자의 맑고 투명한 웃음소리가 선율선을 그리는 듯했다면, 남자들의 낮은 목소리는 통주저음처럼 그 소리를 받쳐주었다.

나를 발견한 그들은 멀리서 내게 인사한 후에 공동 숙소로 들어갔다. 곧 샤워하는 소리, 문 여닫히는 소리, 웃음소리가 내가 있는 곳까지 들려왔다. 씻고 머리 빗고 자신이 가져온 것 중 가장 내놓을 만한 옷을 입은 네 순례자가 이윽고 내 쪽으로 와서 탁자에 둘러앉았다.

그날 저녁의 일을 자세히 이야기하기가 무척 어렵게 느껴진다. 특별한 일은 전혀 없었다. 내게 남아 있는 것은 깊은 유대감과 몹시 유쾌했던 기억뿐이다. 금발에 갸름한 얼굴을 하고 파란 눈을 반짝이던 처녀는 모두의 주목을 받았다. 그녀도 그것을 느끼고 있었고 그 사실로 인해 약간 흥분해 있었다. 이름이 마리카였던 그녀는 발칸 반도의 아주 작은 나라 출신이었고, 몇 년 전부터 스페인 남부의 해안 도시에서 살았다. 우리 중 누구도 감히 그녀에게 거기서 무슨 일을 하느냐고 묻지 못했다. 축제와 향락의 도시로 전 세계에 알려진 그 도시의 명성은, 그토록 아름다운 처녀가 그곳을 법률상의 주소지로 선택한 이유와 관련해 우리가 세울 수 있는 가설들에 양분을 공급했을 것이 분명했다. 그런 상상들은 우리에게 카미노의 여성성을 대표하는 존재였던 그녀에게 신비의 향기와 더불어 방탕의 향기까지 더했다.

그곳 안마당 정문의 박공 위에는 이상한 저부조가 새겨져 있었다. 땅바닥에 몸을 쭉 펴고 누워 있는 벌거벗은 여자의 육체와 그 위에 누워 있는 거대한 곰 한 마리를 묘사한 것이었다. 그것이 다음과 같은 전설과 관련이 있음을 가이드북에서 읽은 터였다. 옛날에 그 지역 영주의 갓난아이가 유모 품에 안겨 있다가 숲에서 나온 암곰에게 붙잡혀 갔다. 수색대가 출동했다. 그런데 그들은 아기가 암곰에게 안겨 젖을 먹고 있는 것을 발견했다. 전설에는 관능적인 암시가 전혀 없지만, 조각에는 그런 것이 없지 않았다. 젖먹이 아이는 성인의 비례와 여성의 모습을 가지고 있었고, 곰은 암컷임에도 수컷처럼 억세 보였다. 마치 그 수도원이 신비한 에로티시즘의 기호 아래 놓여 있는 것 같았다. 조각 속의 척행동물이 북슬북슬한 배로 양성적 육체를 가진 벌거벗은 인간을 누르고 있는 것처럼, 숲에서 나온 우리 외로운 남자들 무리도 똑같은 원초적 생명력을 드러내며 아름다운 슬라브 여자를 둘러싸고 있었다.

동행인 청년은 그녀보다 어린 벨기에인이었다. 그들 사이에는 오직 길을 함께 걸으며 생긴 친밀감밖에 없다는 사실은 금세 드러났다. 두 사람 다 나처럼, 아니 나보다 훨씬 빨리 어떤 경계를 넘어서서 욕망과 열정이 무뎌진 상태였다. 나는 두 사람에게서 불교도의 단계로 올라선 자케를 알아보았고, 그 즉시 우리의 교류는 평온하고 초연하고 함께 있어서 행복한 것으로 자리잡았다.

스페인 남자 둘은 오비에도에서 출발한 이들이었다. 그들은 겨우 이틀밖에 걷지 않아서 아직 욕망의 환상에서 벗어나지 못한 상태였다. 키가 작은 남자는 이름이 라몬이었는데, 딱 보기만 해도 카미노에 오기 전이나 카미노의 존재를 몰랐을 때 여자 꼬시기라고들 부르는 작업에 가장 노골적으로 몰두했을 타입이었다. 호세라는 이름의 키 큰 남자는 무엇보다 발이 너무 아팠다. 온순하고 악의 없는 성품의 그는 간간이 쉰 목소리로 카미노의 고저차나 그가 신은 신발의 (나쁜) 품질에 대해 언급할 뿐이었다. 라몬의 이야깃거리는 범위가 훨씬 더 넓었다. 그는 그날 밤 내내 카미노와 순례자들, 스페인에 대한 웃기는 이야기들로 우리를 즐겁게 했다. 그가 들려주는 모든 이야기에서 자기를 과시하고 싶어 하는 애처로운 욕망이 느껴졌다. 그는 벌써 두 번이나 카미노 길을 걸었다고 했다. 그는 수없이 많은 운동에 소질이 있고, 놀라운 등반과 잊을 수 없는 마라톤 경주에 숱하게 참가했고, 지역 육상선수권 대회의 대표 자격도 가지고 있다고 했다. 그의 좁은 어깨, 가느다란 다리, 불룩한 배와 하나같이 선명한 대조를 이루는 이야기들이었다. 하지만 이야기를 풀어가는 방식이 훌륭했고 이야기 내용이 전혀 그럴 법하지 않아서 더 익살스러웠다. 처녀가 폭소를 터뜨렸고 라몬은 거기서 우호적인 조짐을 보았다. 남자들만이 아니라 여자들도 웃는 이유가 다양하다는 사실을 아직 깨닫지 못한 그는 '웃는 여자는 당신 침대에 이미 반쯤 들어와 있다'는 원칙에 매달렸음에 틀림없었다. 젊은 여자 순례자의 폭소에는 매혹보다 조롱이 더 많이 들어 있었다. 혹 라몬이 그녀의 마음을 약하게 만들었다 하더라도, 어릿광대가 슬픔을 감추기 위해 쏟는 노력 정도에 지나지 않았다. 신체적으로 타고난 매력이 너무도 부족했던 그 작은 남자는 욕망, 아니 어쩌면 벌써 사랑이 되어버린 듯한 감정의 고통에 몸부림치며 자신을 백마 탄 왕자로 만들려고 필사적으로 노력했으나, 그 자신조차 그것을 진정으로 믿는 것 같지는 않았다. 그러나 고요한 밤이 깊어가고 있었다. 탁자 위의 양초가 우리를 어렴풋하게 비췄다. 우리는 늦게까지 라몬이라는 남자가 큰 목소리로 자기 인생을 상상하며 들려주는 엄청난 모험담을 들었다. 그리고 각자 자기 침실로 자러 갔다.

프리미티보 길을 걸어가는 동안 나는 이 네 사람과 때때로 동행하게 되었다. 한순간도 우리는 다시 만나게 될 것이라고 예상하지 않았다. 그렇지만 계속 그런 일이 일어났다. 처음에 라몬은 사랑을 정복하려는 일념으로 마리카를 독점하기 위해 가능한 모든 노력을 기울였다. 자신의 미녀와 단둘이 있기 위해 출발을 서둘렀고, 그것을 정당화하기 위해 갖가지 눈물겨운 핑계를 댔다. 벨기에 청년은 그에게 그다지 질투심을 불러일으키지 않았다. 청년이 오래전부터 처녀와 함께 길을 걸어왔는데도 아무 일 없었다면 그건 그가 중요한 라이벌이 아니라는 뜻임을 라몬은 잘 이해하고 있었다. 상처 입은 발과 독실한 신앙심을 지닌 그의 키 큰 친구 호세도 별로 신경 쓰이지 않기는 마찬가지였다. 마침내 적절한 순간이 되어 자유롭게 모든 것을 고백하고 싶으면 언덕에서 박차를 가해 그를 앞질러 가면 된다고 생각했을 것이다. 사실 그가 가장 경계한 남자는 나였다. 그 사실을 깨달았을 때 나는 약간 슬펐다. 나는 그가 무척 좋았고, 더구나 그동안 무심한 태도를 보이면서 곧 합류하게 될 아내에 대해서도 여러 차례 언급하는 등 아름다운 마리카에게 내가 아무런 흑심도 없음을 충분히 보여준 것 같았기 때문이다.

그럼에도 라몬의 경계 때문에 나는 젊은 외국 처녀와 나 사이에 처음부터 이루어진 묵계를 의식할 수밖에 없게 되었다. 비록 그는 그 관계의 성격을 오해하긴 했지만, 사랑에 빠진 남자의 예민함으로 정작 우리보다 빨리 그 묵계의 존재를 간파한 것이었다.

카미노의 숙소에서 마주칠 때마다 마리카는 내게 자기 이야기를 많이 들려주었다. 그녀는 어떤 남자를 따라 스페인에 왔고, 스페인 말을 완벽하게 배웠다. 그가 그녀를 떠났다. 그녀는 힘들었지만 스페인에 머물기로 결심했다. 그녀는 안달루시아 해안 지방의 여행사에서 번 돈으로 고향에 남아 있는 어머니의 생활비를 댔다. 그리고 매일 밤 어머니에게 전화해 오래 대화를 나누었다. 마리카는 유쾌한 겉모습 아래 비밀스러운 상처들이 숨겨진 외롭고 우수에 젖은 아가씨였다. 그녀에게 자신의 아름다움은 평소에는 감춰두었다가 사랑하는 남자를 만나게 되었을 때만 꺼내고 싶은 무기였다. 그러나 감추기는커녕 되레 모두의 시선을 끌어당기는 그 보물은 성가신 사람들이 꼬이게 했고, 그녀가 함께 나눌 수 없는 열정을 불러일으켰으며, 그녀를 질투심의 희생자로 만들었다. 알면 알게 될수록 그녀가 산티아고 길을 걷는 것이 자연스럽게 여겨졌고, 자신이 살고 있는 인위적이고 야단스러운 세상의 온갖 악취를 간절히 몰아내고 싶어 하는 것이 느껴졌다. 그녀 안에는 순수함이 존재했지만 그것은 오직 그녀가 태어난 집이나 카미노에서만 되찾을 수 있는 것이었다.

나는 이 모든 사정을 천천히 조금씩 알게 되었다. 사실 다음 날 아침 수도원을 떠날 때는 앞으로 다시 그녀를 보지 못할 줄 알았다. 라몬이 그녀를 깨워서 함께 가버렸기 때문이다. 벨기에 남자와 호세도 이끌고 갔지만, 내가 그 무리에 끼는 일이 없도록 조심했던 것 같다. 그에게는 안된 일이지만 나는 멋진 중세 도시 살라스에서 그들을 따라잡았다. 그녀가 그곳 중앙 광장에서 커피를 마시고 싶어 했던 것이다. 나도 그곳에서 쉬었고, 라몬은 그 틈에 모두를 이끌고 다시 출발하면서 한 번 더 나를 떨쳐버리는 데 성공했다.

그렇지만 그가 과시했던 그 모든 위업들에도 불구하고 그가 잘 걷지 못한다는 사실은 변함이 없어서, 나는 또다시 그들을 따라잡았고 우리는 티네오까지 함께 걸었다. 그 도시는 가파른 언덕의 비탈에 있었는데, 순례자들의 알베르게는 그 꼭대기에 자리잡고 있었다. 위치가 마음에 든다는 사실을 제외하면 내게는 끔찍하기 그지없는 알베르게였다. 혼잡함이 극에 달했다. 침대가 맞닿을 지경으로 다닥다닥 붙어 있었던 것이다. 딱 하나 있는 샤워실은 열 명도 넘는 사람들이 서로 아무 말도 나누지 않고 줄을 서서 노리고 있었다. 알베르게 관리인은 순례자들을 사형수 취급하는 건방지고 기분 나쁜 녀석이었다. 물론 순례자들이 언젠가 죽긴 하겠지만, 그걸 미리부터 상기시킬 이유가 뭐란 말인가?

티네오의 알베르게에서 나는 초탈한 불교 신자가 다 된 듯 굴었던 내 초연함이 아직 완전하지 못하다는 사실을 깨달았다. 코고는 사람들을 향한 적대감과 잠들지 못하는 밤에 대한 공포도 여전했다. 라몬의 입장에서는 크게 다행스럽게도 나는 그곳에서 빠져나와 10여 킬로미터 떨어진 곳까지 가서 텐트를 세우고 거기서 잠을 잤다. 다음 날 아침 나는 빈둥거리며 시간을 보냈고, 따라서 당연히 말리카와 그녀의 추종자들을 다시 길에서 만나야 했다. 어쩌면 은근히 그렇게 되기를 기대했던 건지도 모르겠다. 그러나 우연은 내가 프리미티보 길의 전통적인 경로에서 벗어나 그들과 멀어지게 만들었다.

카미노의 정점

카미노를 걷다보면 구세주 같은 여자들을 만날 때가 있다. 그들은 순례자들에게 헌신하고 자연이 그들에게 베풀어준 모든 자질을 순례자들을 위해 쓴다. 아스투리아스 주의 도시 비야비시오사에서 나는 가정집의 따뜻한 소박함으로 장식한 아름다운 호텔에서 하룻밤을 묵었다. 여주인은 호텔의 주 고객을 고급 관광객으로 제한할 수도 있었다. 그러나 그녀는 순례자들을 사랑한다. 그녀가 어떤 서원을 세웠기에 순례자들의 안녕에 헌신하겠다고 결심했는지는 알 수 없지만, 그 도시로 들어가는 카미노를 따라 수 킬로미터를 걷는 동안 나무 위에 매달린 작은 나비들이 순례자들에게 그녀의 건물로 가면 환영받게 될 것이라고 알려준다. 그녀는 그들의 재원이 보잘것없다는 것을 알고 있으며, 그들이 인색하다는 것도 막연하게

나마 의식하고 있는 것이 분명하다. 숙박 요금이 그들의 주머니 사정에 맞춰져 있기 때문이다. 그렇다고 해서 순례자들에게 정가를 지불한 경우보다 부실한 서비스를 제공한다면 그녀는 스스로를 용서하지 못할 것이다. 밤이 되면 퍼케일 직물로 벽을 바른 예쁜 방들은 카미노의 온갖 궁상으로 채워진다. 예컨대 내 경우에는 19세기 풍경화와 상감세공으로 장식한 멋진 책상 사이에서 텐트를 말렸다. 조각이 새겨진 목재 침대 머리판에는 양말을 죽 널어놓았고, 조그만 원탁 위에는 취사도구를 정리해두었다. 나는 다른 순례자들도 방에서 똑같은 짓을 하고 있었을 거라고 확신한다. 아침식사 때 여주인은 자케들에게 둘러싸여 커피를 마시며 눈에 띄게 즐거워했다. 그녀는 딸의 등교 준비를 도와주면서 도보 여행자들과 얘기를 나누었고, 그들에게 잘 잤는지, 잘 쉬었는지 묻고 그녀가 한 번도 가보지 못한 산티아고 길 이야기를 들려달라고 했다. 그들이 비상식량을 챙길 요량으로 탁자 위에 놓인 빵을 모조리 배낭에 쓸어담은 것은, 양심의 가책에도 불구하고 도저히 억누를 수 없는 본능에 따른 행동이다. 아마 산티아고 데 콤포스텔라에서 많은 이들이 그녀를 위해 기도했거나, 아니면 적어도 그녀를 한번쯤 생각했을 거라고 나는 깊이 확신한다.

티네오를 지나 몇 킬로미터 더 걸어가면 도착하는 작은 마을 캄피엘로에서는 완전히 다른 유형의 여자를 만났다. 가이드북에는 그 마을에 카사 에르미니아라고 불리는 식료품점이 있다고 딱 두

줄 적혀 있었다. 더이상의 정보는 없었다. 그곳에 도착했을 때 나는 특별히 순례자들의 주의를 끌기 위해 꾸며놓은 휴게소를 발견하고 놀랐다. 처음 봤을 때는 정체가 불분명해 보였다. 건물 전면부를 온통 성 야고보의 조가비들로 꾸며놓긴 했는데, 사실 그런 외양을 한 곳은 진짜 순례자들보다 관광객들을 대상으로 하는 경우가 많기 때문이다. 시설 안으로 들어서면서 나는 시골 식료품점에 가면 으레 파는 헌옷들을 발견했다. 오른쪽에 바가 있고 그 뒤에서 주인 남자가 인상을 찌푸린 채 유리잔을 닦고 있었다. 저 뒤에 놓인 냉장 진열대에는 20킬로미터 바깥에서 봐도 갖가지 이국적이고 생소한 이름들이 붙어 있을 거라고 추측할 수 있을 다양한 종류의 육류와 치즈들이 놓여 있었다. 마지막으로 벽에는 천장에 닿을 정도로 다양한 상품들이 뒤죽박죽 쌓여 있었는데, 그중에서도 요란한 색의 세제 상자와 먼지 쌓인 플라스틱 장난감, 내용물이 혼탁하게 변한 탄산음료 병들이 눈에 들어왔다.

오전이 끝나가던 시간이라 바깥은 더웠다. 식료품점 안으로 들어갔을 때 나는 그곳의 정적과 주인 남자의 고약한 눈길과, 마을에서 인적이 느껴지지 않는다는 사실 때문에 혹 내가 죽음의 여인숙의 문턱을 넘어선 것은 아닌지 두려워졌다. 옛이야기에 나오는, 손님이 들면 목을 베고 물건을 강탈하는 그런 곳 말이다. 나는 겁먹은 채 바에 앉아서 주인이 내게 줄 코카콜라를 찾으러 간 동안 카운터 위에 매달려 있는 큼직한 소시지들을 수상쩍게 바라보았다.

혹시 저게 순례자의 살을 발라 만든 건 아닐까?

그런 음침한 생각은 한 여인이 도착하면서 사라져버렸다. 작고 단단한 체격에 검은 원피스 위에 앞치마를 걸친 그녀는 주방에서 나타났다. 열린 문틈으로 커다란 양철 냄비의 뚜껑 사이로 새어나오는 맛있는 냄새가 몰려들어왔다.

여자에게서 권위가 느껴졌음은 말할 필요도 없다. 그녀가 도착하자마자 가게 주인은 회색 벽에 흡수된 듯 사라져버렸고, 벽은 갑자기 색깔을 띠었다. 그녀는 이베리아인 특유의 두 눈을 똑바로 뜨고 나를 바라보았다. 프랑코 장군 휘하의 어떤 무뢰한이라도 그 눈을 내려뜨게 만들 수는 없을 터였다.

"당신은 점심을 먹고 싶어요."

그녀가 내게 외쳤다. 스페인어였는데 문장 앞에도 뒤에도 의문부호라고는 없었다. 내 쪽에서 어떤 반응을 하기도 전에 그녀가 말을 이었다.

"아직 준비가 덜 됐어요. 앉아요. 저기!"

지난 몇 주 동안 길을 걸으며 아주 온순해진 나는 고분고분 그녀가 집게손가락으로 가리킨 곳으로 가서 앉았다. 그녀는 주방으로 돌아갔고 나는 기다렸다. 잠시 뒤에 새로운 순례자 한 명이 나타났다. 키가 크고 성형한 코에 머리를 염색한 남자였다. 그의 근육은 도시의 스포츠센터를 오랫동안 다녀야 얻을 수 있는 그런 것이었는데, 그는 몸에 딱 달라붙는 검은 민소매 상의와 허벅지 중간까지

오는 아주 잘 맞는 타이츠를 이용해 세심하게 그것을 부각했다. 막 게이 퍼레이드의 수레에서 내려온 사람 같았다. 좀 안 어울려 보이긴 했지만 지팡이와 배낭이 그가 순례자임을 증명해주었고, 그가 그곳에 있다는 사실이 이를 확인시켜주었다.

여자가 다시 부엌에서 나와 그에게 내 맞은편에 앉으라는 엄명을 내린 후 통고했다.

“거의 다 됐어요.”

우리는 대화를 시작했지만 방해가 되지 않도록 작은 목소리로 말했다. 갖가지 언어를 다 시도해본 끝에 우리 두 사람이 공통으로 알고 있는 언어 하나를 찾아냈다. 그는 네덜란드 사람인데 벨기에에서 프랑스어를 배웠다고 했다.

항상 편견이 많은 나는 이번이 그의 첫 카미노행이 틀림없다고, 또 지나칠 정도로 말쑥한 그의 상태를 고려해보건대 분명 아주 멀리서 출발하지 않았을 거라고 생각했다.

그가 내 착각을 바로잡아주었다. 그가 산티아고에 온 것은 이번이 다섯 번째였고 출발지는 브뤼셀이었다. 정말이지 가능한 모든 경로를 섭렵한 사람이었다. 그는 순례에 대해 마치 잘못된 농담인 양, 무엇보다 이젠 지긋지긋해진 농담인 것처럼 말했다. 그는 이번이 카미노를 찾는 마지막 여행이 될 거라고 거듭 다짐했다. 그렇지만 말하는 태도를 보건대 그가 자기 자신을 믿지 않고 있으며, 어쩌면 여행할 때마다 매번 똑같은 맹세를 하고 그것을 어기기를 반복해왔을 것 같다는 느낌이 들었다.

여주인이 김이 모락모락 나는 접시를 아주 높이 치켜들고 불쑥 나타나더니 그것을 우리 앞에 내려놓았다. 앉을 자리를 정할 때와 마찬가지로 메뉴를 정하는 데도 우리에겐 재량권이 거의 주어지지 않았다. 하지만 그에 대해 불평하는 것은 생각할 수도 없었고, 그렇게 하고 싶은 생각도 전혀 들지 않았다. 모든 것이 맛있었다.

다른 순례자들이 무리지어 도착했다. 그들은 우리에게 인사를 건네더니 한동안 우리를 뚫어지게 바라보았다. 바타비아인과 내가 남남 커플처럼 보여서 충격을 받은 것 같지는 않았고, 단지 우리 중 한 명은 너무 깨끗하고 다른 한 명은 너무 지저분해서 당황한 듯했다.

점심식사가 끝나자 여주인이 손님들 사이로 돌아다니며 갈채를 받았다. 우리는 그녀에게 합당한 찬사를 바쳤다. 그녀는 우리 주변에서 미적대더니 결국 우리에게 속마음을 털어놓았다.

여주인은 자신이 순례자들을 위해 모든 것을 다 바쳤다고 말했다. 식료품점을 상속받은 그녀는 그것을 순례자들을 위해 쓰기로 했다. 우리는 곧 그것이 영적인 이유 때문이 아님을 알게 되었다. 그녀는 카미노가 상업적으로 미개척 분야라고 생각하고 그것을 차지하기 위해 전력투구하고 있었다. 그녀는 자신이 가진 유리한 점들을 따져보았다. 캄피엘로는 카미노가 지나가는 길이었고 당시의 모든 가이드북에는 그녀의 식료품점이 소개되어 있었다. 그런데 안타깝게도 그녀로서는 어떻게든 극복하고 싶은 악조건도 있었으니,

바로 그 마을이 한 구간의 중간에 있다는 점이었다. 순례자들은 티네오에서 하룻밤 묵고 길을 떠나면 폴라 데 알란데까지 걸어간 후에야 다시 숙소를 잡았다. 따라서 그녀의 사업은 점심식사를 차리는 것으로 한정되었다. 식사 손님만으로도 분명 채산이 맞았겠지만 — 계산서를 받아보니 그런 확신이 들었다 — 그녀로서는 만족스럽지 않았다.

열정적인 여주인은 자신이 사는 마을을 온전한 숙박지로 만들어 순례자들이 거기서 하룻밤 묵고 가게 만들겠다는 야심을 품었다. 그리고 그 목적을 이루기 위해 농작물 창고였던 건물을 알베르게로 개조했다. 점심식사 후 그녀는 친히 우리에게 시설을 소개해주는 영광을 베풀었다. 오후로 접어들 무렵의 가차 없는 햇볕 아래, 네덜란드 남자와 나는 산장을 향해 몇백 미터를 걸어갔다. 우리는 땀에 흠뻑 젖었다. 여주인은 온통 검은 옷 차림에다 행렬 선두에 섰는데도 이마에 땀 한 방울 맺히지 않았다. 최소한의 땀방울도 절약하고 섭취한 음식이 마지막 칼로리까지 수익을 올리도록 해서 모두 에너지로 바꾸고 결국에는 더없이 바람직한 돈으로 바꿔놓는, 채산성 높은 인간의 몸을 가진 것이 분명했다. 공동 숙소는 새로 만들어 깨끗했다. 여자는 우리에게 침구들을 자랑하면서 매트리스의 가격을 알려주었다. 그럼에도 모든 사설 알베르게들이 그렇듯 침대들이 두려울 정도로 가깝게 붙어 있었다. 여주인의 집요함도, 그곳의 청결함도 계속 길을 가겠다는 내 마음을 바꿔놓기에는 역부족이었다. 게다가 아직 시간이 너무 일렀고, 나는 그날 낮에 걸은 정도로 만족할 수 없었다. 내 동반자도 그리 마음이 동한 것 같지 않았다. 열린 문틈으로 근사하게 번쩍거리는 새 세탁기와 건조기를 발견하기 전까지는. 그에게는 그런 부속품들이 꼭 필요한 것이 분명했다. 그의 두드러진 청결함은 모두 그런 것 덕분일 테니 말이다. 확실히 그는 이 성소에서 저 기념물로 옮겨다니는 방식이 아니라 40°C 순면 코스에서 600회 회전 합성섬유 탈수 코스로 옮겨다니는 독창적인 형태의 순례를 하고 있었다. 세탁장에서 그가 뱉은 행복한 외침으로 판단하건대, 다섯 번의 여행으로 이제 카미노는 이런 세탁기기를 제외하고는 그에게 아무런 매력도 발휘하지 못하는 것 같았다. 그는 얘기를 나누던 와중에 티셔츠와 양말을 넣고 기계를 작동시키더니 그곳에서 하룻밤 묵겠다고 선언했다.

식료품점 여주인은 내가 알베르게에서 다시 나오는 것을 보면서도 포기하지 않고 하루 머물고 가라고 설득했다. 그녀는 카미노를 따라 박혀 있는 조가비들 중 첫 번째를 가리키면서 자신에게 최고의 상업적 논증일 주장을 펼쳤다.

"이곳을 떠나면 우회로가 하나 있어요. 손님이 갖고 있는 가이드북에서는 찾을 수 없을 거예요, 아직은요. 하지만 길에 표지는 설치되어 있어요. 그럼요, 손님, 길을 따라 계속 조가비들과 노란 화살표들이 있답니다."

그녀가 자랑스럽게 알려주었다. 나는 흥미를 보였다. 우회로라면 다니는 사람이 훨씬 적고 산속을 지나간다는, 그러니까 훨씬 더 야생적인 풍경을 지나간다는 의미였다. 이미 허풍을 잘 다듬어놓은 여자가 말을 이었다.

"역사적 관점에서도 일반적으로 다니는 카미노보다 훨씬 더 흥미로워요. 손님이 그 길로 간다면 중간에 중세 순례자들이 묵었던 여인숙 유적을 적어도 네 군데 이상 마주치게 될 거예요. 숨이 멎을 듯 아름다운 풍경들도 많고요."

물론 그녀에게는 최후의 한 방이 남아 있었다.

"하지만 그 길은 너무 길답니다. 손님은 폴라 데 알란데까지 가지 못할 거예요. 제일 가까운 알베르게가 30킬로미터는 지나야 있거든요. 다시 말해서 이곳을 떠나서 하루 종일 걸어가야 한다는 거죠."

그녀가 오랜 침묵을 이용해 상대방의 마음속에 집어넣고 싶은 논리적 결론은, 그러므로 그녀의 여인숙에서 잠을 자야만 한다는 것이었다. 맙소사! 나도 태연하게 조커 패를 내보이는 방법을 썼다. 내가 말했다.

"괜찮습니다. 제겐 텐트가 있거든요. 길을 가던 중이라도 언제든지 잘 수 있을 거예요."

그제야 여자는 자기가 졌다는 사실을 깨달았다. 하지만 그녀의 천성이 전투를 끝까지 끌고 가지 않고는 패배를 인정하지 않는 것이었는지, 그녀는 나를 고객으로 만들 수 없다면 적어도 몰이

꾼으로라도 써먹으려 했다.

"우회로로 가보세요!"

여자가 내 소매를 붙잡고 매달리며 비장한 어조로 속삭였다.

"그 길로 가시고, 나중에 사람들한테 알려주세요. 선생님 나라에서 가이드북을 내는 모든 사람들, 그들에게 카미노에서 가장 아름다운 구간은 여기 이 길이라고 말해주세요. 그들이 실수를 바로잡고 캄피엘로를 중간 휴식지로 추천해야 한다고요."

나는 마지못해 그렇게 하겠다고 약속했다. 초탈한 상태였던 당시에는 꽤나 진지하게 그렇게 할 생각이었다. 이 글을 쓰는 것으로 나는 어떤 식으로든 그 약속을 이행한 셈이다. 왜냐하면, 산속을 지나가는 그 카미노 우회로가 실제로 비교할 수 없는 아름다움을 지녔으며, 그러니 어떤 대가를 치르더라도 그곳을 빠뜨리지 말라고 말해주고 싶기 때문이다.

나의 식료품점 여주인은 분개하겠지만, 그녀가 이야기한 그 유명하다는 중세의 여관들은 그녀에게 조금의 이익도 가져다주지 못할 것이다. 그 시설들 중 첫 번째는 나무딸기 덤불에 뒤덮인 돌무더기였다. 우리의 야심찬 여주인이 직접 쓴 게 아닐까 미심쩍은 게시판에 그것이 최초의 여관이라는 자랑스러운 선언이 적혀 있었다. 두 번째 유적에서는 80센티미터 높이의 담 일부가 남아 있었다. 세 번째도 비슷한 상황이었다. 마지막 유적의 경우, 양떼가 풀을 뜯어 먹고 있는 주변으로 흩어져 있던 자갈 몇 개가 기억난다.

고지의 차가운 공기와 등반의 피로, 나를 괴롭히는 갈증이 합해져 환각을 불러일으켰다. 나는 표지판을 읽는 내 모습에 양들이 콧방귀를 뀌는 것을 보았다고 확신한다.

이처럼 유적지라 우기던 것들이 기대에 많이 못 미치기는 했어도, 우회로를 걸어가는 여정 자체는 모두 그녀가 이야기한 대로였고 심지어 그 이상이기도 했다.

그 길은 나타났다가 사라진다. 마치 산을 가볍게 스치고 지나간 단순한 흔적이나 가상의 선처럼, 어느 순간 거의 보이지 않게 되는 것이다. 아직 나타나지 않은 성 야고보의 표지를 감지할 정도로 몇 주라는 긴 시간 동안 단련된 순례자는 그런 야생의 공간에서 그간 축적한 순례 기술의 진가를 충분히 발휘한다. 그는 어림짐작으로 방향을 잡는다. 그의 영혼은 높은 산을 성큼 건너뛰고 골짜기를 훌쩍 가로지른다. 그가 느끼고 짐작해 찾아가는 여정, 거대한 봉우리와 깊은 골짜기들이 펼쳐진 길…. 그는 한 발짝 한 발짝 그것을 길들이리라. 그는 털끝 하나 건드리지 않고 능선 위를 뛰어오르고 깊은 구렁을 건널 것이다. 그 광막함 속에서 한없이 미미할 수밖에 없지만 그의 영혼으로, 그리고 그가 딛는 발걸음의 보잘것없는 힘으로, 그는 동시에 그것들과 같은 높이에 있게 되는 것이다. 걷는 사람은, 빅토르 위고의 표현을 빌리자면, 작은 거인이다. 그는 자신이 겸허함의 절정에, 힘의 최고치에 이르렀음을 느낀다. 몇 주 동안의 방랑이 가져온 무기력 상태, 욕망과 기다림에서 해방된 영혼, 고통을 이겨내고 초조함을 떨쳐버린 육체, 무한하면서도 그 자체로 완벽한, 아름답기 그지없는 툭 트인 공간… 그런 것들 속에서 순례자는 자기보다 큰 어떤 것, 사실상 세상 무엇보다 커다란 어떤 것이 출현하는 것을 지켜볼 준비가 된다. 고지를 지나가는 그 긴 구간은 어찌 되었든 내게는 신을 느끼는 순간, 적어도 신의 숨결이라도 느끼는 시간이었다.

교회나 수도원들은 아직 보이지 않는 어떤 것의 도래를 기다리는 대기실에 불과했다. 보라, 물러남으로써 나는 위대한 신비를 받아들일 준비가 되었고, 이제 비로소 그것을 마주할 수 있게 되었다. 순례자가 천상에 이르려면 그는 고독해야 하고 모든 것을 벗어던지다시피 해야 하며 요란한 전례의식을 포기해야 한다. 이런 본질적 원리와의 대면 속에서 모든 종교가 뒤섞인다. 피라미드 꼭대기의 아즈텍 사제, 지구라트 위의 수메르인, 시나이 산의 모세, 골고다 언덕의 그리스도처럼, 극한의 고독 속에서 바람과 구름에 몸을 맡긴 순례자는 멀리 내려다보이는 세상에 초연해지고 자신의 고통과 헛된 욕망에서 해방되면서 마침내 '조화'와 '본질' '근원'에 가 닿는다. 그가 거기에 어떤 이름을 붙이는지는 전혀 중요하지 않다. 그 이름이 구체적으로 어떻게 표현되는지도 중요하지 않다.

나는 황량한 고개에 도착했다. 지면은 풀로 뒤덮여 있었다. 나는 안개 속에 서 있었다. 얼음장 같은 바람에 떠밀려온 하얀 너울들이 지상에 뿌리를 박은 거대한 바위산들을 둘러싸고 있었다. 고지 목장의 초록색 들판에 뚫린 구멍 같은 작은 호수들이 하늘을 되비쳤다. 나는 암송아지들과 양떼를 지나쳐 갔다. 갑자기 한 무리의 야생마들이 지평선 위로 모습을 드러냈다. 긴 갈기를 가진 말들은 내가 다가가는 것을 경계한 것인지, 아니면 바람에 떠밀린 것인지 제멋대로 뛰어올랐다. 그중 크고 대담한 녀석 하나가 꼼짝 않고 서서 나를 뚫어지게 바라보았다. 그러고는 네 다리를 모으고 서서 고개를 구부려 공중에 우아한 곡선을 그리더니, 빙그르 한 바퀴 돌고 마지막으로 나를 한 번 더 쳐다보고 사라졌다.

만일 내가 선사시대 인간이었다면 내가 거하는 동굴로 달려가 짧은 순간 스치다시피 본 그 신성한 모습을 암벽 위에 그리면서 거기에 모든 힘과 아름다움을 담으려 했을 것이다. 일신론으로 오래 우회해온 오늘날의 사람들도 그런 식으로 이따금씩 구름이나 산, 말 같은 자연물 속에서 신성을 구현하는 영적 경탄을 다시 경험하게 된다. 순례는 가장 다신교적인 애니미즘부터 말씀의 육화肉化에 이르기까지, 인간 신앙의 모든 단계를 한꺼번에 이어주는 여행이다. 카미노는 세상에 다시 마법을 건다. 그 후에 성스러움으로 가득 찬 그 현실 속에서, 되찾은 자신의 영성을 이런저런 종교에 가두어 두거나 혹은 아무 종교도 선택하지 않거나 그것은 각자의 자유다. 하지만 어떤 선택을 하더라도 육체와 결핍의 우회로를 통해 영혼이 메마름에서 벗어나고 절망을 잊게 되는 것은 사실이다. 물질이 영혼을, 과학이 신앙을, 육체적 장수가 저세상의 영원불멸을 절대적으로 지배하는 세상에 사는 그가 아닌가. 이제 그는 스스로도 놀랄 정도의 에너지를 얻었건만, 그것으로 무엇을 해야 할지는 잘 알지 못한다.

이 인상적인 여정을 경험하게 해준 나의 솜씨 좋은 여관 주인 여인에게 끝없는 감사를 표하고 싶었다. 살리메 댐 쪽으로 다시 내려오면서 나는 내가 더이상 예전과 같은 사람이 아님을 느꼈다. 물론 내가 율법이 적힌 석판을 받아들고 온 것도 아니었고, 어떤 목소리가 새로운 코란이나 새로운 복음을 받아 적게 한 것도 아니었다. 나는 예언자가 된 것도 아니요, 이 글을 쓰는 것도 누군가를 그게 뭐가 되었든 다른 무언가로 개종시키기 위해서가 아니다. 그럼에도 불구하고, 내게 카미노의 비의적 정점이 된 그곳에서 나는 느꼈다. 현실이 사라지고, 그 너머에 존재하는 것이, 모든 피조물 각각에 퍼져 있는 것이 내게 모습을 드러내고 있었다.

이제 불교적 황홀경에 새로운 충만감이 더해졌다. 세상이 그토록 아름다워 보인 적이 한 번도 없었다.

숲의 정령을 만나다

그렇지만 본래적 의미에서든 비유적 의미에서든 사람이 언제나 정상에서 살 수는 없다. 그곳에서 다시 내려와 동료 인간들이 있는 곳으로 돌아가야 하는 것이다. 살리메의 인공호수를 둘러싼 울창한 털가시나무 숲 속으로 들어가면서 나는 그렇게 동료들에게 돌아갔다.

오후가 끝날 무렵 그 숲 한가운데에서 나는 웬 이상한 사람과 마주쳤다. 그는 내가 고지대에 있다가 내려오면서 다시 만난 최초의 인간이었는데, 멀리서 봤을 땐 숲의 정령처럼 보였다. 고대의 인간이었다면 그를 사티로스나 목신, 혹은 숲 신의 화신으로 여겼을 것이다. 그러나 가까이 다가갈수록 그 생명체가 목신보다는 바쿠스에게 더 많은 제물을 바쳤을 거라는 생각이 들었다. 그 남자는 대단히 취해 있었다. 그가 순례자인 것은 분명했다. 심지어 골수파에 속했다. 순례자의 지팡이나 조가비 같은 전통적인 액세서리를 한두 가지 갖춘 도보 여행자들과 마주치는 것은 흔히 있는 일이다. 그러나 남자는 발목까지 내려오는 망토와 챙 앞부분이 올라간 모자, 곳곳에 핀으로 꽂아놓은 성 야고보의 십자가들로는 부족했는지, 모퉁이 생선가게에서 산 진짜 조개껍데기부터 조가비 모양으로 디자인한 은브로치처럼 변형된 형태까지 온갖 조개껍데기들을 주렁주렁 달고 있었다. 그의 커다란 지팡이에는 중세 시절 순례자들이 달고 다니던 서양배 모양의 호리병박이 매달려 있었다. 유일하게 현대적인 면모라고는 그가 바랑이 아니라 두 개의 가죽끈이 달린 배낭을 메고 있다는 것이었다. 그렇지만 배낭이 베이지색 캔버스 천으로 된 구식 모델이라 전체적인 조화가 깨지지는 않았다.

남자의 얼굴은 우리를 둘러싼 숲처럼 무성한 회색 턱수염으로 뒤덮여 있었다. 내가 그 앞에 멈춰 서자 순례자는 부종으로 부풀어 오른 눈구멍 속으로 움푹 들어간 옅은 색 두 눈을 내게로 향하더니 내 얼굴을 뚫어지게 보았다. 그의 양손이 붙잡고 있는 커다란 막대기들이 심하게 흔들렸다.

"부엔 카미노."

내가 인사를 던졌다. 그는 술 냄새를 풍기며 으르렁거리는 소리를 뱉었다. 나는 그의 대답을 알아듣기가 힘들었다.

"우텐 악(안녕하슈)!"

분명 독일어였다. 나는 학창 시절의 기억들을 긁어모아 그의 언어로 몇 마디 말을 걸었다. 남자는 막대기를 약간 흔들면서 머리를 끄덕이더니 내게 혹시 독일 사람이냐고 물었다. 내 끔찍한 문법 실력과 억양을 생각해보면 오직 술에 만취한 사람만이 그런 의문을 품을 수 있을 터였다. 나는 프랑스인이라고 대답했고, 그는 턱을 오랫동안 움직이면서 그 대답을 깊이 되새겼다. 그러더니 갑자기 쥐고 있던 지팡이를 놓으면서 뼈만 앙상한 검지를 이쪽으로 뻗어 내 가슴을 두드렸다.

"두 봐이스트, 이히 빈 아인 알터 만(자네 알지, 나는 노인이야)."

그가 외쳤다. 나는 그렇다는 대답으로 머리를 끄덕였다.

"자네 내가 몇 살인지 아나?" 그가 계속 독일어로 말했다. "일흔여덟이야!"

나는 놀람과 감탄의 몸짓을 취하며 그 정보를 받아들였다. 하기야 정말로 깊은 인상을 받기는 했다. 그 나이의 남자가, 혼자 숲 속에서, 한창 더울 때, 집에서 그토록 멀리 와 있다니. 무엇보다 산티아고 데 콤포스텔라까지 가려면 아직 한참 남지 않았는가…. 갑자기 나는 혹시 그가 술에 취한 게 아니라 아픈 건 아닌지 걱정이 되었다. 태양이 그의 머리 위로 바로 내리쬐었을 수도 있었다. 정신과 질환처럼 보이는 뇌출혈도 있고, 심지어 술 취한 것처럼 보이는 뇌출혈도 있다.

그에게 뭔가 필요하진 않을까? 그게 무엇이든 내가 그를 도울 수 있을까? 그는 지팡이에 다시 몸을 의지하면서 격분한 몸짓을 하며 외쳤다.

"아니, 아니, 아니요!"

누가 봤으면 내가 그에게 강도짓이라도 하려는지 알았을 것이다.

그는 내 도움 없이도 아주 잘 지낼 수 있음을 입증하기 위해 덧붙였다.

"난 쾰른에서 출발했다오."

쾰른! 평범한 도보 여행자도 그곳에서 여기까지 오려면 세 달은 족히 걸릴 것이었다. 그런데 그 나이에, 지금처럼 술에 취해 막대기에 매달려서 왔다니….

"그냥 계속 가시오." 그가 쉰 목소리로 외쳤다. "앞으로 가요! 그러다 혹시 앞서가는 다른 순례자를 만나거든 혹시 군터 아니냐고 물어보슈."

"아, 혼자는 아니시군요!"

그는 내 지적에 신경도 쓰지 않았다.

"만일 그를 보거든 랄프도 많이 지체하지 않을 거라고 말해줘요. 내가 랄프라오."

나는 그에게 인사하고 다시 걸어갔다. 때때로 나는 뒤쪽으로 눈길을 던졌다. 그는 마치 그 숲에 뿌리를 내리기라도 하려는 듯 계속 막대기를 짚은 채 꼼짝 않고 서 있었다. 그러다가 어느 순간 내 시야에서 사라졌다. 나는 도중에 군터를 발견하지 못했다. 오솔길은 숲에서 살리메 댐이 있는 고지대까지 이어졌다. 더위 때문에 목이 말라 죽을 것 같았다. 나는 호수가 내려다보이는 한 식당의 테라스에 앉아 아이스크림을 먹었다. 차를 타고 다니는 순례자들이 한 차 와서 실내에서 진수성찬을 먹고 있었다. 나도 그들과 같은 홀에 편하게 앉을 수도 있었다. 실내는 냉방 중이었다. 그러나 그 집의 개가 내게로 오더니 까다로운 태도로 집요하게 냄새를 맡는 것이었다. 실내에 있는 말쑥한 신사들과 정성스레 머리를 손질한 숙녀들에게 나의 부랑인 냄새를 강요할 대담함이 내게는 없었다. 나는 산속에서 텐트를 치고 욕실 없이 이틀 밤을 보낸 후였고, 더 이상 갈아입을 옷도 없었다….

그란다스 데 살리메 시에 도착한 나는 아케이드 회랑으로 둘러싸인 아름다운 교회 앞을 지나갔고, 하루 묵어갈 지붕 있는 숙소를 찾겠다고 굳게 결심하고 중심 대로로 접어들었다. 내 가이드북에 따르면 담뱃가게를 겸한 한 카페의 주인이 자기 집 방을 두세 개 정도 빌려준다고 했다. 나는 샤워를 해야 했고 코고는 사람의 위협 없이 푹 잘 수 있어야 했고 옷도 빨아야 했다. 방들은 카페 맞은편 작은 집에 있었는데, 아래층에는 카페 주인과 그의 가족들이 거주하는 것 같았다. 복도에 초록 식물들이 놓여 있었고 벽에는 성인들의 초상이 걸려 있었다. 남아 있던 작은 방은 내게 딱 알맞았다. 방의 창문이 서쪽으로 나 있었던 것이다. 해가 지는 마지막 순간까지 빨래 말릴 시간을 더 가질 수 있을 터였다.

나는 정성스럽게 몸을 문질러 닦았고, 다른 것보다 덜 더러운 반바지와 티셔츠를 골라 입고 해변용 샌들에 발을 밀어넣고 나서 마을이 어떻게 생겼는지 구경하러 내려갔다. 몹시 놀랍게도 내가 길에서 처음 알아본 사람은 모자와 요란한 순례자 액세서리들을 벗어던지고 어느 카페의 테라스에 앉아 있는 랄프였다. 그는 라인 강 유역 촌부들이 흔히 입는 줄무늬 셔츠를 입고 있었고, 그의 바지는 커다란 멜빵 덕분에 잘 고정되어 있었다. 그의 맞은편에 나이가 비슷해 보이는 다른 남자가 앉아 있었다. 나는 그가 군터라는 것을 알 수 있었다.

그들 앞의 작은 철제 탁자 위에는 1리터짜리 맥주잔 두 개가 놓여 있었다. 랄프의 도착은 또 하나의 산티아고의 기적이라 할 만했다. 그러나 맥주잔을 채운, 거품이 덮인 황금빛 액체가 그의 부활과 무관하지 않은 것은 확실했다.

갈리시아! 갈리시아!

다음 날은 중요한 날이었다. 내가 갈리시아 지방으로 들어간 날이기 때문이다. 스페인 서부 지방은 성 야고보의 유해가 발견된 지역이다. 산티아고 데 콤포스텔라가 순례의 최종 목적지이기는 하지만, 갈리시아 지방 전체가 성인이 그곳에서 발견되었다는 기적이 부여하는 위엄의 혜택을 입는다. 갈리시아 지방으로 들어가는 것, 그것은 목표에 도달하는 것이다. 아스투리아스 지방에서 느꼈던 모든 호감에도 불구하고 나는 빨리 그곳을 떠나 여행의 최종 단계로 돌입하고 싶었다.

앞에서 나는 단련된 순례자는 더이상 욕망을 가지지 않는다고 말했다. 앞으로 한 달이나 더 걸어야 했지만 군소리 없이 그 사실을 받아들일 것이었다. 그러나 안달하지 않는다고 감정을 느끼지 않는 것은 아니다. 목적지에 가까이 다가갈수록 점점 더 커지는 흥분, 행복감, 평온은 우리가 길을 가면서 얻게 되는 또다른 발견이다. 그때까지는 아직 수 킬로미터나 떨어져 있었기 때문에 산티아고 데 콤포스텔라는 그저 단어에 불과했고 성 야고보는 혼란스러운 꿈속의 모호한 대상에 불과했다. 그러나 우리는 앞으로 나아가고, 곧 그 존재를 느끼게 된다. 그것은 모습을 드러낼 것이고, 더이상 생각과 공상의 대상이 아닌 감각의 대상이 되어 구체적인 공간 속에 나타날 것이다. 이제는 그것을 보고 만지게 되는 것이다.

아스투리아스 지방은 고도와 황량한 풍경 때문에 사람들이 목적지에서 가장 멀다고 느끼는 여행지다. 그런데 그다음에 지나가게 되는 갈리시아 지방은 반대로 사람들이 가장 가깝다고 느끼는 곳이다. 따라서 아스투리아스 지방에서 갈리시아 지방으로 옮겨가는 것에는 강력한 상징적 의미가 있다.

나는 두 지방의 경계가 구체적으로 어떤 모습일지 몰랐다. 그 경계는 엘 아세보의 고지, 어느 고개 높은 곳에 있었다. 나무가 우거진 비탈을 부드럽게 구불거리며 지나가는 카미노를 따라 걷다보면 그곳에 도착하게 된다. 고개에 도착하기 한참 전부터 바다에서 몰려오는 구름 위로 능선이 또렷이 부각되면서 눈에 들어온다. 그 능선을 따라 풍력 터빈들이 줄지어 서 있다. 역광 때문에 커다란 철탑들은 쪽빛을 배경으로 시커멓게 보인다. 그 모습을 두고 하늘과 땅을 이어 꿰맨 자국이라고도 할 수 있으리라. 터빈의 날개들이 두

세계를 단단히 잡아매기 위해 실을 묶어 지은 매듭처럼 보인다. 마치 거인이 외과용 메스를 휘둘러 수평선의 배를 갈라 내장을 들여다보고는 허둥지둥 다시 꿰매놓은 것 같았다.

도보 여행자의 나른한 머릿속에 그런 은유가 자리잡으면, 그것이 계속 굴러가면서 발걸음을 옮길 때마다 더 그럴 법하게 윤색된다. 몽상은 고개에 도달했을 때에야 중단된다. 가까이서 보는 풍력 터빈은 엄청나게 거대해서 그것들이 기계라는 것을 새삼 깨닫게 한다. 하단부는 터빈을 바닥에 고정시키기 위해 콘크리트 대 속에 박혀 있고, 거대한 날개는 음산하게 삐걱거린다. 현대의 풍차에는 방앗간 주인이 없다. 알퐁스 도데보다는 H. G. 웰스가 떠오른다. 풍력 터빈 아래를 지나가는 인간은 겸손하게 허리를 구부린다. 무공해 천연에너지를 만들어내는 이 장치들은 난폭하고 오만하고 사악한 기계들이다. 들판 한가운데나 산꼭대기를 차지하고 있는 그것들의 모습을 볼 때면, 마치 산업세계에서 탈출한 피조물들이 아직 자유로운 자연을 점령하고 그들의 법을 강제하러 온 것 같아 침입당하고 위협받은 듯한 기묘한 감정을 느끼게 된다.

고개 반대편으로 가면 다시 내리막의 카미노가 나온다. 이제 풍차에 등을 돌리고 걸을 수 있게 되어 금세 안도감이 느껴진다. 그곳이 갈리시아 지방이라고 불린다는 사실을 제외하면 저 멀리 보이는 푸르스름한 경치와 그때까지 봐왔던 것이 다른 점은 하나도 없다.

고개를 향해 올라가는데 2~300미터 정도 앞에 다른 순례자 한 명이 걸어가는 모습이 보였다. 우리는 똑같은 보폭으로 걸었기 때문에 둘 사이의 거리는 일정하게 유지되었다. 그런데 고개를 내려갈 때 나는 그가 걸음을 멈췄다는 사실을 깨달았고, 곧 그를 마주하게 되었다. 귀갑테 안경, 라코스테 셔츠, 청지로 만든 굽 낮은 신발을 착용한 기업 임원 같은 외모의 50대 스페인 남자였다. 그는 내가 보기엔 특별히 눈에 띄는 점이 없는 장소의 길가에서 나를 기다리고 있었다. 그가 땅바닥 위에 그어진 선을 손가락으로 가리켰고, 나는 그 선이 갓길에 박혀 있는 시멘트 경계석에서 시작되었음을 보았다.

"갈리시아!"

남자가 이글거리는 눈빛으로 선언했다. 그는 경계선 이쪽에 서 있었다. 내가 그가 서 있는 곳까지 가자 그가 손을 내밀었다. 나도 그의 손을 마주 잡았지만 그가 그런 몸짓을 취한 것은 내게 인사하기 위해서가 아니었다. 그는 우리가 손을 잡고 함께 그 선을 넘었으면 좋겠다고 어렵사리 내게 설명했다. 그렇게 해서 손에 손을 잡고 그 미약한 경계선을 마주하고 선 우리는 성 야고보의 땅으로 들어가기 위해 두 발을 모으고 뛰어올랐다. 경계선 저쪽으로 넘어가고 나자, 스페인 남자는 기쁨을 표현하며 나를 가볍게 포옹하더니 다시 그의 길을 갔다. 그 후 다시는 그를 만난 적이 없다.

그런데 고개를 더 내려가니 예기치 않은 행복한 만남이 나를 기다리고 있었다. 돌을 맞물려 지은 한 가옥 안에 순례자들을 위한 작은 바가 자리잡고 있었다. 카운터는 맥주잔, 작은 삼각 깃발, 우편엽서 등등 여러 종류의 기념품 잡동사니들로 정신이 없었다. 주인이 음식 값을 계산할 때마다 계산기에 매달아놓은 종이 큰 소리로 울렸다.

그늘진 산비탈 쪽으로 불어오는 바람이 얼음장 같아 나는 몸을 좀 녹이기 위해 바 안으로 들어갔다. 그리고 거기서 보카디요를 정신없이 삼키고 있는 마리카와 벨기에 청년을 발견했다. 포옹, 재회. 눈 깜짝할 사이에 나는 식탁에 합류했고, 그들은 최근에 지나온 구간들에 대해 들려주었다.

호세와 라몬은 사라지고 없었다. 호세는 출발할 때부터 힘들어했던 무릎 때문에 결국 마음을 접었다. 라몬은 그가 세웠다는 온갖 기록들에도 불구하고 중도 포기했다. 불교도 단계로 넘어간 순례자들의 의도치 않은 잔인한 태도로 마리카는 그녀를 섬기던 기사가 무너지는 모습을 지극히 무심하게 지켜보았다. 그동안 들려준 모든 이야기들이 꾸며낸 이야기이고 허풍에 불과했음이 갑자기 들통 난 상황에서 라몬이 느꼈을 참담함을 나는 충분히 상상할 수 있었다. 불룩 나온 배, 작은 손발, 가쁜 호흡은 아름다운 몰도바 여자가 불러일으킨 크나큰 사랑보다 강했다. 설사 아직까지 카미노에 있었다 해도 그는 뒤집어진 풍뎅이와 똑같은 무력감을 느끼고 있을 것이 틀림없었다. 나는 좀 짜증스럽기도 해서 그에게 빈정댄 적도 있었지만, 이제는 그를 진심으로 불쌍하게 여겼고 그의 수다에 감춰져 있던 고통을 헤아릴 수 있을 것 같았다.

다른 모든 일에 무심하듯이 이 비극에도 무심했던 어여쁜 처녀와 젊은 청년은 욕망의 환상을 극복하고 현실의 마법에서도 해방되어 새로운 희열을 느끼며 계속 걸어갔다. 그들이 갈리시아 지방에 있기 때문이었다.

우리는 기분 좋게 아늑한 바에 오래 머물면서 만나지 못한 동안 카미노에서 겪은 일을 서로 세세하게 들려주었다. 내가 랄프 이야기를 하자 그들은 웃으면서 자기들도 그를 몇 번이나 마주쳤다고 털어놓았다. 심지어 가장 최근에 그를 만난 것은 그날 아침이었다. 그들이 지금 우리가 있는 그 카페에 도착했을 때 랄프가 그곳을 떠났다는 것이다.

"아니, 그러면 그가 우리보다 앞에 있다고?"

내가 외쳤다.

"그래요, 친구 군터랑 같이요."

분명 그 별난 순례자에게는 뭔가 비밀이 있었다. 순례자 지팡이를 비틀거리며 부여잡고 숲에서 길을 잃은 채 도무지 앞으로 나아갈 수 없을 것 같았던 그의 모습을 봤다면, 누구든 나처럼 그가 마침내 원기를 되찾아 젊은 보행자들보다 지체되었던 거리를 만회하고 심지어 그들을 추월할 수 있었다는 사실을 믿기 어려울 것이다. 그런 성과를 맥주의 힘만으로 다 설명할 수 있을까?

우리는 오전이 끝나갈 때 다시 길을 걷기 시작했다. 창백한 태양이 능선을 비추고 있어서 북풍의 힘은 아주 조금 약해져 있었다.

카미노는 갈리시아 지방의 거칠고 황량한 고지대를 가로질렀다. 벨기에 청년이 벨기에와 프랑스에서 순례자가 드문 지역을 여행한 이야기를 들려주었다. 그는 곳곳에서 지금 같은 21세기 초에는 상상하기 힘든 열렬한 환영을 받았다. 시골 사람들은 그에게 과일이나 계란을 선물로 주면서 산티아고 데 콤포스텔라에 도착하면 자기를 위해 기도해달라고 부탁했다. 텔레비전과 인터넷의 시대에도 순례자는 여전히 사상과 인간 존재의 교류를 구현한다. 미디어가 보여주는 가상적이며 즉각적인 세계, 의심과 불신을 초래하는 그 세계와는 반대로 순례자의 움직임은 명징하다. 그는 신발에 달라붙은 진흙으로, 셔츠를 적신 땀으로 증명된다. 사람들은 그를 믿을 수 있다. 자기 영혼의 일부를 전달하고 싶을 때, 이 세상과 우리의 운명을 지배하는 보이지 않는 힘에 자신을 의탁하고 싶을 때 사람들이 신뢰할 수 있는 유일한 존재가 바로 순례자다.

청년은 사람들이 나중에 자기를 위해 기도해달라고 하면서 맡긴 많은 물건들을 배낭에 넣어 가지고 다녔다. 그 자신은 기도의 효력을 그리 믿는 것 같지 않았고 종교에 대해 냉소적인 회의주의를 공언했지만, 청년은 봉헌물들을 몸에서 떼어놓지 않고 심부름꾼으로서 정직하게 책임을 완수하겠다고 마음먹고 있었다. 산티아고에 가면 청년은 사람들에게 부탁받은 수만큼의 양초에 불을 붙이고, 성 야고보 성인이 그를 기리는 사람들의 뜻을 알 수 있도록 양초들 앞에 그들의 초상이나 사진, 혹은 간단한 쪽지들을 올려놓을 것이었다. 그러다보니 그의 배낭은 개인적인 물건이 별로 없었음에도 18킬로그램은 족히 될 정도로 무거웠다. 두 달 반의 방랑을 하면서 그가 어깨에 지게 된 것은 배낭이 아니라 산타클로스의 보퉁이였다.

갈리시아 지방 고지대의 길을 따라 드문드문 서 있는 건축물들은 돌들을 맞물려 쌓아 지은 것들로, 이끼 낀 편암 판석으로 덮여 있다. 들판의 울타리들도 커다란 돌을 반듯하게 다듬어 땅바닥에 박아 만든 진짜 담의 모습을 하고 있다. 예스럽고 가공되지 않은 모습의 이 무기질 울타리는 처음 경작을 시작했던 아주 오래전 옛날로 다시 돌아가게 한다. 도보 여행자는 그리스도와 성인들의 시대보다도 훨씬 이전으로, 심지어 고대보다 더 이전인 선사시대까지 거슬러 올라간 듯 느낀다. 기독교의 몇몇 상징이 이 외진 땅까지 길을 개척하는 데 성공했으나, 이제 그것들은 똑같은 무기질을 쌓아만든 더미 아래에 피신해 있다. 우리는 에르미타를 여러 군데 들렀다 갔다. 으레 놓여 있는 성모상, 화분에 심은 꽃, 성소 가장 깊숙한 곳에서 희미한 붉은 빛을 비추고 있는 양초들이 돌을 맞물려서 만든 두껍고 거칠거칠한 돌지붕의 비호를 받고 있었다.

어떤 고개의 움푹 들어간 곳에서 과거에 순례자 여관이었던 곳의 잔해와 마주치기도 했다. 예의 식료품점 여주인이 내게 알려준 우회로에서 보았던 곳처럼 파편 상태의 폐허는 아니었다. 그것은 오래전 건물에 있었던 여러 칸의 방들을 또렷하게 보여주는 높다란 벽들이었다. 모르타르를 전혀 쓰지 않고 현무암 석재를 쌓아 만든 벽이었는데, 벽의 엷은 황갈색이 얼음처럼 차가운 바람이 지나가는 그곳에 금욕적 성격을 더했다. 그럼에도 그 장소는 쾌활함으로 가득했다. 한 무리의 스페인인들이 폐허에서 웃으며 사진을 찍고 있었다. 검게 그을린 그들은 선명한 형광색 옷 차림이었다. 우리는 그들과 함께 다시 걷기 시작했다. 그들은 카나리아 제도에 살고 있으며, 오비에도에서 출발했고, 그들이 사는 섬의 축 늘어지게 만드는 날씨를 잊기 위해 바로 살을 에는 이 매서운 추위를 찾아왔다고 했다.

조금 더 멀리까지 걸어가자 숲이 끝나는 골짜기의 오목한 곳에 산장 하나가 있었다. 우리 모두 거기로 들어갔다. 그곳에는 추위로 뺨이 빨갛게 된 순례자들이 핫초콜릿을 앞에 두고 식탁에 앉아 있었다. 멀리서 온 우리에게 갈리시아 구간들은 이미 여행의 끝이 임박했음을 의미했다. 그 도보 여행자들이 보여주는 느긋함, 쾌활함, 원기 왕성함은 오직 산티아고에 도착하는 것만을 목표로 근처 마을에서 출발한 후 충분히 쉰 그들에게 마지막 몇 킬로미터의 순례가 어떤 의미를 가지는지 알려주고 있었다. 그들에게 순례는 며칠이면 도착하는 샤르트르 같은 곳을 생각할 때처럼 젊음이 느껴지는 놀이 같은 짧은 여행으로 기억될 것이었다. 그렇지만, 마지막 고지대의 황량함이 그곳 풍경에 장기간 순례의 수고를 연상시키는 금욕적이고 심각한 분위기를 부여해서 그 희열과 균형을 맞춰주고 있었다.

마지막에 만난 도보 여행자들 중에서는 그나마 우리 세 사람이 카미노의 유서 깊은 전통을 따르는 부류였고, 그런 이유로 우리는 스스로에게도 낯선 독실한 유령, 다른 모든 사람들이 현실과 꿈을 구분하는 엄격한 경계에서 자유로운 존재가 되었다. 우리가 마지막 구간들을 함께 걸었던 것은 아마 그래서였을 것이다.

그 덕에 그 황량한 지역을 걷는 것이 무척이나 즐거웠다. 우리는 농담을 하며 너무 비대해진 시골 마을의 골목길을 걸었다. 회색 돌과 슬레이트로 지은 거무튀튀한 건물들에는 이제 노인들밖에 없어 보였다. 우리가 나타나자 흥분한 개들이 온 힘을 다해 짖어댔고, 그 소리가 벽 위로 음산하게 울려퍼졌다. 포르투갈어와 비슷한 갈리시아 방언은 간판에서도 보였다. 신들에게 버림받은 그 지역에서는 젊은이들은 떠나고 늙은이들은 돌아오는 이 두 종류의 움직임밖에 일어나지 않는 듯했다. 턱없이 큰 카페들의 주인들은 르노 국영자동차회사*의 노동자였던 이들이었는데, 그들은 가슴 아픈 향수를 느끼며 파리의 레알이나 포르트드라샤펠을 회상했다. 거대한 교회들은 주민들이 많고 그들이 모두 독실한 신자였던 아득히

* 1899년 설립된 르노 자동차 회사는 2차 세계대전이 끝난 후 한동안 국영화되었다.

면 옛날의 기억에서 헤어나오지 못하고 있었다. 오늘날엔 지나치게 큰 그 건물들은 시골 마을 사람들에게 긍지와 거북함이 뒤섞인 감정을 불러일으킨다. 지역의 영화로웠던 과거가 상기시키는 긍지와, 받는 사람에게 자랑스러움보다는 창피함을 느끼게 하는 지나치게 비싼 선물을 들고 찾아온 손님 앞에서 느끼는 것과 비슷한 거북함 말이다.

나만큼 코고는 사람들에 대한 반감이 심하지 않았던 내 길동무들은 알베르게를 이용했다. 나는 얼음장같이 차갑고 눅눅한 그 지역에서 괴롭게도 야영을 해야 했다. 마지막으로 헤어지기 전날 밤에는 우리 셋 다 작은 호텔에서 묵었다. 엄밀하게 말해서 그곳은 바 위층에 방 몇 개를 갖춰놓은 곳에 불과했다. 방들은 환하고 최신식이었고, 큰 창 너머로 차 한 대 보이지 않는 도로와 비가 내리는 사과나무 밭, 가시덤불에 문이 막힌 돌 창고 같은 기운 빠지게 하는 쓸쓸한 풍경이 눈에 들어왔다.

우리는 방을 나눌 때 잠시 동요했다. 우리에게는 두 남자가 함께 묵거나 마리카와 커플을 이루는 선택지가 있었다. 그러나 후자의 경우 누가 그녀와 밤을 보내야 할 것인가? 결국 말로 표현하지는 않았지만 나이가 중요한 고려 기준이 되었다. 젊은 두 친구는 연장자인 내가 혼자 방에서 편히 쉬도록 해주었다. 내 친구들은 아주 일찍 출발하고 싶어 했던 반면 나는 다음 날 아침에 시간 여유가 충분했다. 다음 구간에서 좀 늦은 시간에 아내 아제브와 만나기로 되어 있었기 때문이다. 그렇지만 나는 작별 인사를 하기 위해 그들과 같은 시간에 일어나기로 했다.

우리는 커피를 마실 만한 장소를 찾아 나섰다. 그렇게 이른 아침 시간에는 거리가 낮보다 훨씬 더 황량했고 모든 상점들의 문이 닫혀 있었다. 결국 그들은 빈속으로 길을 떠나기로 했고, 우리는 호텔 근처 돌계단에 앉아 주소를 교환했다. 수수께끼 하나가 우리 눈앞에서 풀린 것은 바로 그 순간이었다.

택시 한 대가 천천히 그 마을 중앙도로를 거슬러 올라왔다. 짐을 가득 실은 것 같았다. 택시는 우리와 몇십 미터 정도 떨어진 곳에 와서 멈췄다. 문이 곧바로 열리지 않았다. 차체가 탄성으로 좌우로 흔들렸다. 택시 기사가 뒤쪽을 향해 몸을 돌렸다. 요금을 받기 위해서인 듯했다. 곧 문 하나가 열렸고, 차에서 내리는 랄프와 군터가 보였다. 마침내 우리는 그들이 한결같이 길을 나아갈 수 있었던 비결을 알아낸 것이었다….

고대 로마의 밤

아제브는 에티오피아의 고원 지역에서 태어났다. 고도 덕분에 태양의 열기가 누그러지는 곳이다. 그녀의 고국은 세상에서 가장 뛰어난 장거리 육상선수를 여럿 배출했고, 전 국민이 걷는 데 익숙하다. 거의 삼십 년 전부터 프랑스에서 살고 있음에도 아제브 역시 예외가 아니다. 말할 것도 없이 아내는 카미노를 처음부터 끝까지 완주하는 것이 가능했다. 그렇지만 나만큼 카미노에 매료되지 않았기 때문에 그런 고초를 자처해야 할 이유가 없었다. 그녀가 카미노에 오게 된 유일한 동기는 우리가 다시 만나 며칠 동안 함께 걷는 것이었다. 바로 그런 까닭에 우리는 갈리시아 지방에서 만나기로 약속했다. 산티아고까지 남은 마지막 100여 킬로미터를 함께 걷기 위해서였다. 편의상 우리는 기차로 접근하는 것이 상대적으로 용이한 루고라는 도시를 약속 장소로 택했다. 그러나 거기서 무슨 일이 우리를 기다리고 있는지 짐작도 하지 못했다.

언덕 위에 자리잡은 루고는 곳곳이 로마시대에 쌓은 10~12미터 높이의 성벽으로 둘러싸여 있다. 지구상에 그런 성곽을 자랑할 수 있는 도시는 별로 없을 정도로 루고의 성벽은 완벽하고 사실상 잘 보존되어 있다. 그 지역이 유네스코 세계유산으로 지정된 것은 당연해 보인다.

고대 로마시대 유적으로 꽉 들어찬 루고에서는 해마다 6월에 '고대 로마 축제'가 열린다. 이 로마 주간 동안 루고 시민들은 고대 로마인 차림을 하는데, 의상은 일 년 중 축제 기간을 제외한 나머지 기간 내내 정성스럽게 준비한다. 이웃 도시는 물론 이제는 스페인 전 지역에서 몰려오는 참가자들까지 합세해서 매년 점점 더 많은 사람들이 축제에 참가하는데, 그들 역시 의상을 가져온다. 그 결과 도시는 이틀 동안 아스테릭스 만화에서 곧장 튀어나온 것 같은 수천 명의 남녀들로 붐비는 곳이 된다.

사람의 마음이 참 재미있는 것이, 마음대로 선택해서 로마인으로 변장할 수 있다고 할 때 노예 차림을 택하는 사람은 드물다. 자신이 황제가 되었다고 상상하는 편이 더 기꺼운 것이다. 그러다보니 내가 아내를 만나기 위해 그곳에 도착했을 때 그곳은 온통 카이사르와 네로 천지였다. 우연히도 우리가 만나기로 약속한 바로 그 날짜에 고대 로마 축제가 시작된 것이었다.

우리는 그 사실을 전혀 몰랐다. 나는 829년에 알폰소 2세가 그랬던 것처럼 산 페드로 성문으로 성벽을 통과했을 때 아주 특이한 지역이라고만 생각했다. 그런데 클레오파트라를 다섯 명째 마주치고 나자 슬슬 의문이 생기기 시작했다. 나는 백인대장 한 명을 붙잡고 이유를 물어보았다. 그는 자신이 분장한 인물에 몰입해 있었는지 전투적인 태도로 사정을 설명하더니 팔을 쭉 펴서 내게 인사하고는 가버렸다.

책을 읽으면서 중세시대로 빠져들 준비를 하고 온 아내는 루고역에서 내렸을 때 타임머신을 타고 시간을 너무 많이 거슬러 올라온 건 아닌가 하는 느낌을 받았다고 했다.

그녀가 시장 광장에서 나를 발견했을 때도 시대를 알 수 없기는 마찬가지였다. 순례자는 어느 시대에도 속하지 않기 때문이다. 몹시 수척한 얼굴에 지저분한 옷을 입고 진흙으로 더러워진 신발을 신은 그 텁수룩한 인간은 중세나 현대는 물론이고 고대 로마시대에도 속할 수 있었다. 그는 친숙하면서도 알아보기 힘들다. 우리는 좀 머뭇거리며 포옹했고 그러는 동안 나는 내 몸의 지저분함을 의식하지 않을 수가 없었다. 잠시 후 우리는 야외 마로니에 나무 아래에 앉아서 콜라를 마셨다. 우리 주변에 놓인 탁자들마다 가볍게 옷을 입은 여자 귀족들과 유쾌한 원로원 의원들이 둘러앉아 즐거워하고 있었다. 다들 알다시피 로마의 조화로운 대건축물들과 수사학자들의 유창한 웅변술은 오늘날까지도 찬탄의 대상이다. 그러나 이렇게 그나마 남아 있는 학창시절에 배운 내용들도 모두의 무의식 속에 자리잡은 다른 명성에 덮여버린다. 바로 로마가 요란한 연회와 향락의 도시였다는 사실 말이다. 고대 로마 축제가 처음 시작되었을 때부터 모두가 토가와 베일이 그날 밤까지 버티지 못하리라는 것을 느끼고 있었다. 해가 지기도 전인데 거의 모든 황제들의 손에는 술잔이 들려 있었다. 낮 동안 고대 로마 축제가 성황리에 열릴 수 있는 것은 다른 무엇보다도 이런 밤의 열기 덕분이었다.

우리 부부는 다시 만나서 기뻤고, 나의 오랜 부재로 현저히 커진 욕망을 느꼈다. 그럼에도 불구하고 우리는 우리를 둘러싼 칼리굴라들처럼 편안하게 긴장을 풀 수가 없었다. 과거의 당신에게 익숙한 누군가와 다시 만난 후 얼마 지나지 않은 때야말로 순례가 그간 당신에게 일으킨 변화를 가장 예리하게 헤아리게 되는 시간이기 때문이다.

격차는 모든 부분에서 느껴진다. 물론 그 차이가 가장 분명하고도 확실히 나타나는 것은 심리적 차원이다. 순례자는 카미노에 갓 도착한 사람과 시간 개념이 같을 수가 없다. 그는 새로 도착한 사람이 너무 들떠 있고 참을성 없어 보이는 반면 그 자신은 너그럽고 느긋하게 보일 거라고 생각한다. 그러나 이 모든 것은 상당히 표면적일 뿐이다. 순례자는 다시 이전 생활로 돌아가는 순간 카미노의 이런 효과들이 사라지고 말 것임을 느낀다. 반대로 변화가 더 깊고 지속적인 영역도 있다. 그것은 눈에 잘 띄지 않는 부분인데, 바로 배낭이다.

카미노에 새로 도착한 사람, 특히나 아주 긴 구간을 걸을 생각이 없는 사람에게 배낭은… 그냥 배낭일 뿐이다. 하지만 오래 걸어오면서 배낭에 이미 정이 든 순례자에게 그것은 그의 동반자이자 집이자 그가 등에 지고 다니는 세상이다. 한마디로 배낭은 그의 생명이다. 한 발 한 발 옮길 때마다 가죽끈이 그의 살을 파고들었다. 그 짐은 그의 일부가 되었다. 혹 배낭을 어딘가 내려놓더라도 거기서 눈을 떼는 일은 결코 없다.

새로 걷기 시작한 여행자가 경솔하게도 물건의 부피나 무게는 생각지도 않고 온갖 불필요한 것들까지 무작정 배낭에 쑤셔넣는 모습을 보면서 숙련된 순례자는 거의 공포에 가까운 불안을 느낀다. 숙소를 옮겨 다니면서 도보 여행자는 비유적 의미에서뿐 아니라 말 그대로 자신의 소지품을 구성하는 물건 하나하나의 무게를 따져보는 법을 배웠기 때문이다.

출발하기 전에 나는 우연히 '초경량 산행MUL'을 주제로 한 인터넷 사이트들에 들어간 적이 있다. 그리고 그런 사이트의 운영자들이 단순히 기술적 조언이 담긴 글을 올리기만 하는 게 아니라는 사실을 바로 깨달았다. 그들의 태도는 더 전면적이고 야심찼으며, 거의 철학의 형태를 갖추고 있었다. MUL 사상의 중심 명제는 이 한 문장으로 정리된다. "무게, 그것은 공포다."

이 운동의 신봉자들에게 핵심은 짐의 개념뿐 아니라 욕구에 대해, 물건에 대해, 소유에 집착하는 불안증에 대해 깊이 되짚어보는 데 있다. "무게, 그것은 공포다." 각자는 이 명제에서 출발해 생각에 생각을 거듭하게 된다. 스웨터 하나, 그건 꼭 필요하다. 그런데 스웨터를 두 장 가져간다면? 왜? 도대체 무엇이 그토록 두려운 것일까? 정말 추위가 그렇게 위협적일까, 아니면 내 무의식이 이 문제와 관련해서 나의 온갖 노이로제를 동원해 짓눌러대는 걸까?

MUL 운동의 과격파는 모든 불합리한 우려에서 벗어나고자 하는 의지를 더 멀리까지 밀고나간다. 그들의 인터넷 사이트는 단 하나의 물건으로 다양한 (현실적) 요구에 대처할 수 있는 기발한 발명품들로 넘쳐난다. 텐트 겸용 비옷, 솜털 재킷 겸 침낭, 배낭 칸막이 겸 바닥깔개 같은 것들이 그런 예다. 손재주 좋은 발명가들은 맥주캔을 버너로 바꾸거나 테니스공을 담는 그물망으로 배낭을 제작하는 등 독창적인 해결책을 더해준다. 그런 사이트에서는 산행 기간과 기후에 따라 세심하게 고안된 짐 꾸리기 예시도 참고할 수 있다. 예를 들어 등에 6.5킬로그램의 짐만 지고 다섯 달을 돌아다니는 법, 4~5킬로그램도 안 되는 짐만 갖고 높지도 낮지도 않은 중간 높이의 산에서 야영하는 법, 혹은 15킬로그램이 넘지 않는 짐으로 십칠 일 동안 누구의 도움도 받지 않고 아이슬란드를 횡단하는 법 등을 배울 수 있다.

나는 호기심을 가지고 그런 사이트들을 들여다보았는데, 고백하자면 약간의 교만함도 있었다. 그런 것들이 다소 실속 없는 미니멀리스트의 엉뚱함처럼 비쳤던 것이다. 그래도 나는 거기서 좋은 아이디어 몇 개를 얻고는 불안감을 접으며 내가 영리하다고 믿었고, 티셔츠와 양말들로 배낭을 채웠다.

그러나 카미노에 들어서자마자 모든 것이 변했다. 스페인 사람들이 '모칠라'라는 예쁜 이름으로 부르는 배낭은 모든 자케에게 그렇듯 매 순간 나의 길동무가 되었다. 그 길동무는 서로 완전히 다르고, 대립되고, 모순적이기까지 한 두 가지 모습을 갖고 있다. 열었을 때 모칠라는 보물들을 펼쳐 보여준다. 텐트 안이든 호텔 방 안이든 우리가 어디서나 사용할 수 있는 모든 것이 거기 있다. 옷을 갈아입고, 몸단장을 하고, 씻고, 기분 전환하고, 현재 위치를 확인하는 이 모든 활동이 모칠라에서 꺼낸 물건들로 처리된다.

그러나 이른 아침에 다시 떠날 때가 되면 배낭이 너무 무거워지는 일 없이 그런 온갖 잡동사니들이 그 안에 전부 다 들어갈 수 있어야 한다.

내게는 이런 일반적인 제약에 더해 찌르는 듯한 등의 통증까지 더해졌다. 과거에 외상성 상해를 입고 몇 달 뒤 수술을 받은 일이 있는데 그 후유증이었다. 내 신경의 뿌리를 압박하던 디스크는 등에 맨 배낭을 고쳐 메려고 배낭끈을 움켜쥘 때마다 비상경보기 역할을 했다. 따라서 무게에 대한 강박이 급격하게 독재적인 성격을 띠게 되었다. 중간 휴식지에 들를 때마다 나는 지금 짊어지고 다니는 물건들이 정말로 없어서는 안 되는 것들인지 나 자신에게 매번 진지하게 묻고 따졌다. 그런 점검에 착수한 순례자는 두 가지 유용한 수단을 사용할 수 있다. 바로 쓰레기통과 우체국이다. 문제의 물건이 별 가치가 없어 버리고 싶을 때는 그것을 쓰레기통에 던져 넣으면 된다. 하지만 그 물건에 애착을 갖고 있다면 소포로 포장해 집으로 부칠 수 있다. 그런 식으로 해서 나는 푸짐하면서도 값싼 '메뉴 델 디아(오늘의 메뉴)'가 인간의 보편적 권리 목록에 실려 있을 것 같은 나라에서 쓸데없이 거추장스럽기만 했던 취사도구와 산악용 버너를 집에 돌아와 찾을 수 있었다.

이 점진적인 허물벗기, 모칠라 다이어트는 카미노의 전 구간을 걷는 동안 계속되었다. 내 두려움에 대한 반성은 더이상 농담거리가 될 수 없었다. 내가 그 문제를 상당히 심각하게 받아들이게 되었기 때문이다. 예컨대 나는 내가 추위에 대한 지극히 비합리적인 두려움의 희생자가 된 것을 깨달았다(여행하는 내내 다른 해결책이 없어 스페인의 초여름 날씨와 전혀 어울리지 않는 고지대용 침낭을 끌고 다녀야 했다). 반대로 배고픔이나 목마름과 관련한 걱정은 내 머릿속에 들어와 있지도 않았다. 의사들의 권고와는 완전히 어긋나게도 나는 산행을 할 때면 아무것도 먹지 않고 진짜 낙타처럼 움직이기 때문이다.

정신분석학을 끌어들이면서 세세한 부분까지 더 깊이 들어가지는 않겠지만, 내가 발을 씻지 않아도 아무 문제 없이 잘 지낼 수 있는 반면에 겨드랑이 냄새에는 극도로 민감해 항상 데오도란트와 갈아입을 티셔츠를 갖고 다니는 사람이라는 이야기도 하고 싶다. 하지만 이런 이야기를 시시콜콜 해봐야 당신은 아무 관심 없을 테고 최악의 경우 혐오감만 일으킬 수 있음을 잘 아고 있으니 더 말하지 않으련다. 다만 그런 주장들이 무의식을 향해 열려 있는 문이기 때문에, 각자 그런 문제를 놓고 자신을 돌이켜 분석하는 데 전념한다면 분명 거기서 유익한 결과를 얻을 수 있으리라는 말은 해두고 싶다.

어쨌든 카미노가 이어질수록 모칠라는 홀쭉해져서 완벽에 가깝게 간소하고 균형잡힌 형태에 도달하게 된다.

우리 순례자들이 아직 그런 회계 감사를 실행하지 않은 사람과 갑자기 함께하게 될 때의 충격은 단순히 거슬리는 정도를 훨씬 넘어선다. 아내가 사람을 무장 해제시키는 미소를 지으며 "사실 출발하기 전에 화장품가방을 정리할 시간이 없어 그대로 가방에 넣어왔어"라는 문장을 발설했을 때 나는 뒤로 벌렁 나자빠지는 줄 알았다.

다들 잘 알다시피 화장품 제조업자의 모든 재능은 오직 내벽이 무척 두꺼워 내용물이 가득 들어 있는 것처럼 보이는 유리 용기 안에 극소량의 파운데이션을 담는 기술을 발전시키는 데만 쓰인다. 한순간 나는 내 소중한 동반자가 자신의 근거 없는 두려움을 돌이켜보도록 하고 싶은 유혹을 느꼈지만, 결국 그녀가 아름다움을 유지하는 수단을 자유롭게 사용하는 것을 보며 기뻐하는 쪽으로 마음을 돌리고, 뚱뚱한 화장품가방을 홀쭉해진 내 모칠라에 쑤셔넣었다.

길을 잃다

루고는 여정의 마지막에 가깝다. 이제는 산티아고 데 콤포스텔라까지 몇 구간 남지 않았고, 마지막 부분에 이르러 카미노는 유명한 프랑스 길과 합쳐진다. 순례자들의 고속도로, 가장 많이 이용되고 가장 돌아가지 않는 길, 매일 수백 명의 사람들이 돌진하는 길이다. 나는 그렇게 길이 합쳐지는 것이 걱정스러웠고 아직 고즈넉한 북쪽 길을 떠날 마음의 준비가 되지 않은 상태였다. 마지막 며칠을 함께 걷기로 한 아내는 북쪽 길을 제대로 겪어보지도 못한 터였다. 그런 그녀를 곧바로 프랑스 길의 인파 속에 밀어넣는 것은 심히 유감스러운 일이었다. 그런 불쾌한 상황을 피하기 위해서, 아니 적어도 그것을 늦추기 위해서 나는 우리나라에서 위험한 악취미로 치부되던 행동을 시도하기로 했다. 나 역시 너무 잘 알고 있었지만 거기서 얻는 즐거움이 너무 커서 끝까지 저항할 수가 없었다. 나는 지름길을 좋아한다. 우리 가족은 모두 그 죄 많은 성향이 유발할 수 있는 참화에 대해 잘 알고 있다. 약간 거리를 줄이고 새로운 풍경을 발견한다는 핑계 아래, 혹은 — 훨씬 더 위선적이게도 — 시간을 절약한다는 핑계 아래, 나는 나와 가까운 사람들이나 친구들을 부당하게 지름길이라 이름 붙인 곳으로 끌어들인 적이 여러 번이다. 그러나 그 지름길은 더 길고, 더 힘겹고, 딱 잘라 말해서 악몽 같은 것으로 드러나기 일쑤였다. 개인적으로 그런 좌절은 내게 아무런 영향도 미치지 못한다. 내게 지름길은 모험이고, 어떤 일이 생기든 행복을 준다. 그러나 나를 신뢰하고 뒤를 따랐던 사람들에게 그런 돌발적인 사건들은 대개 훨씬 덜 재미있을 것이다. 그들은 자신이 아무 의심 없이 따라간 사람이 완전히 길을 잃고 헤매고 있다는 사실을 갑자기 깨닫는다. 그런 상황에서 느긋한 성품을 계속 과시하는 것은 아무 도움도 되지 않는다. 오솔길이 사라지고 가시덤불 속으로 길을 내려고 하는 상황에서 당신이 콧노래나 흥얼거린다면 그저 미치광이 취급을 당하게 될 뿐이다.

그런 문제를 충분히 잘 알고 있었음에도 나는 루고를 떠나면서 아내에게 카미노의 우회로로 가자고 제안했다. 물론 우회로라는 단어는 입에도 올리지 않았고 지름길이라는 말은 더더욱 마찬가지였다. 그 두 단어는 그녀의 주의를 환기시킬 터였다. 나는 그저 두 가지 가능성이 있다고 말하면서 더 흥미로운 쪽을 선택하는 척했다.

그렇게 우리는 나의 옛 길동무 슬로바키아 처녀와 벨기에 청년이 알려준 카미노의 한 갈림길을 출발했다. 그들은 나에게 그 우회로의 출발점과 도착점을 지도로 보여주었고, 표지가 잘 설치되어 있다고 장담했다.

그 길의 가장 주요한 장점은 마지막 구간에 이르러서야 프랑스길과 합쳐진다는 것이었다. 길을 출발할 때 날씨가 무척 더웠다. 그래도 아제브는 여전히 에너지가 넘쳤다. 아직은 천천히 몇 킬로미터 걷는 정도로 지치지 않았다. 그녀는 거리의 단위, 그 유명하고도 머리 아프게 만드는 '킬로미터'가 짧게 느껴지는 단계였다. "벌써 1킬로미터나 왔어!" 전형적인 풋내기 도보 여행자의 외침이다. 반면에 숙련된 순례자의 용기를 앗아가는 괴로운 후렴구는 오히려 "끝도 없네, 이놈의 1킬로미터!"일 것이다.

독을 감춘 미트볼처럼 비극적 참사를 부드럽게 숨기고 있는 화창한 날씨였다. 구름 한 점 없는 파란 하늘, 낮은 키의 밀이 펼쳐진 황금빛 대지, 바둑판 모양의 들판에 놓여 있는 건초 뭉치들, 아스팔트 길이 그리는 예쁜 곡선들…. 이 모두가 경쟁하듯 풍경을 온화하고 안전해 보이는 것으로 꾸미고 있었다. 나는 마음속의 가벼운 근심을 드러내 보이지 않으면서 아내와 함께 우회로로 접어들었다. 처음에는 만사가 아주 훌륭하게 흘러갔다. 규칙적인 간격을 두고 나타나는 노란 화살표들과 조가비 표지들은 내 친구들이 진실을 말했음을, 즉 우회로에 표시가 되어 있음을 증명하고 있었다.

그런데 맙소사! 몇 킬로미터 지나자 길 표시가 점점 불분명해졌다. 나는 당혹감을 감추며 남자답고 자신 있는 태도로 망설임 없이 어느 방향으로 나아가야 할지 가리켰다. 그 길은 우리를 어떤 농가의 마당으로 데려갔고, 그곳에서는 말 그대로 사슬이 풀려 있는 몰로세르 견 두 마리가 온 이빨을 드러내며 우리를 맞이했다. 정말로 개 말고는 무서워하는 것이 아무것도 없는 아제브는 등을 돌리고 그대로 달아나버렸다. 나는 아내를 뒤쫓아갔고, 문제를 축소해서 말했다. 부주의해서 저지른 실수였다고.

첫 번째 갈림길에서 나는 새로운 방향을 택했다. 그러나 유감스럽게도 금세 드러난 분명한 사실을 받아들여야 했다. 그쪽 길에도 순례자를 위한 표지는 전무했고, 교차로는 불확실했고, 길들은 다 비슷비슷해 보였고, 우리의 위치를 확인시켜줄 어떤 표지도 지평선 위에 보이지 않았다.

내가 아무리 장담을 해도 내 태도에서 일종의 당혹감 같은 것이 느껴졌던 것 같다. 나를 잘 알고 있는 아내가 위험신호를 감지한 것이었다.

“당신 또 지름길로 온 거야?”

그녀의 말투는 다시 알코올중독에 빠진 사람을 보고 한탄할 때처럼 애통함으로 가득했다. 난처해하는 나의 반응에 아내는 내가 또다시, 그것도 같이 걷기 시작한 첫날부터 그녀를 고생길로 끌어들였다는 지극히 논리적인 결론을 내렸다.

나는 이런저런 증거를 늘어놓으며 자신을 방어해보려 했다. 그래서 지도를 꺼냈고, 카미노를 걸으면서 상당 부분 뜯겨나간 가이드북의 아직 남아 있는 부분을 뒤적이는 시늉을 했다. 하지만 이런 몸짓들이 현실을 가려주지는 못했다. 우리는 우리가 어디에 있는지 알지 못했다. 점심때였는데 길에 살아 있는 인간이라고는 하나도 없었고 작은 마을들도 텅 비어 있었다. 갈증이 우리를 괴롭히기 시작했다. 드디어 우리는 어느 교차로에 도달했다. 아스팔트를 깐 도로가 있었고 지도에 표기되어야 마땅할 위엄 있는 어느 마을의 이름이 적힌 경계석도 있었다. 세상에! 그곳은 프랑스 길 위였다. 그 상황에 광분한 나는 원래 가려던 우회로를 고집했다. 그리고 기만적인 달변으로 다른 방향으로 가보자고 아제브를 설득하는 데 성공했다. 그리로 가면 우회로가 지나가는, 원래 내가 오늘 밤 묵으려고 계획했던 큰 마을로 가게 될 거라고 말이다. 그녀는 미심쩍어하면서도 마지못해 동의했고, 우리는 비교적 그늘이 진 갓길 쪽으로 돌진했다. 길은 일직선이었고 대체로 평평하게 계속 이어졌다. 처음에는 울창한 나무들이 드문드문 서 있었지만, 얼마 안 있어 정점에 이른 태양으로부터 우리를 지켜주는 것은 아무것도 없게 되었다. 내 첫 번째 거짓말은 통했다. 비탈길 꼭대기까지 올라가면 우리가 밤을 보내게 될 마을이 바로 보일 거라고 우겼던 것이다. 그런데 언덕 꼭대기에 이르자 또다른 언덕밖에 보이지 않았다. 근처에는 집 한 채 없었고, 햇볕에 다갈색이 된 단조로운 들판만이 펼쳐져 있었다. 모두가 잘 알고 있다시피 불행은 혼자 오지 않는다. 우리는 길을 잃었는데, 오래지 않아 무더운 날씨가 불러온 갈증까지 더해졌다. 내가 충분한 물을 챙기지 않은 게 잘못이었다. 의도는 갸륵했다. 모칠라에 짐을 많이 채우지 않기 위해서였다. 그 결과, 마지막 한 방울까지 마셔버리고 나자 그 즉시 우리 사이에 불안과 언짢은 기분이 자리잡았다. 세 번째 고개의 꼭대기에 이르자 이제는 거짓말할 거리도 궁해졌는데, 물은 이미 오래전에 동이 나고 없었다. 천둥이 쳤다. 물론 우리를 시원하게 식혀줄 비를 동반한, 하늘에서 울리는 천둥이 아니었다. 그것은 더 끔찍한 것, 바로 부부 사이의 천둥이었다.

나는 구제불능의 무능력자였다. 도대체 왜 평범한 길을 따라가기를 거부하는 걸까? 나를 믿은 것이 잘못이었다, 등등.

순식간에 내가 순례자로서 쌓아온 모든 경험이 무너졌다. 그 실수가 끔찍했던 것은, 그로 인해 우리가 길을 잃었을 뿐만 아니라 내 여행 전체에 대한 신뢰를 잃었기 때문이었다. 그와 관련해서 내가 무슨 말을 하든, 나는 무능함을 눈부시게 입증함으로써 내가 아마추어에 불과함을 보여주는 셈이었다.

우리는 길가에서 격렬하게 논쟁을 벌였다. 한순간 내 동반자가 지니고 있던 스틱들이 나를 때려죽이는 데 사용되는 건 아닐까 두려웠다. 그래도 결국 나는 그녀가 길을 되돌아가는 것을 막는 데 성공했다. 그녀는 우리가 계속 앞으로 걸어가는 데 동의했지만, 걸어가면서 히치하이크를 한다는 조건하에서였다. 그렇게 더운 시간에는 지나가는 차가 거의 없기 때문에 그것은 약한 양보였다. 그렇게 해서 우리는 유일한 위안으로 엄지손가락을 치켜들고 다시 걷기 시작했다. 자동차 두 대가 우리를 보지도 않고 쏜살같이 지나갔다. 여전히 마을은 보이지 않았다. 마침내, 아주 오랜 시간이 지난 후에, 우리 뒤쪽 길 끝에서 차량 한 대가 느릿느릿 달려오는 것이 눈에 들어왔다. 화물차였다. 기적처럼 차가 멈췄다. 차 안은 아주 비좁았는데, 안에 타고 있던 두 남자가 우리가 올라타서 배낭을 무릎 위에 올려놓을 수 있도록 옆으로 비켜주었다. 우리는 구조된 것이었다. 그렇지만 금세 새로운 근심에 시달리게 되었다. 방향을 틀 때마다 트럭이 아슬아슬하게 비틀거렸고, 뒤쪽에서 요란한 소리와 함께 둔탁하게 뭔가 부딪치는 충격이 느껴졌다. 운전기사는 운전대를 꽉 움켜쥔 채 진행 방향으로 크게 움직이며 안간힘을 다해 버티고 있었다. 나는 간단하게라도 의사소통을 하기 위해 머리에 떠오르는 스페인어 단어들을 이리저리 끌어모아 그 작은 트럭이 나르는 것이 무엇인지 같이 타고 있는 다른 남자에게 물어보았다.

"황소 세 마리."

차가 방향을 틀 때마다 공포에 사로잡힌 그 불쌍한 짐승들이 발굽에 온 체중을 실어 화물차 바닥을 내리치고 있는 것이었다.

사실을 알게 된 우리는 침묵했다. 우리는 운전기사가 1톤이나 되는 짐승들의 거센 동요에도 운전대를 붙잡고 있기 위해 벌이는 노력을 더 잘 이해하게 되었다. 풍경이 느리게 지나갔다. 무척 아름다웠지만 그것은 무엇보다 명백한 사실 하나를 알려주고 있었다. 만일 우리가 계속 걸어갔다면 목적지에 도착하기 위해 오랜 시간의 고통이 필요했으리라는 사실이었다. 게다가 우리가 가려 했던 마을이 예상보다 훨씬 커서 그곳을 통과하기 위해 또 오랜 시간을 걸어야 했을 것이었다.

마침내 우리는 중앙광장에 멈췄다. 황소들이 마지막으로 다 같이 발굽을 굴러 우리의 도착에 경의를 표했고, 그로써 우리는 플라멩코의 기원에 대한 새로운 가설을 세울 수 있었다. 그늘진 벤치에 앉아 있던 남자들이 우리가 내리는 모습을 지켜보고 있어서 우리는 그런 상황에서도 자연스럽고 품위 있는 태도를 유지하려 노력했다. 거대한 트럭이 소들과 함께 다시 출발했다. 우리는 구조되었다.

마침내 프랑스 길로

그 작은 도시에 있는 유일한 펜션에 방을 예약해둔 터였다. 펜션은 어느 카페 위에 있었다. 주인이 우리를 방까지 안내해주었다. 밑바닥이 빠진 커다란 침대와 폐기 처분 직전의 옷장이 놓여 있는, 숨이 막힐 것 같은 골방이었다. 카페 주인이 다시 내려가자마자 우리는 서둘러 달려가 창문을 활짝 열었다. 그리고 거기, 목마름에 시달리고 길을 헤매고 황소들과 함께 달려온 우리 앞에 최후의 놀라움이 기다리고 있었고, 그것에 우리의 사기는 정말로 꺾여버렸다. 창밖은 바로 벽이었다. 벽까지의 거리가 30센티미터 정도밖에 되지 않았다. 창문에 콘크리트 블록을 쌓아올리면 바로 쪽방이었다. 그런다고 햇빛이나 공기가 지금보다 덜 들어오게 될 것 같지도 않았지만.

우리는 각자 침대를 하나씩 택해서 그 위에 걸터앉았다. 그 순간 나는 순례자가 경험할 수 있는 극한의 고독을 발견했다. 그것은 그가 다른 순례자와 함께 있는데 상대가 아직 카미노에 익숙해지지 않았을 때 느끼는 고독이었다.

나는 대담하게 최후의 방어를 시도했다.

"더 나쁠 수도 있었어."

용기를 내서 한 말이었다. 아제브가 지친 눈길로 내 쪽을 돌아보았다.

"…우리 밖에서 잘 뻔했잖아."

그녀가 어깨를 으쓱했고 우리는 미친 듯이 웃어댔다. 성 야고보가 우리의 참담함을 헤아리고 은총을 베푸셨나보다.

그렇게 길을 잃었던 것에는 좋은 점도 있었다. 그 덕에 카미노의 마지막 여정이 야생적이었고, 북적대는 인파를 피할 수 있었다. 산티아고로 진입하는 고전적 경로는 순례의 분위기를 바꿔놓기 때문이다. 멀리서 끈기 있게 걸어온 도보 여행자들은 차츰차츰 막판에 뛰어든 순례 노동자들 사이에 파묻힌다. 그들은 관광버스로, 비행기로, 히치하이크로, 기차로, 혹은 비행접시로 거기까지 온 이들이지만 그래도 마지막 몇 킬로미터는 진짜 자케들처럼 걸어서 콤포스텔라에 입성하고 싶어 한다.

우리의 황량한 우회로에서는 그런 혼잡함을 걱정할 필요가 없었다. 다시 길을 잃지 않기 위해 우리는 지도를 보고 세심하게 여정을 계획했다. 한번 나를 믿었다가 혹독한 대가를 치른 아제브는 매일 아침 그날 어떤 일이 벌어질 예정인지 자기한테 알려달라고 요구했다. 정확한 표지가 설치되어 있지 않아서 차도의 안전선을 따라 걷기도 했는데, 다행히도 그 지역의 차도는 거의 대부분 비어 있었다. 우리는 에티오피아를 떠올리게 하는 향기를 뿜는, 끝없이 이어지는 유칼립투스 숲을 통과했다. 딱 한 번이지만 다시 한번 길을 잃어서, 인적 없는 마을로 들어가 우리에게 길을 알려줄 살아 있는 인간을 찾아 헤맨 적도 있었다. 결국 우리는 교회 옆에 붙어 있는 작은 묘지에서 사람을 발견했다. 두 일꾼이 지하묘소를 짓고 있었다. 그들은 우리가 모든 희망을 던져버린 순간에 땅속에서 나왔고, 죽은 자들 사이에서 몸을 일으켜 우리에게 길을 알려주었다.

우리가 길을 잘못 들었을 때 마주친 몇 안 되는 사람들 중에는 내가 칸타브리아 지방에서 만난 오트사부아 출신의 순례자도 있었다. 그도 그곳에서 길을 잘못 들어 우왕좌왕하고 있었다. 처음에는 트럭을 타고 반대 방향으로 지나가는 그의 모습이 보였다. 그런데 조금 뒤 그가 특유의 불안정한 발걸음으로 우리가 있는 곳까지 다시 돌아오는 것이었다. 원래 그는 우리보다 앞서서 가고 있었는데, 길에서 마주친 한 순례자가 그에게 방향을 잘못 잡았다고 우겼다고 했다. 그래서 그는 히치하이크를 해서 10킬로미터를 되돌아왔고… 그제야 원래 자신이 제대로 가고 있었음을 알게 되었다. 그리고 이제는 다시 돌아가는 중이었다.

그날 우리가 걷기로 한 여정의 마지막은 널리 알려진 소브라도의 아름다운 수도원이었다. 그 수도원의 부속 교회는 산티아고 대성당의 축소판이다. 수도원은 사람들이 주로 걷는 카미노 경로에 위치하지 않았지만, 그 덕분에 우리가 걸었던 우회로보다 훨씬 많은 사람들이 찾는 고전적인 우회로가 형성되었다. 그곳에 도착하면 이제 거의 다 왔다는 느낌을 받게 된다. 수도원의 분위기는 소탈하고 유쾌했다. 우리는 저녁 미사에 참석하기 위해 벽이 현대적인 황금빛 참나무 내장재로 마감된 홀로 갔다. 어두컴컴한 바로크식 제단이 있는 성소들과 분위기가 확연히 달랐다.

공동 숙소에 묵는 사람들은 대부분 아주 젊었고, 특히 연인들이 많아서 킥킥거리거나 속닥거리며 웃음을 터뜨렸다. 불을 끄자마자 오트사부아 남자의 코에서 나팔 소리가 울려퍼지면서 소녀들의 달뜬 웃음이 쏟아졌는데, 분명 어둠 속에서 서로를 어루만질 핑계거리가 되었을 것이다.

나는 밤에 과일을 사러 마을에 나갔다가 바스크 지방에서 만났던 체격 좋은 오스트리아 여자를 다시 만났다. 그녀는 여자 친구들과 헤어져서 두 청년과 함께 다니며 아주 즐겁게 지내는 것 같았다. 귀걸이, 문신, 징을 박은 점퍼…. 그들은 레이브 파티장에서 바로 튀어나온 것 같았다. 새로 사귄 친구들, 바로 코앞까지 가까워진 산티아고, 그리고 그녀가 피우던 두꺼운 하시시가 나의 오스트리아 여자 친구가 환하게 빛나는 데 일조하고 있었다. 나는 그녀가 좋아 보여서 기뻤다.

다음 날 아침 우리는 마지못해 수도원을 떠났다. 아름답고 즐거운 곳이기 때문이기도 했지만 이제는 사람들이 북적대는 카미노로 돌아가는 일을 피할 수 없었다. 어떤 의미에서 그것은 고독과의 이별이었다. 우리는 최후의 구간에 도달했다. 전초기지와 각면보루, 방어물, 그리고 산티아고 데 콤포스텔라의 심장부가 있는 구간이다. 오래전부터 산티아고는 단순한 마을이 아니라 성 야고보의 유해를 둘러싸고 건설된 대성당의 일부였기 때문이다. 그것은 하나의 세계, 진정한 도시가 되었고, 그 존재는 멀리서도 느껴진다.

우리는 작은 마을에서 프랑스 길로 합류했다. 우리가 걷던 좁은 오솔길이 갑자기 무수한 발자국이 남겨진 넓은 길로 바뀌었다. 그런데 뜻밖에도 한 사람도 보이지 않았다. 우리는 어쩌면 환상이었는지 모르겠지만 우리 눈에 분명 더 크게 보이는 조가비들을 따라 걷다가, 너무 유명해서 꺼려졌던 카미노로 접어들었다. 그런데 몇 백 미터나 그런 상황이 계속되자 마음이 놓이면서도 어쩐지 실망스러운 기분마저 들었다. 진짜 아무것도 달라지지 않았다는 데서 온 안도감이었고, 우리가 더 큰 활기를 기대한 데서 비롯된 실망감이었다. 하지만 오래지 않아 그런 한적함의 이유가 밝혀졌다. 그것은 우리가 시간에 맞춰 오지 않았기 때문이었다. 프랑스 길에서는 순례자 수가 너무 많고 숙박료도 비교적 비싼 편이어서 구간의 선두 그룹에 들기 위해 아침부터 서두른다. 고요한 북쪽 길을 걷다보니 우리는 침대를 차지하기 위한 그런 싸움이나 다른 사람들보다 먼저 도착하기 위한 경주를 알지 못했고, 관리인이 접수를 개시하길 기다리면서 알베르게 문 앞에 배낭을 줄 세우는 것도 몰랐다. 비정한 프랑스 길에서는 모칠라가 줄에서 차지하는 자리가 바로 자케들이 받아들여지는 순서였다.

산티아고로 가는 제일 대표적인 길은 그 성공의 희생자가 되었다. 산티아고에 가까이 갈수록 더욱 그랬다. 다른 곳, 다른 길에서는 순례자들이 소수여서 풍경 속에 묻혔다. 그런데 프랑스 길에서는 그들이 전경에 도드라진다. 주변 환경이 그들에게 맞춰졌고 광고도 그들을 대상으로 한다. 순례자는 식료품점이나 제법 규모가 큰 숙박업소들의 주된 고객이다. 상점들은 돈을 헤프게 쓰지는 않아도 워낙에 그 수가 많은 순례자 고객 덕분에 살아간다. 성전 상인들의 재간은 잘 알려졌다시피 끝을 알 수 없을 정도다. 가난한 그 지역에서 그들은 순례자의 존재를 적극 활용해 기발한 서비스를 다양하게 개발했다. '모칠라 익스프레스'가 그런 예다. 짐을 운송하는 이 택시 시스템 덕분에 도보 여행자들은 배낭에서 해방되어 걷다가 숙박지에서 배낭을 되찾을 수 있다.

모칠라 익스프레스의 존재를 발견함으로써 우리는 프랑스 길에 도착하자마자 우리를 놀라게 한 어떤 현상에 대한 설명을 얻었다. 시간이 늦은 탓에 길에서 마주친 순례자는 몇 되지 않았지만, 그들 대부분이 다 채워지지도 않은 아주 작은 산책용 가방만 메고 있었다. 처음에는 그토록 적은 짐만 가지고 생활할 수 있는 그들의 극단적 검소함을 감탄하며 바라보았다. 그런데 한 가지 사소한 사실 때문에 의아심이 들었다. 인도의 수행자들이 들고 다니는 아주 작은 꾸러미보다 별로 크지 않을 것 같은 짐만 지니고 있는데도 그들은 우아하고 깔끔하게 옷을 입고 있었다. 처음에는 거기서 기적을 보았다고 생각했다. 나중에야 그것이 모칠라 익스프레스의 행복한 결과일 뿐임을 알게 되었다. 그들의 등에 아무것도 없었던 것은 짐이 목적지에 먼저 도착해 그들을 기다리고 있었기 때문이다.

프랑스 길에서는 부유한 순례자와 가난한 순례자, 겸허함과 장삿속의 차이가 다른 길들에서보다 훨씬 두드러진다. 복음서에서 이미 그런 모순이 예견되었다고까지는 말하지 않겠다. 그렇지만 성 야고보의 기이한 운명을 이해하려면 예수와 사도의 어머니가 맞서게 된 사건을 돌이켜보아야 한다.

어부 세베대의 부인이자 요한과 야고보의 어머니는 그리스도에게 청을 드리기 위해 그를 만나러 갔다. 그녀는 천국에서 자신의 두 아들이 그리스도의 옆자리를 차지할 수 있게 해달라고 구세주에게 간청했다. 그로 인해 그녀는 예수로부터 신랄한 훈계를 들어야 했다. 그는 야심만만한 그 여자에게 자기를 따르는 자들의 희생을 미래의 특권을 위한 것으로 받아들여서는 안 된다는 사실을 일깨워주었다. 어떤 의미에서 그 일화는 아직도 끝나지 않았다. 여전히 성 야고보는 두 가지 상반된 태도를 가지게 한다. 하나는 혼자 다니는 남루한 순례자들이 보여주는 소박하고 사심 없는 태도다. 그들은 산티아고에 있는 성 야고보의 은신처에서 그를 만나기 위해 드넓은 유럽 땅을 걸어서 온 사람들이다. 내핍과 굴욕은 그들이 일상적으로 겪는 운명이다. 그들은 그런 것들을 견딘다. 어떤 형태이든지간에 그것이 영적 목표 달성에 보탬이 되기 때문이다. 반면 아들 야고보보다 그의 어머니 쪽에 더 가까운 이들은 순례의 보상을 좇는다. 그들이 원하는 것, 그것은 천국의 왕과 그의 종복들에게 주어지는 권력과 영광을 약간이나마 가지는 것이다….

각 시대마다 새로운 과학기술이 편안한 순례를 원하는 사람들을 돕는 데 이용된다. 그리고 그것이 가끔 이상한 결과를 불러오기도 한다.

예를 들어, 우리는 소나무 숲을 지나가다가 하늘에서 들려오는 광고 소리를 듣고 기겁을 했다. 2킬로미터만 더 가면 호화로운 시설을 갖춘 사설 알베르게가 있다고 선전하는 소리였다. 그 숲에는 숨을 만한 잡목도 없고 오직 곧은 줄기의 소나무들과 바닥을 덮은 시든 솔잎 더미뿐이었다. 아무도 숨을 수 없는 환경이었고, 우리 둘밖에 없었다. 우리는 걸어온 길을 되돌아가보고야 그 수수께끼 같은 메시지의 비밀을 풀 수 있었다. 카미노 양옆에 서 있는 나무

두 그루의 줄기 위에 광전소자가 하나씩 설치되어 있었다. 그래서 순례자들이 걸어가면서 광선속을 가로막으면 나뭇가지에 묶여 있는 스피커가 작동되는 것이었다.

그런 불쾌한 일들을 오래 견딜 필요는 없었다. 이미 산티아고에 다 왔기 때문이다. 아직 그 도시에 발을 들여놓지는 않았지만 유명한 전초기지들이 우리를 맞아주었다. 흥분과 해방의 장소들, 중세 시대부터 이름만으로도 마법처럼 순례자들을 꿈꾸게 하는 곳, 몬테 델 고조, 라바코야, 바로 카미노의 관문이었다.

마지막 시련

라바코야는 그 이름이 가리키듯 옛 순례자들이 성지에 들어가기 전에 대대적으로 몸을 씻는 곳이었다.* 아마 작은 개울 곳곳에 물이 고인 곳이 있어 기껏해야 발이나 씻고 어쩌다가 조금 더 씻을 수 있는 정도였을 것이다. 카미노가 딱한 도보 순례자들의 피부에 입혀놓은 때가 그런 천연 시설에서 말끔히 씻겼을 성싶지는 않다. 그러나 그나마 없는 것보다는 나았고, 여하튼 자케들이 이 정도면 사람들 앞에 나설 만하다고 느끼기에는 충분했다. 그들이 사도 야고보의 자비심 아래 내맡기고 싶었던 것은 그들의 영혼이었고, 그

* 라바코야Lavacolla의 '라바'가 스페인어로 몸을 씻는다는 뜻을 가진 동사 Lavar를 연상시킨다.

것은 이미 카미노가 속속들이 씻어주었기 때문이다.

오늘날 라바코야에는 산티아고 데 콤포스텔라 공항이 있다. 대형 여객기들이 전 세계에서 온 순례자들을 한 무더기씩 그곳에 내려놓는다. 거기까지 걸어가는 것이 쓸데없다고 생각하거나 불가능하다고 판단한 사람들이다. 그곳 공항의 수송량은 너무 많아서 활주로를 길게 늘리거나 새로운 활주로를 건설해야 할 정도였다. 어쨌든 우리가 그곳을 지나갈 때는 막 작업을 끝낸 거대한 성토盛土가 카미노를 내려다보고 있었다. 순례자들이 다니는 오솔길이 구불거리며 이어지는 가시덤불 무성한 골짜기 위로 빨간색 흰색 항공 표지들, 활주로임을 표시하는 밝은 유도등, 철책 같은 설치물들이 훤히 올려다 보였다.

아스투리아스 지방의 광야를 지나는 카미노에 모든 종교에서 벗어난 추상적인 영성, 내가 부득이하게 불교적이라고 규정한 영성이 깃들어 있다면, 산티아고와 가까워질수록 점점 더 기독교, 특히 가톨릭의 상징과 가치들이 도드라진다.

예컨대 라바코야에서는 기독교의 겸허함이 중요하게 강조된다. 아주 미미한 존재인 순례자가 피로에 짓눌린 채 덤불숲 한가운데를 걸어가는 동안 거대한 괴물 같은 불도저와 굴착기, 덤프트럭들이 새 성토의 기름 섞인 흙을 카미노 가에 쏟아붓는다. 그의 머리 위로는 대양 건너편에서 온 4발 제트기의 번쩍거리는 강철 몸뚱어리가 윙윙거리며 지나간다. 그 괴물들의 복부 아래에서 순례자는 자신이 무한히 작다고 느낀다. 그는 자신이 한 발짝 한 발짝 걸음을 옮겨 이어가는 전통이 산티아고까지 비행기를 타고 온 합리적인 이들에게는 시답잖고 시대에 뒤떨어진 의미 없는 짓으로 여겨질 거라고 생각한다. 그럼에도 불구하고, 아주 기독교적인 방식으로, 순례자의 미소하고 무의미하고 짓밟힌 영혼은 자부심으로 부푼다. 그는 하늘을 날아온 여행자들에게는 없는 지극히 귀한 것을 사도 야고보에게 가져가는 중이기 때문이다. 바로 그의 고통과 시간과 노력, 그리고 그의 헌신의 소소하고도 숭고한 증거, 즉 그곳까지 이르기 위해 매 순간 가장 힘든 길을 걸었던 수백만 번의 발걸음이 그것이다.

나는 일주일 동안 고통스럽게 걸은 끝에 도착한 칸타브리아 지방의 항구도시 카스트로 우르디알레스를 기억한다. 그곳의 어느 식당에서 나는 프랑스인 부부와 대화를 나누다가 우리가 똑같이 앙다예에서 출발했다는 사실을 알게 되었다. 차이는 그들이 그 도시를 떠난 지… 겨우 두 시간밖에 되지 않았다는 데 있었다. 그들은 자동차를 타고 여행했기 때문이다. 바로 그때 나는 내 순례자 자아 안에 숨어 있는 기묘한 감정을 처음으로 느꼈다. 무한히 작아지는 자신을 느끼면서 거의 교만의 죄라 할 정도로 그 겸허함을 고집하는 감정이었다.

라바코야의 개울들을 지나면 카미노는 유칼립투스 숲 속으로 난 완만한 오르막길이 된다. 다음 숙박지로 알려진 곳은 유명한 몬테 델 고조인데 흔히 생각하는 것보다 훨씬 멀다. 몬테 델 고조는 '기쁨의 산'이라는 뜻인데, 산꼭대기에서 멀리 산티아고 데 콤포스텔라의 붉은 지붕들이 보이기 때문이다.

무의식적으로 도보 여행자는 발걸음을 재촉한다. 그는 줄곧 이제 곧 언덕 꼭대기에 도착할 거라고 생각하며 서두르지만 여전히 아직 멀었다. 그는 다시 출발하기를 거듭하다가 완전히 지치고 절망한다. 걸어가면서 그는 그 유명한 산꼭대기가 지평선 너머 모든 풍경을 한눈에 보여주는 알프스의 전망대 같기를 꿈꾸고 상상한다. 이윽고 땀에 흠뻑 젖고 축 처진 몸으로 유명한 산 정상에 도달했을 때 그는 약속된 기쁨을 찾아보지만 모두 헛일이다. 그곳은 웅대함과 거리가 먼, 키 큰 나무들 때문에 시야가 가려지는 우중충한 동산에 불과하기 때문이다. 나뭇잎 사이로 멀리 지붕 몇 개가 눈에 들어오지만 딱히 장관을 이룬다고 할 만한 것은 전혀 없다. 몬테 델 고조의 산비탈에는 프랑스 길을 찾는 인파의 규모에 걸맞은 거대한 산장이 있어서 숙박을 위해 그곳을 찾는 사람이 많다.

산꼭대기에서 가장 먼저 눈에 들어오는 것은 거대한 기념물이다. 이 세상에 절대 예외를 허용하지 않는 규칙이 하나 있는데, 예술 프로젝트를 진행하면서 여러 사람의 의견을 거치면 거칠수록 그 결과물이 진부해지고 추해진다는 것이다. 예술 분야에서 합의제는 미지근한 물을 만들어낼 뿐이다. 몬테 델 고조를 장식하는 조각상을 건립하기 위해 많은 사람들에게 자문을 구했으리라는 것은 자명해 보였다. 그보다 더 흉하고 더 가식적이고 더 실망스러운 작품을 구상하기란 쉽지 않기 때문이다. 어쩌면 걸작이라 볼 수도 있을 것이다. 단, 가톨릭 키치라는 아주 특수한 장르 안에서만 평가한다는 조건이 붙을 때 얘기지만.

그 기념물에 적어도 하나의 장점은 있다. 오랜 시간 동안 걸으면서 중세로의 귀환을 꿈꾸고 산티아고 데 콤포스텔라가 그 절정이 될 것을 상상했을 순례자에게 그 조각상은 명백한 반증의 역할을 한다. 우리가 있는 곳이 확실히 21세기라고 알려주는 것이다. 산티아고는 더이상 유골이 발견된 깊숙한 동굴이 아니다. 이제 그곳은 보기 흉한 기념물들이 세워지고 대형 슈퍼마켓과 순환고속도로가 건설된 현대적인 대도시다. 산티아고에 도착한다는 것은 고대의 시간 속으로 돌아간다는 의미가 아니라 오히려 갑자기 현대로 아주 돌아와버린다는 의미다.

그동안 간간이 자전거를 탄 순례자들을 마주치곤 했는데, 그들이 다들 몬테 델 고조에서 집결하기로 했는지 우리는 산티아고로 향하는 마지막 내리막길을 자전거 대열 속에서 걷게 되었다. 카미노를 걸어오면서 나는 자전거가 불필요할 뿐만 아니라 부적절한 도구라고 여겼는데, 산티아고에 가까이 갈수록 그것이 유용하고 아주 적절한 도구임이 드러났다. 산티아고로 들어가는 것은 도보 여행자에게 가혹한 시련이다. 순례자들을 환대해줄 것이라 기대했던 그 도시는 자동차와 관광버스, 화물차, 그리고 모터를 단 다른 탈것들에게 완벽한 우선권을 준 것처럼 보인다.

사람들이 순례지에서 일 년 내내 살아간다고 생각하면 언제나 이상한 기분이 든다. 예컨대 메카를 생각하면 많은 사람들이 그 주변을 돌고 있는 카바의 이미지가 떠오르지 않는가. 그래서 성소를 향해 창과 발코니가 난 아파트의 사진을 보게 되면 신기하기도 하고 좀 엉뚱하게 느껴지기도 한다.

카미노를 걷는 동안 산티아고에 대해 상상할 시간이 많았다. 상상 속의 산티아고는 대성당과 그 앞에 있는 오브라도이로 광장으로 압축되었다. 그러나 진짜 산티아고에 가까운 곳에 도착해 한 걸음씩 도시 안으로 들어가면서, 순례자는 제일 먼저 폭스바겐 전시장과 슈퍼마켓, 중국 식당들을 마주한 자신을 발견하게 된다. 거리에서 마주치는 현지인들은 사도 야고보에 대해 별 신경도 쓰지 않고 제 할 일에만 전념한다. 성 야고보라는 이름이 광고판 위까지 등장하지만, 마치 몽텔리마르의 누가나 캉브레의 베티즈 사탕처럼 지역 특산물에 불과해 보인다. 결국 그곳에서도 조가비를 매단 배낭을 등에 메고 거리를 걸을 때면 다른 모든 곳에서 그랬던 것처럼 자신을 이방인으로 느끼게 된다.

심지어 나는 혹시 그 지방 사람들이 조가비를 매달고 다니는 불결한 방랑자들과 마주치는 게 좀 지긋지긋해진 건 아닐까 자문하기도 했다. 그런 거라면 충분히 이해할 수 있다. 어쨌든 그곳 사람들은 순례자들에게 아무런 관심도 보이지 않는다. 아예 순례자가 눈에 보이지 않는 것 같기도 하다. 하기야 어쩌면 그것이 도착했다는 최고의 징후인지도 모른다. 산티아고에서 멀리 떨어져 있고 그만큼 순례자가 드문 지역을 걸을 때면, 도보 여행자는 사람들의 관심을 모으고 호기심을 불러일으키고 가끔은 호감을 얻기도 한다. 하지만 산티아고에 들어가면 완전히 보이지 않는 존재가 된다. 그가 기체 상태에 도달한 건 아닌가 싶기도 할 것이다.

한편 사도 야고보의 도시에서 순례자의 존재는 특정 지역으로 모이게끔 세심하게 유도된다. 그는 조가비 표지가 설치되어 있는, 구시가지 쪽으로 이어지는 길을 죽 따라 걷게 된다. 그 길이 순례자에게 그리 호의적이지 않은 것은 말할 필요도 없다. 만일 당신이 4차선 우회 도로를 걷고 입체교차로를 가로지르고 따로 인도가 없는 고가 다리를 건너가면서도 차에 깔려죽지 않았다면, 그리고 무사히 마지막 순환대로를 건너는 데까지 성공했다면, 그건 단연코 사도 야고보가 당신을 돌봐주신 덕이다. 그러면 당신은 이제 카미노의 관문을 통과한 것이고 비로소 역사적인 구역, 기념비적인 중심가로 들어서게 된다.

그렇다고 이제 과거로의 시적인 회귀가 선사하는 순수한 기쁨을 맛볼 수 있을 거라고 기대하지는 말기 바란다. 왜냐하면 골목마다 전염성이 몹시 강한 어떤 질병이 퍼져 있기 때문이다. 그 병은 나병처럼 거리를 흉하게 만들고, 건물의 외관을 망가뜨리고, 막다른 골목에 이르면 현관 아래까지 슬그머니 비집고 들어간다. 그 질병은 바로 기념품 가게다. 그곳에서는 아주 특수한 상업 활동이 이루어지는데, 완벽하게 아무 쓸모 없는 물건들만 사고팔 수 있게 제한해놓은 곳이기 때문이다. 더구나 그 물건들은 싸고 가져가기 쉽고 아주 못생겨야 한다. 주로 중국에서 제작된 그 싸구려 장신구들은 그 지역 역사에서 영감을 얻은 상징물들을 무한히 복제한 것이다. 조가비는 지겨울 정도로 다양한 형태의 상품으로 변형되어 만들어진다. 조가비 모양으로 만든 브로치, 엠블럼, 열쇠고리, 휴대전화 케이스 등등 셀 수 없이 많다. 그뿐이 아니다. 조가비는 식탁 매트를 장식하고 플라스틱 컵을 장식하고 개 목걸이를 장식하고 유아용 턱받이를 장식하고 현관 깔개와 앞치마도 장식한다.

도보 순례자는 관광객들을 위한 이런 골목에서 그 어느 때보다 혼자이며 이방인이라고 느낀다. 그가 먼 곳에서 왔을수록 더욱 그렇다. 그가 마주치는 군중, 그와 마찬가지로 사도 야고보를 통해 자기 자신을 찾으려는 그런 사람들과 그 사이에는 비슷한 점이 거의 없기 때문이다. 그들 중 대다수는 다른 곳이었다면 분명 관광객으로 규정되었을 사람들이다. 그런 그들이 이곳에서는 순례자로 불리고 싶어 한다. 기념품 가게의 자질구레한 물건들은 바로 그들, 지불 능력이 있는 방문객들을 주로 겨냥한다. 비행기나 자동차를 타고 온 관광객들로서도 그들의 하루살이 순례자 신분을 증명하기 위해서는 정말로 산티아고에 다녀왔다고 입증해줄 물건을 많이 사들이는 것 외에 다른 방편이 없긴 하다.

도보 순례자는 그런 것이 필요 없다. 그는 특별한 자격을 갖췄기 때문이다. 그에게는 시청에서 지극히 공식적으로 발급하는 그 유명한 순례 증명서, '콤포스텔라'를 받을 권리가 있다. 막 산티아고에 도착한 사람들 대부분이 제일 먼저 향하는 곳은 그 증명서를 발급해주는 사무실이다.

도착

순례자들은 콤포스텔라를 신청하러 간 낡은 건물에서 다시 저희끼리 모이게 된다. 그곳에는 관광객이 아닌 진짜 자케들이 있다. 어떤 이들은 알베르게에 들러 옷을 갈아입고 오지만 어떤 이들은 카미노에서 곧장 그곳으로 와 등에 배낭을 멘 채 줄을 선다. 그 귀한 문서는 그럴 가치가 있다. 하지만 그것을 손에 넣으려면 참고 기다려야 한다. 순례자 무리가 문서를 발급하는 부서가 있는 2층으로 밀려들면 줄이 층계참으로, 계단으로, 그리고 출입구까지 이어진다. 심지어 어떨 때는 줄이 안마당까지 길게 이어지기도 한다. 그곳에서는 갖가지 언어로 이루어지는 대화가 들린다. 언뜻 보기만 해서는 각자가 카미노의 어느 길을 걸어왔는지, 어디서 출발했는지 알아낼 수 없다. 그러나 은의 길처럼 사람들이 별로 택하지 않는 경로를 택한 사람들은 대부분 큰 소리로 그 사실을 시시콜콜 들려줌으로써 주변 사람들에게 널리 알리는 수고를 직접 떠맡는다. 마찬가지로 아주 먼 곳에서 출발한 사람들도 빠짐없이 그 사실을 큰 소리로 외쳐댄다. 내가 기다리는 동안 젊은 여자 한 명이 계단의 약간 더 아래쪽에서 아주 높은 목소리로 옆에 선 남자에게 끊임없이 반복해서 말했다.

"내가 베즐레를 떠났을 때 말이에요…."

그럼에도 분위기는 무척 냉랭했는데, 아마도 그들이 거의 대화를 나누지 않는 두 범주, 즉 도보 순례자와 자전거 순례자에 속해서 그런 게 아닌가 싶었다. 후자는 그들이 입고 있는 사이클복 때문에 쉽게 알아볼 수 있다. 그들은 가끔 순례자 사무소 안까지 토클립이 연결된 이상한 신발을 신고 들어온다. 그들은 검게 그을렸고, 몸의 털이 제거되어 있고, 보란 듯이 이마 위에 특이한 형태의 선글라스를 얹어놓은 모습이다. 긴 줄 속에 덥수룩하고 누더기를 걸친 도보 순례자와 나란히 서 있는 자전거 순례자들을 볼 때면 장 발장과 알베르토 콘타도르*의 만남을 목격한 듯한 느낌을 받는다.

그러나 성 야고보는 그런 모든 인간들을 구분하지 않고 관용의 망토로 감싼다. 걸어서 왔든 두 바퀴를 굴려서 왔든 모두가 라틴어로 작성된 증명서를 받아들고 떠난다.

* 스페인의 유명 사이클 선수.

콤포스텔라를 발급하는 여직원—그들은 거의 절대적으로 여자다—이 자기 앞에 순례자의 크레덴시알을 펼친다. 크레덴시알에는 칸마다 알록달록한 스탬프들이 얌전하게 찍혀 있다. 스탬프 하나하나에 땀과 발걸음, 추위와 배고픔이 담겨 있다는 사실은 오직 도보 여행자 본인만이 안다. 여직원에게 그것은 아무런 시적 감흥 없는 기호이자 여정의 증거물일 뿐, 그녀가 그것을 살펴보는 것은 오직 콤포스텔라 신청자가 정말로 최소 100킬로미터(자전거는 200킬로미터)를 완주했는지 확인하기 위해서다.

담당 여직원이 규정에 비춰보건대 내가 걸은 거리가 충분하지 않다고 선언했을 때 나는 한순간 두려움에 사로잡혔다. 나는 펄쩍 뛰었다. 800킬로미터인데! 그런데 충분하지 않다고? 그녀는 아코디언처럼 접혀 있는 내 낡은 크레덴시알을 잘못 펼친 것이었다. 그제야 나는 정의를 되찾았고 순례 증명서를 받아서 사무소를 떠났다.

그런데 막상 받아들자 그토록 열망했던 서류가 하찮고 무의미하고 심지어 거추장스럽게 여겨졌다. 그걸 구기지 않고 어떻게 모칠라 속에 다시 집어넣지? 결국 사람들은 그것을 손에 들고 대성당 광장을 향해 다시 올라간다.

대성당으로 가는 마지막 몇 미터는 아주 감동적이어야 했다. 그런데 맙소사! 모든 것이 그 몇 미터를 지긋지긋하게 만드는 데 힘을 보태고 있었다. 성당으로 가는 마지막 포치 아래에는 실력도 없으면서 기운만 넘치는 백파이프 연주자 한 명이 거의 언제나 앉아 있다. 순례의 마지막 순간, 카미노를 최종적으로 끝맺는 순간이 되어 오직 거기에 온 정신을 집중하고 싶은 때에, 백파이프의 가냘픈 음색은 신경을 긁고 마치 엉뚱한 곳이 가려울 때처럼 생각을 흩어놓는다.

백파이프 연주자 앞에 동전을 갖다놓는 열 사람 중 적어도 다섯 명은 그가 짐을 싸서 떠나게 하려는 은밀한 속셈이 있는 거라고 장담한다. 그러나 그는 점심시간에만 연주를 중단한다. 고문이 지속적이어야 효과를 발휘할 수 있어서일까. 안타깝게도 그는 훨씬 더 고약한(그러나 듣는 사람이 더 가까이 다가서게 되는) 통기타 가수에게 자리를 넘겨준다.

마침내 도착한 오브라도이로 광장은 여행의 끝이자 순례자 표지가 처음 시작되는 지점이다. 넓디넓은 광장은 위풍당당한 대형 건축물들에 둘러싸여 있고, 대성당의 높은 전면부가 그곳을 내려다본다. 신기하게도 그 광장은 카미노의 끝을 이루지만 카미노에 포함되지 않는 것 같다. 하루하루 걸어오면서 도보 여행자는 그의 오랜 친구 카미노를 알아보는 법을 배웠다. 그는 그 친구가 겸손하고 신중하며, 현대 세계로 인해 급작스레 변화할 수밖에 없었음을 안다. 그는 허세를 부리지 않고, 기울어가는 낡은 집들을 지나가면서 쓰다듬어주고, 흙먼지를 뿌옇게 일으키면서 비탈길을 내려간다. 카미노는 오만이 아닌 긍지로만 가득 차 있으며, 요구하지 않고 기억하기만 한다. 카미노는 인생처럼 좁고 구불거리며 끈질기다. 반면 카미노가 끝나는 곳인 오브라도이로 광장은 힘이 넘치고 화려하고, 깊은 감명을 주기 위해 건설된 장소다.

나는 카미노 순례가 막 시작된 알폰소 2세의 시대에는 아마도 여행이 어느 동굴 앞에서, 혹은 기껏해야 성인의 유해 주변으로 돌무더기를 쌓아올린 작은 성소에서 끝났을 것이라고 상상한다. 그 시대에는 카미노의 끝도 분명 카미노만큼 수수했을 것이다. 그런데 오늘날에는 도착지에서 온갖 화려한 교회 의식들이 진행된다. 믿을 수 없을 정도로 많은 싸개들이 성인의 유해를 마치 양파껍질처럼 겹겹이 감싸고 있다. 성유골은 성골함 안에 있고, 성골함은 최초의 바실리카 성당의 일부였던 지하묘지 안에 놓여 있다. 이 모든 것을 고딕양식의 대성당이 감싸고 있고, 대성당 자체는 18세기에 제작된 박공으로 덮여 있다. 예술 작품들이 이처럼 층층이 쌓였다고 해서 아름답지 않은 것은 아니다. 그 아름다움은 성 야고보에게 바치는 숭배 의식의 골조를 이루고, 방문객의 동선 전체를 결정한다. 예를 들어, 방문객들은 먼저 기둥과 기둥 사이의 공간을 둘러본 후 지하묘지로 내려가고, 그다음에 내진에 있는 계단을 올라가게 되어 있다. 계단은 그들을 거대한 성 야고보상의 등 뒤로 이끈다. 그러면 순례자가 뒤에서 성인을 양팔로 감싸안고 '아브라조 abrazo'하는 것, 즉 일종의 의례적인 포옹을 하는 것이 전통이다. 나는 그런 의식을 받아들일 수 없었기 때문에 그렇게 하지 않았다.

이른바 여행을 마무리해준다는 그 숭배 의식이 내게는 오히려 그 여행의 본질에 위배되는 것 같았다. 설사 그 상이 사도의 모습을 본떠 조각되었다 할지라도, 내가 금으로 만든 우상을 끌어안으려고 거기까지 간 것은 아니지 않은가. 카미노가 순례자에게 거치게 하는 모든 육체적 입문 의식에 망설임 없이 몸을 내맡겼던 나이지만, 일종의 보상으로까지 여겨지는 마지막 신고식은 거부했다. 나 역시 골짜기와 시골 마을들을 지나가면서 중요하게 다가왔던 구체적인 의미를 카미노에 부여하길 원했지만, 그 목적만큼은 추상적이고 상징적이고 개인적인 것으로 남겨두고 싶었다. 한마디로, 그 유명한 산티아고 길에 대해 내 나름의 철학과 애정이 깃든 생각을 갖게 되었는데, 그것을 수많은 사람들이 만져서 더러워진 금박 입힌 차가운 조각상과의 접촉과 바꿀 마음은 전혀 없었다는 얘기다. 조각상을 끌어안는 사람들은 내가 보기엔 자신이 가톨릭 신자라고 우기면서도 완전히 이교적인 의식을 행하고 있었다.

순례자들을 위한 대미사는 더 고전적이고 더 교리에 충실했는데, 이것은 내게도 합당해 보였다. 게임의 규칙은 따라야 하기 때문이다. 내 생각에는 순례길이 더 추상적이고 더 일반적인 영성에 속했지만, 교회가 그것을 제 것으로 길들여왔기 때문에 결말도 교회가 맺게 해야 한다. 한 명씩 차례대로 성 야고보상을 포옹하는 방문객들의 개인적이고 거의 몽환적인 몸짓과 달리, 순례자들의 대미사는 진정한 의미에서 화합의 순간이다. 그것은 서로 다른 점들, 다른 여정들, 각자 그 길을 걷기 위해 겪었던 시련들을 몽땅 집어넣고 녹이는 도가니이자, 기도의 시간이자, 단순음으로 이어지는 아름다운 결합이다.

미사 의식은 사람들이 꽉 들어찬 대성당에서 진행된다. 마지막까지 짜증났던 것은, 여행사에서 이끄는 대로 차를 타고 도착해서 오직 호텔에서 성당까지 걸어오는 수고밖에 하지 않은 순례자들이 성당의 모든 좌석을 차지해버렸다는 사실이었다. 배낭 때문에 거추장스러운 도보 순례자들은 옆쪽으로, 기둥 뒤로, 측면의 제실 입구까지 밀려났다. 나중된 자가 언젠가는 제일 앞에 서게 될 것이라고 했던가. 하지만 순례자 미사 동안에는 서열이 바뀌지 않아서 이가 들끓는 순례자들은 계속 한쪽 구석으로 밀려나기만 했다.

나는 커다란 기둥 뒤에 간신히 자리를 잡았다. 기둥 때문에 시야가 막히긴 했으나 몸을 틀면 내진이 얼핏 보였다. 서 있는 군중 속에서 카미노에서 마주쳤던 얼굴들이 여럿 보였다. 특히 나의 오트사부아 친구도 기적적으로 무사히 도착해 있었다.

마침내 파이프오르간 소리가 천둥처럼 울려퍼졌다. 그렇게 장엄한 미사가 시작되었고, 유럽 여러 나라의 언어로 미사통상문이 낭독되었다. 천사의 목소리를 가진 수녀가 힘찬 선율을 선창했고, 군중들이 도저히 가능하다고 상상할 수도 없었던 조화를 이루며 이를 이어나갔다.

마지막으로, 정말이지 운이 좋았던 덕분에 나는 보타푸메이로에 분향하는 유명한 의식을 지켜볼 수 있었다. 보타푸메이로는 대성당 천장에 거대한 줄로 매달아놓은, 커다란 은냄비처럼 생긴 대형 향로다. 그 거대한 향로에 몰약과 향을 채우고 불을 붙이면 마치 가시덤불에 불이 붙은 것처럼 연기가 피어오른다. 그러면 여섯 명의 남자가 줄을 잡아당겨서 그것이 추처럼 일정하게 흔들리게 만든다. 연기를 뿜어내는 공이 익랑에서 거의 시속 60킬로쯤 되어 보이는 속도로 왔다 갔다 하면서 교회 전체에 향냄새를 퍼뜨린다. 보타푸메이로가 처음 날아오르는 순간 수녀가 성가를 노래하기 시작했고 청중이 열광했다. 행사는 수세기 동안의 조정을 거쳐 완벽하게 연출되었고, 그 순간은 강렬한 인상을 남겼다. 보타푸메이로가 제자리로 돌아가고 성가가 끝나면 군중은 중요한 순간을 경험했다고 확신하면서 다시 지치고 공허한 기분에 빠져든다. 이제 정말로 순례가 끝난 것이다.

미사가 끝나고 나오면서 잠시 얘기를 나누었던 한 이탈리아 남자가 내게 그 의식의 매력을 반감시킬 수도 있는 이야기를 들려주었다. 그는 보타푸메이로 행사가 종교적이라기보다는 위생과 관련이 있는 것 같다고 했다. 중세시대에는 순례자들이 어쩌다 라바코야에 들렀다 온다 할지라도 지독하게 지저분했고, 따라서 그런 불결한 몸을 한 사람들로 가득 찬 대성당은 말 그대로 숨도 쉬기 힘든 지경이었을 것이다. 주임신부들이 살아남으려면 오직 한 가지 해결책밖에 없었다. 바로 많은 양의 향을 큰 통에 담아서 공중에서 규칙적으로 흔들어주는 것이었다. 그러나 이탈리아 남자의 이야기 때문에 그 의식이 불쾌하게 여겨지기는커녕 오히려 그때까지 내 눈에 서로 모순되어 보였던, 기독교 전례의 호화찬란함과 카미노의 원시적인 소박함이라는 두 가지 현실이 양립 가능한 것으로 바뀌었다. 그리하여 향과 자주색*이 땀과 회색 진흙과 다시 만나게 되었다. 끈은 아직 끊어지지 않았다.

산티아고에 '도착'할 때부터 모든 것이 경쟁적으로 그 끈을 끊어놓으려 한다. 무엇보다 산티아고의 매력과 아름다움이 카미노의 추억들을 파묻어버린다. 몸은 도시인다운 무심함을 되찾는다. 골목길에서 어슬렁거리다가 어느새 자신이 기념품을 사고 있는 것을 깨닫고 깜짝 놀라는 것이다….

두 번째로 끈을 끊어놓는 것은 바로 비행기다. 비행기는 당신을 갑자기 성지 바깥으로 데려가 몇 시간 만에 익숙한 장소로 데려다 놓는다. 카미노를 걸을 때는, 이제부턴 길을 걸어가는 사람의 입장을 생각지 않고 그 옆으로 절대로 차를 몰고 다니지 않겠다고 다짐했다. 그러나 핸들을 쥐고 앉자마자 우리는 그 약속을 잊어버리고 아무 생각 없이 고속으로 질주한다.

카미노의 어떤 측면들은 조금 더 오래 유지된다. 나 같은 경우는 특히나 모칠라의 철학이 그랬다. 돌아오고 나서도 몇 달 동안 내가

---

* 가톨릭에서 주교의 색깔이다.

살아오는 내내 품었던 두려움들을 돌이켜보았다. 나는 말 그대로 내가 등에 지고 있는 것을 냉정하게 점검했다. 많은 물건들, 계획들, 속박들을 없앴다. 나는 짐을 가볍게 해서 존재의 모칠라를 좀 더 수월하게 짊어지기 위해 노력했다.

그러나 그마저도 지나갔다. 시간이 지나면서 카미노의 불안은 사라졌다. 겉으로 지각 가능하던 순례의 효과는 곧 자취를 감췄다. 몇 주 만에 모든 것이 사라졌다. 삶이 다시 계속되었다. 아무것도 바뀌지 않은 것 같았다.

물론 어떤 징후들을 보면 그것이 마음 깊숙한 곳에서 항상 작용하고 있음을 깨닫게 된다. 내가 돌아와서 자크 쾨르*의 이야기를 쓴 것은 분명 우연이 아니다. 산티아고 길이 지나가는 곳에서 태어난 그는 어린 시절 자케들이 줄지어 지나가는 모습을 보면서 자랐다. 그 자신도 자크**라는 이름을 가졌던 그는 간절히 순례를 떠나고 싶어 했지만 인생이 그에게 그럴 여유를 주지 않았다. 그가 살았던 중세시대의 카미노를 매개로 그의 아름다운 생애를 추적하면서, 나는 글쓰기라는 다른 형태의 발걸음으로 떠나는 새로운 여행을 위해 다시 모칠라를 꾸리는 기분에 젖을 수 있었다. 산티아고의 순례자들처럼 자크 쾨르는 모든 것을 잃으면서 자유를 알게 되

---

* 자크 쾨르(Jacques Cœur,1395~1456)는 중세 프랑스의 상인이다.
** 자크는 야고보의 프랑스식 이름이다.

었다. 그가 이전에 돈과 권력, 사치스러운 생활 등 모든 것을 다 가졌던 사람이기에 이런 철저한 박탈은 그의 운명에 카미노의 정신과도 무관하지 않은 특별한 중요성을 부여했다.

그러나 그 모든 것은 간접적인 것, 막연한 영향에 불과하다. 순례 여행 자체는 곧 하나의 먼 추억이 되어버렸다. 그 여행에서 흘러나왔으며 내가 《그랑 쾨르Le Grand Coeur》를 쓰면서 한 방울 한 방울 모았던 철학적 용액은, 내겐 그 여행을 구성했던 모든 특별한 순간들을 갈아서 만든 것이나 다름없다. 요컨대 카미노에서 내게 남은 것은 본질적이고 상당히 막연한 교훈 하나밖에 없었다. 황홀하고 소중하지만 한 마디로 정의하기 힘든 교훈이었다. 나는 다 잊어버렸다고 생각했다.

그러다 어느 눈 내리는 날 샤모니에서 나는 출판사를 운영하는 두 친구와 점심을 먹으면서 내 순례 여행에 대해 들려주었다. 게랭 출판사를 이끌고 있는 마리 크리스틴 게랭과 크리스토프 렐라는 산에 빠져 있는 사람들이라 내 여행에 큰 관심을 보였고, 등반에서 돌아온 산악인에게 하듯이 내게 수만 가지 질문을 던졌다. 그들에게 있는 그대로 대답하노라니 많은 일들이 기억 속에서 되살아났다. 바깥이 꽁꽁 얼어붙어 있는 가운데 백포도주와 산장의 열기에 기대어 나누는 산에 대한 대화들 중 하나였다. 식사가 끝나고 친구들이 그 추억을 글로 써보라고 제안했을 때 나는 격분했다. 나중에 그 이야기를 들려주자고 카미노에 간 게 아니었다! 카미노를 걸을 때도, 돌아오고 나서도 나는 아무 글도 쓰지 않았다. 되돌아보는 일 없이, 설사 나 자신을 위한 것이라 할지라도 기록해야 한다는 속박 없이 온전히 경험하고 싶었기 때문이다. 그래서 순례자들이 숙박지에 도착하기만 하면 열광적으로 글을 쓰는 모습을 보면서 그들을 불쌍하게 여기기까지 했다.

그러나 보라, 유난히 매서웠던 그 겨울, 나는 집으로 돌아가면서 지나치는 하얀 풍경 속으로 눈부신 하늘과 진흙투성이 오솔길이, 고독하게 서 있는 에르미타들이, 파도가 몰려드는 해안이 되살아나는 것을 지켜보았다. 기억의 감옥에서 깨어난 카미노가 벽을 두드리며 나를 불렀다. 나는 카미노에 대해 생각하고 글을 쓰기 시작했다. 한번 실을 잡아당기자 모든 것이 따라나왔다.

사라진 건 아무것도 없었다. 그런 여행이 그저 여행에 불과해서 잊어버릴 수 있다고, 혹은 상자 속에 정리할 수 있다고 생각하는 것은 잘못된 생각이고 편리한 착각이다. 나는 카미노가 어떤 영향을 미치는지, 그것이 정말로 의미하는 것이 무엇인지 설명해줄 수 없다. 하지만 그것은 생생하게 살아 있고, 지금 내가 그랬던 것처럼 여행 전체를 들려주는 것 외에 다른 방법이 없다는 사실만은 알고 있다. 물론 그렇게 해도 핵심은 빠져 있다. 나도 알고 있다. 바로 그렇기 때문에 나는 머지않아 다시 그 길을 걷게 될 것이다.

아마 당신도 그렇지 않을까.

옮긴이 신성림

이화여자대학교 철학과와 동 대학원을 졸업하고, 프랑스 파리 10대학 대학원 박사과정에서 미학을 공부했다. 《클림트, 황금빛 유혹》《여자의 몸》《춤추는 여자는 위험하다》를 썼으며, 《사각형의 신비》《반 고흐, 영혼의 편지》《살다, 생각하다, 바라보다》《화가로 보는 서양미술사》《미술은 똑똑하다》, 《미완의 작품들》《수런거리는 유산들》 등을 우리말로 옮겼다.

불멸의 산책

내 마음 같지 않은 산티아고 순례

첫판 1쇄 펴낸날 2015년 6월 10일
첫판 3쇄 펴낸날 2022년 4월 8일

지은이 | 장 크리스토프 뤼팽
옮긴이 | 신성림
펴낸이 | 박남주

펴낸곳 | (주)뮤진트리
출판등록 | 2007년 11월 28일 제2015-000059호
주소 | 서울시 마포구 토정로 135 (상수동) M빌딩
전화 | (02)2676-7117 팩스 | (02)2676-5261
E-mail | geist6@hanmail.net

ISBN 978-89-94015-80-4 03860

* 잘못된 책은 교환해드립니다.